Der historische Kriminalroman

Ein berühmter Unfall: Im Bodensee vor Bottighofen am 12. Februar 1864 gegen 11 Uhr vormittags kollidierte im Nebel der Lindauer Raddampfer *Jura* frontal mit dem größeren Schweizer Raddampfer *Stadt Zürich*. Die *Jura* sank; die *Stadt Zürich* fuhr mit den Geretteten nach Romanshorn weiter. Die Untersuchungen zum Unglück waren damals in der Zeit des Kulturkampfes, der Aus-/Einwanderungen und der neuen Eisenbahn spärlich. Aus überlieferten Fakten dieses seltsamen Unfalls einen historischen Kriminalroman ins Fiktive zu gestalten, bietet sich geradezu an! Das Wrack der *Jura* ist heutzutage ein beliebtes *Objekt der Begierde* von zahllosen Sporttauchern.

Der Autor

Christian Gloggengießer, geb. 11.7.1961, ist ein Nachfahre in der uralten Lindauer Familie des Steuermanns der *Jura*: *Andreas Gloggengiesser*.

Das Familienwappen um 1530

Christian Gloggengießer

Jene

unbekannte

Schiffsmagd

auf unserer

Jura

Kriminalroman

Ein kriminalhistorischer Weihnachtstraum

vom Raddampferunglück im Bodensee

am 12. Februar 1864

Impressum

WICHTIG Die vielen Figuren dieses Romans sind zwar die historisch bekannten, aber deren Geschichten sind fiktiv erdichtet, auch wenn sie mir selbst fast immer als ganz real erscheinen. Das war die Kunst dabei. Chr. Gloggengießer

Herzlichen Dank für ihre verbessernden und von mir verarbeiteten Tipps an die Leseratte, meine Alpha-Leserin, Frau *Gertraud Saller* in Rottach-Egern am Tegernsee, Oberbayern.

Geschrieben in drei Monaten vom 20.10.20 bis zum 21.01.21

Ergänzungen und Verbesserungen bis 10.10.21

Taschenbuchformat 12 x 19 cm, Schrift: Corbel, Größe 11, 280 Seiten

Das COVER ist vom Autoren mit canva.com und WORD-draw erstellt.

Bibliografische Information der Deutschen Nationalbibliothek: Die Deutsche Nationalbibliothek verzeichnet diese Publikation in der Deutschen Nationalbibliografie; detaillierte bibliografische Daten sind im Internet über http://dnb.dnb.de abrufbar.

© *Christian Gloggengießer, Bayern, Deutschland, Oktober 2021*

Herstellung und Verlag: BoD – Books on Demand, Norderstedt

ISBN 978-3-7534-8133-3

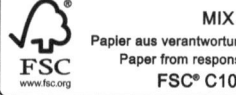

Der Bodensee-Raddampfer »Jura« (1854 erbaut)

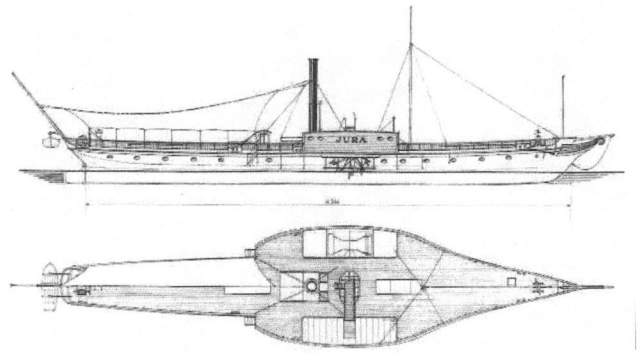

Diese Zeichnung aus dem Archiv `Bodenseeschifffahrt´

http://www.bodenseeschiffffahrt.de/archiv.html

ist zu sehen im Seemuseum in Kreuzlingen:

Seemuseum, Seeweg 3, 8280 Kreuzlingen, Schweiz

http://www.seemuseum.ch

Als Einführung in diesen Roman ist die Betrachtung der Video-Dokumentation (per Internet) des Seemuseums zu empfehlen.

Wichtige Romanfiguren als beschriftete Playmobil-Figuren > auf dem FOTO der nächsten Seite >

Beiboot

Matrose
GEORG RENZ
= Wiesele

Rudergeher=Steuermann
JOHANN ANDREAS
GLOGGENGIESSER

5 JOSEPH OETTINGER
Kornhändler, 20-jährig
mit seinem Geldsack
3000 Gulden

Schiffsmagd   Schiffswirtschafterin-Köchin
UNBEKANNT   MARGARETE SODNER = GRETA

Frachtplatz auf Deck

Raddampfschiff Die JURA
am 12. Feb. 1864
auf dem Bodensee

**HECKSALON
1. KLASSE**

**Auf Deck < Mannschaftsraum + Kombüse >
Unter Deck mittig auch Schaufelradkasten**

Heizer
HEINRICH RUPFLIN
+ Bruder des Matrosen
Martin Rupflin

Frachtraum unter Deck

Schiffsmäuse

Heizer
BENEDIKT WAGNER

Dampfmaschinenräume

Kapitän
MARTIN MOTZ

Maschinist
JAKOB STEFFENAUER

Kater
STOBÄRLE/STOBÄRLI

Matrose
HERKULES IMHOF

Frachtplatz auf Deck

**Auf Deck < Kapitänsraum + WC >
Unter Deck mittig auch Schaufelradkasten**

Schiffsjunge
ANDREAS BUSCHOR

3 KONRAD STRAUB
Uhrmachermeister

4 WILHELMINE KREUSIN
Putzmacherin, 16-jährig

JOHANN ANDREAS STÄHELI 2
Ehemaliger Politiker

**BUGSALON
2. KLASSE**

MARTIN HUBER 1
Ein rauer Geselle

Wachmatrose
MARTIN RUPFLIN

Die Landkarte zur Geschichte
rundum den Bodensee

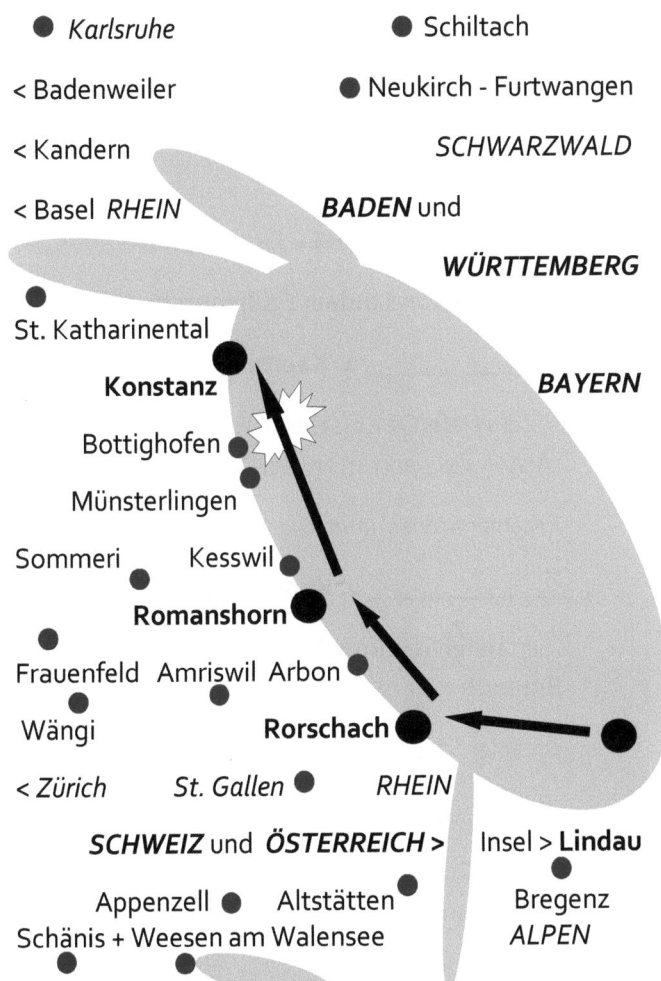

● *Karlsruhe*   ● Schiltach

< Badenweiler   ● Neukirch - Furtwangen

< Kandern   *SCHWARZWALD*

< Basel *RHEIN*   **BADEN** und

                                          WÜRTTEMBERG

●
St. Katharinental

Konstanz   *BAYERN*

Bottighofen ●

Münsterlingen

Sommeri   Kesswil ●

Romanshorn ●

●
Frauenfeld Amriswil Arbon ●

Wängi ●   **Rorschach** ●

< *Zürich*   *St. Gallen* ●   *RHEIN*

SCHWEIZ und *ÖSTERREICH >* Insel > **Lindau**

Appenzell ● Altstätten ●   Bregenz
Schänis + Weesen am Walensee   *ALPEN*

Jene unbekannte Schiffsmagd auf unserer JURA

Roman in 4 Akten zu 15 Kapiteln

Die **JURA, Figuren, Landkarte** zur Geschichte

Vorwort *des Autors Christian Gloggengießer*

ERSTER AKT – Drei Kapitel

1 - Fort von Lindau. Früh morgendlich.

_____ **1. Kapitel** _____

Zum Hafen in Rorschach. Nach 7 Uhr früh.
Also – wie wenn im Nu der Anfang wär'...

Erzähler *Steuermann Andreas Gloggengiesser*

_____ **2. Kapitel** _____

Im Hafen von Rorschach. Kurz nach 8 Uhr.
Bitterlich weinte Minna noch längere Zeit...

Erzähler *Steuermann Andreas Gloggengiesser*

_____ **3. Kapitel** _____

Nach Romanshorn. 30 Minuten vor 9 Uhr.
Calvinismus war für Konrad grausam...

Erzähler *Steuermann Andreas Gloggengiesser*

ZWEITER AKT – Vier Kapitel

2 - Vor Bottighofen. Im dichten Nebel.

DRITTER AKT – Vier Kapitel

3 - Zurück in Romanshorn. In Eiseskälte.

VIERTER AKT – Vier Kapitel

4 - Nach Konstanz hin. Doch endlich.

Am 25. Dezember 2020

Vorwort

Es war einmal... ein hellblaues *Sofa* von uralten, geerbten Holzmöbeln umringt, auf dem ich ausruhte. Hinaus zum Wohnzimmerfenster mein müder Blick in den fallenden Schnee am ersten Weihnachtsfeiertag! Weiße, dicke Flocken türmten sich auf den Büschen und Bäumen und im Hintergrund waren ein paar Gipfel der bayerischen Alpen nur noch zu ahnen. Nachmittags, dunkler wurde es, ja, immer dunkler. Augenblicklich segelte ein Mensch vom Himmel herab in einen zusammengerechten Haufen aus braunem Laub der riesigen Kastanie des Nachbargartens. Er bewegte sich nicht mehr, lag auf dem Rücken, den Kopf nach unten hängend, Augen zu, wahrscheinlich war er tot. – Ich wollte meine Frau holen. – Mausetot.

Eine dunkelblaue Uniform mit Dienstmütze trug er, die Jacke hatte in der Nähe der beiden Handgelenke goldgelbe Streifen. Das musste doch einer meiner Vorfahren sein, wer fällt denn sonst vom Himmel in unseren Garten, ja, ein Seemann, wohl jemand vom Bodensee, ein Mann dieses Dreiländergewässers, auch wenn gerade von dort kein Wind hierher wehte. Ganz bestimmt war das *Andreas Gloggengiesser*. Als Toter vom Himmel herab!? Und der Schnee schneite einfach weiter – Was soll er auch sonst tun?! Und ich?

Ich glaubte, meinen Kopf in mein Kissen gesenkt zu haben, um nachzudenken: Damals war unser Andreas der Steuermann und der Rudergänger auf dem Raddampfer namens *Jura*, den das Ruder drehenden

Mann nennt man so, als das größere Schiff, die *Stadt Zürich*, überraschend im dichten Nebel südlich der Stadt Konstanz auftauchte. Es spießte seine *Jura* vom Bug her auf, so dass sie in wenigen Minuten auf 40 Meter Tiefe vor Bottighofen versank, etwa eine Stunde vor dem Mittag des 12. Februars des Jahres 1864. Vor Schreck riss Andreas noch schnell das Ruder herum, konnte aber diesen Zusammenstoß nicht mehr verhindern. Wieder einmal ergaben die späteren behördlichen Ermittlungen und auch die gerichtlichen Beurteilungen den einfachen Tatbestand: »Im Nebel eine zufällige Kollision zweier ungleicher Schiffe.«

»So ein Unsinn!«, dachte ich, »Bei diesen Personen auf dem Schiff! Haben sie die Liste nicht gelesen?! Und diese wertvolle, hoch versicherte Fracht an Bord! Ein reicher jüdischer Kornhändler aus Mannheim mit seinem Geldsack! Dazu diese hoch versicherte Seide und Baumwolle zentnerweise! Ein sich als *Martin Huber* bezeichnender Mann aus einem katholischen Schwarzwalddorf!? Angeblich nahe vom Schweizer Ufer eine blutjunge *Wilhelmine*!? Dieser Schweizer Altpolitiker, der erst radikal modern war und dann doch wieder erzkatholisch wurde! Dann noch der Schwarzwälder mit der Kuckucksuhr und ein Matrose namens *Herkules*!? Wenn das so alles stimmte, dann muss das dort in diesen Gegenden bereits eine recht internationale Gesellschaft gewesen sein, die sehr unterschiedlich gegeneinander kämpfende Gruppen beinhaltete, sonst würde man ja heute nicht vom *Kulturkampf* jener Zeit und von der industriellen

Revolution sprechen, meine ich. Da gab es zum Beispiel die Reformierten in der Schweiz, die alles Katholische vernichten wollten und selbstredend auch deren Gegenbewegung. Und man benötigte in jenen Regierungen gar keine Lobbyisten, weil die politischen Entscheidungsträger ja eh überall reiche Industrielle oder verwandte Adelige aus den jeweiligen Familien `mit blauem Blut´ waren. Auch seltsam muss überall das *massenhafte Auswandern nach Übersee* trotz *erblühender Wirtschaft mit dem rasenden Erstarken der Eisenbahn* für den Gütertransport und auch folgenden Personenverkehr und die offenbar üblich gewordene grenzüberschreitende Arbeitssuche auch häufig vieler nichts erbender Bauernkinder jeden Alters gewesen sein: Deshalb waren vielerorts auf dem Land die so genannten *Auswanderungsagenten* gefragt. Sie sollten nicht für die Armeen tapfere Soldaten oder berufene Krankenschwestern rekrutieren, sondern einfach alle möglichen internationalen Arbeitsplätze vermitteln. Auch diese so genannten *Landjäger* wurden überall hinbeordert: Meist ehemalige Infanteriesoldaten als historisch erste Grenzpolizisten, die aus Straffälligkeit und deshalb verboten ins andere Land Geflohene auch an deren Arbeitssuche hindern sollten.

Also mir, dem Verwandten vom damals so ahnungslosen Andreas, träumte da wirklich etwas ganz Erstaunliches! Und nicht zu vergessen, diese Schiffsmagd! Auf der *Jura* die einzige Namenlose, unglaublich! – Andreas, kehr´ um, denn heute – eines Weihnachtstages – lösen sich endlich alle Rätsel auf!«

Am 12. Februar 1864

1 Fort von Lindau. Früh morgendlich.

Zum Hafen von Rorschach. Nach 7 Uhr früh.

A lso – *wie wenn im Nu der Anfang wär´,*
das Dampfschiff Jura schwimmt schon hier.

Ein Transportdampfschiff. Um dreieinhalb Stunden tägliche Lastenfahrt aus dem Lindauer Hafen. Von der Insel Lindau im Bayerischen Süden des Bodensees entlang des Schweizer Ufers über die Orte Rorschach und Romanshorn bis zur badischen Stadt Konstanz und später wieder zurück, das verlief nach Fahrplan –

Es war wieder einmal... ein Freitagmorgen. Früh um sechs Uhr stand ich auch an diesem Februartag auf, marschierte um halb sieben in dunkelblauer Uniform von meiner ofenwarmen Wohnung in Aeschach in einem neuen Morgen über die Brücke hinüber auf die Insel zum Lindauer Hafen, wo unsere prächtige *Jura* ihren eigenen Ankerplatz innehielt. Über 40 Meter lang und über zehn Meter breit war unser Lindauer Schiff mit zwei Schaufelrädern an seinen Seiten.

Als ich ankam, spürte ich sogar bis in die Haarspitzen hinauf, wie die Sonne langsam hinter den fernen Bergen aufging, und heute, dass unser Herrgott es damals gut mit mir meinen musste; er ließ mich diese letzte Fahrt mit schwerster Ladung lenken, ohne dass ich achtern an meinem Steuerrad plötzlich tödlich verunglücken musste.

17

Als diese Geschichte begann, lächelte ich noch, sicher auch mein frisch gepflegter Schnauzbart. Wir standen noch müde, aber vorbereitet auf dem Vorderdeck und warteten brav wie jeden Morgen auf unseren Kapitän.

»Guten Morgen, Mannschaft! Es wird heute ein schöner Tag mit Sonne! Es wird!«, musterte uns unser *Kapitän Martin Motz* pünktlich um 7 Uhr an Deck mit seinem im Vollbart versteckten Lächeln, wie wenn ein hartgesottener Kommandant eines Kriegsschiffes in ein sommerlich brandheißes Gefecht mit einem größtmöglichen Ausdruck seiner Freude aufbrechen wollte. Wir waren aber erst ganze vier Männer seiner Marinesoldaten, weil beim ersten Halt in etwa einer Stunde in Rorschach weitere an Bord kommen sollten.

Der *Heizer Benedikt Wagner* aus München. Kapitän Motz hatte ihm erlaubt, unter Deck Opernlieder zu singen, solange wir eher unmusikalischen Kameraden nichts dagegen einzuwenden hätten. Unser Benedikt träumte einst von der Theaterkarriere in Deutschland, denn sein ehemaliger Kirchenchorleiter sagte ihm eine beste Karriere als Sänger voraus, aber seine liebe Frau Amalia stammte aus Wasserburg nördlich von Lindau und wollte ihre wunderschöne Gegend einfach nicht verlassen. Und so erlernte er noch die Schlosserei und gab sich unserer Schifffahrt als Heizer und bisweilen auch als Hilfsmaschinist hin. Und ihn störte das laute Stampfen der beiden Schaufelräder beim Gesang seltsamerweise nicht, vielleicht, weil es in unseren Seemannsohren fast die schönste Musik der Welt war.

Der *Maschinist Jakob Steffenauer* aus einem Dorf bei Wängi. Werkzeuge und Tiere waren seit Kindheit auf seinem elterlichen Bauernhof sein liebstes Spielzeug. Jedes richtige und auch jedes falsche Geräusch der Dampfmaschine unserer *Jura* erkannte er. Nichts war ihm fremd, so dass unser Kapitän ihn niemals auf ein anderes Schiff habe abgeben wollen. Niemals! – Jakob haben nämlich größere Maschinen auch interessiert, auf größeren Schiffen, also zum Beispiel auf dem Schweizer Raddampfer *Stadt Zürich*. Allerdings, wenn er sich dort beworben hätte, hätte es unser Kapitän mit größter Sicherheit erfahren und Jakob nach altem Seemannsbrauch für Meuterer kielholen lassen. Damit hat er jeden Monat wenigstens einmal seiner ganzen Mannschaft laut gedroht, während er sich gleichzeitig mit dem ureigenen Stolz eines Flottenadmirals oder eines Marinerichters aufzublähen gedachte.

Der *Matrose Johann Georg Renz*, er wurde so wie ich mit dem zweiten Vornamen gerufen, der erste war ja immer der konfessionelle. Georg galt im Hafen und an Bord als Wiesel. Er flitzte über die Taue und zwischen den hängenden Seilen und gestapelten Kisten meist so schnell hindurch, dass wir manchmal glaubten, es gäbe ihn auf unserer *Jura* doppelt – zugleich auf dem Vorder- und Hinterdeck arbeitend! Unser Kapitän rief ihn, den erst 19-Jährigen, den Jüngsten an Bord, deshalb auch lobend gedacht, *Wiesele*. Wir anderen sagten lieber *Georg* zu ihm, denn er entstammte einer Handwerkerfamilie aus Konstanz und als einer der ersten Kinder wurde er in der erneuerten katholischen

St.-Georg-Kirche in Allmannsdorf, einem Konstanzer Ortsteil, getauft. Daher auch sein Vorname, erklärte er uns einmal so genau mit strahlenden Augen.

Und ich, der *Steuermann und Rudergänger Johann Andreas Gloggengiesser*, stets *Andreas* gerufen, wurde vor wenigen Monaten am dritten Dezember 43 Jahre – jung! Vielleicht hätte ich ja doch noch das in meiner Jugend so ersehnte Kapitänspatent erreichen können, unser Kapitän forderte mich immer wieder dazu auf. Doch jetzt als Steuermann weiß ich erst, was es bedeutet, Kapitän zu sein. Diese ewigen Unterlagen lesen und ausfüllen und schreiben. Und immer alles an Bord und im Hafen kontrollieren und alles und jeden herumkommandieren. Das war gar nicht meine Welt! Nein, ich als echter bayerisch-schwäbischer Lindauer wollte immer ein großes Schiff auf dem Bodensee der Deutschen und Österreicher und Schweizer steuern. Ein Schiff mit dem mächtigen Steuerruder fest mit meinen eigenen Armen zu führen, das bereitete mir größte Freude. Nicht dieses Frachtbriefe ausfüllen und wer weiß noch was sonst!? Und außerdem, bevor ich der Kapitän auf einem fremden Schiff geworden wäre, hätte auch mich der Unsere längst wegen Meuterei kielholen lassen! Wollen wir wetten? Soll ich ihn etwa danach fragen?! Lieber nicht!

»Nun zu! An eure Arbeit!«, so lautete ein bisschen seltsam sein Abtretbefehl für uns. »Kohle, Kisten und Post an Bord! Und Proviant nach der Liste von Greta einholen! Und wie gewöhnlich: In einer Viertelstunde kontrolliere ich. Und ab!« Wir gingen unserer Wege, nur ich musste anhalten, weil er noch zu mir rief: »Andreas, wo is′ des Stobärle? Hab′s heut′ no′ gar net g′sehe!« Immer wenn seine Mannschaft irgendwo am Arbeiten war oder ihm alles sehr bequemte, wechselte seine Stimme kurzzeitig ins nette Schwäbische. Wir alle mochten das nicht so an ihm, wir bemühten uns der verständlicheren deutschen Sprache, weil wir stets mit Österreichern, Schweizern und anderen Leuten zusammenarbeiteten und, weil wir es fast als eine besondere Art einer hintergründigen Beleidigung der Schwaben empfanden, aber egal, denn es trat bei ihm immer seltener zum Vorschein; er bemerkte das wohl!

»Es wird sicherlich bald erscheinen!«, antwortete ich lieber höflich, obwohl ich wusste, dass das eine Frage eines uniformierten Vorgesetzten gewesen ist, nur um irgendetwas angeblich Wichtiges zu fragen, »Heute ist doch durchwegs Fischtag! Freitag!« Das wusste unser Kapitän Martin Motz doch selbst! Oder etwa nicht?!

»Es soll machen, dass es an Bord kommt! Bei mir gibt es keine Sonderwurst, keine bayrische! Wer nicht rechtzeitig an Bord ist, fährt nicht mit! Die *Jura* wartet nicht, sie fährt pünktlich ab, genau nach Fahrplan!«

Manchmal dachte ich tatsächlich, er wäre doch schon pensionsreif oder gab er nur einmal mehr seinem Nachnamen alle Ehre!? ʻMotzʼ! So dachte ich nur: »Lieber Martin! Warte es doch einfach geduldig ab! Das Stobärle war täglich rechtzeitig an Bord. Täglich!«

Er stieg die Treppe zur Brücke hinauf, damit er das Treiben seiner eigenen Leute und der Hafenarbeiter beobachten konnte. Erst wurde das Schmutzige wie die Kohlen geladen, damit Benedikt und Jakob im Rumpf verschwinden konnten. Das Wiesele und ich schrubbten nur den Bereich der frisch verschmutzten Planken. Einfach war das nicht, weil das Seewasser auf Deck zu rasch vereisen wollte. Also unterband Kapitän Motz unser Schrubben bereits nach einigen Minuten. Es sollte beim Ladung schleppen, heben und absetzen niemand von unserer *Jura* in den eiskalten Bodensee rutschen. Das fehlte ihm am heutigen Morgen noch, der ja ´ein schöner Tag mit Sonne´ werden musste.

Das Laden dauerte heute nicht lange. Georg vertaute alle Stücke sorgfältig gemeinsam mit zwei Matrosen, die heute jedoch tagsüber an Land bleiben mussten, was ihnen gar nicht gefiel, so dass Georg sie etwas aufziehen musste. »Landratten! Landratten!« schrie er ihnen hinterher, als sie unsere *Jura* verließen. Kapitän Motz musste sich unbedingt einmischen, obwohl er hören konnte, dass sie zusammen darüber lachten. Er brüllte von der Brücke herunter: »Wiesele! Empfange den Reisenden dort zum Einschiffen! Nun zu!«

Ich verschwand lieber mit meinem heißen Getränk aus der Kombüse nach Achtern zu meinem Steuerrad. Als wartenden Reisenden entdeckte ich nur den einen Stammgast, Herrn *Emil Rittmeyer*, den Kunstmaler.

»Wen meinen Sie noch, Kapitän?«, rief Georg zurück. »Siehst du denn das Stobärle nicht? Dort hinten! Lass es herüber! Dann darfst du den Steg einziehen!«, erwiderte unser Kapitän. Das Stobärle huschte schon auf das Schiff und Georg bestätigte: »Alle Mann an Bord!« Unser Kapitän gab ihm sein persönliches Handzeichen zum Steg einziehen und rief tatsächlich gleichzeitig *Leinen los.* Da musste Georg wieseln –

Der Befehl »Ablegen! Viertel Kraft voraus!« galt mir. Der Kessel war heiß. Die beiden Räder schaufelten uns aus dem sicheren Hafen hinaus. Der Schornstein rauchte und unser Herr Kapitän Martin Motz salutierte wie üblich von seiner Kommandobrücke aus beim langsamen Vorbeifahren unserem bayerischen Löwen.

Der See war ruhig, wir fuhren pünktlich um 7 Uhr 15 los, sonst hätte unser Kapitän jetzt nicht nur `Dreiviertel Kraft voraus´ angeordnet und mit Sicherheit auch nicht unerlaubterweise auf seine Kommandobrücke über dem Schaufelradkasten auf Steuerbord den Kunstmaler zu sich gerufen.

»Herr Rittmeyer, kommen Sie ruhig kurz hoch zu mir. Heute diese malerische Aussicht Richtung Bregenz müssen auch Sie von meiner Brücke aus gesehen haben«, sprach unser Kapitän Motz hinunter auf das Vorderdeck, wo Herr Rittmeyer an der Reling stand, nachdem er seinen Koffer und eine Staffelei in den Bugsalon der Zweiten Klasse unter ihm hinabgetragen hat. Es gab ja keinen weiteren Passagiere dort unten.

»Oh, danke, Herr Kapitän! Sehr gerne!«, erwiderte er und stieg rasch die Treppe zum Kapitän hinauf – mit dem Stobärle im Arm; die beiden kannten sich ja schon lange Zeit, weil Herr Rittmeyer doch einer von uns gebürtigen Lindauer war. Deshalb zog es ihn, auch wenn er bereits als junger Knabe mit seinen Eltern und deren Stickfabrik nach St. Gallen umgezogen ʽwurdeʼ und in anderen Städten gewirkt hat, immer wieder zurück nach Lindau, auch zu seiner Verwandtschaft. Oft blieb er hier die ganze Arbeitswoche zum Malen und fuhr mit uns freitags nach Rorschach zurück, um am Wochenende in der Schweiz Bilder skizzieren zu können. Von ihm stammt natürlich der passende Name für dieses vierbeinige Mitglied der Mannschaft.

Oskar Ritter von Stobäus wurde vor wenigen Jahren zum ʽLindauer fachkundigen Bürgermeisterʼ gewählt, ein sehr protestantischer, auch nationalistischer, aber doch auch ein liberaler bayrischer Politiker. Herrn Emil Rittmeyer gefielen diese Einstellungen, denn das katholisch Rituelle empfand er als mittelalterlichen Aberglauben, gar nicht mehr geeignet für die Welt des gegenwärtigen Fortschritts der Technik. Also dachte er recht häufig an die Worte und Taten des neuen Bürgermeisters, die man regelmäßig zu hören und zu lesen bekam, auch wenn er selbst der Stadt Lindau entfremdet war. Und als an einem seiner Freitage ein schwarzer Kater im Lindauer Hafen auf die *Jura* sprang, erst kurz vor Ankunft im Rorschacher Hafen entdeckt wurde und bis Konstanz und wieder zurück mitreisen wollte, suchte unser wenig erfreuter Kapitän Motz einen Namen für jetzt ʽseinen Katerʼ, dem von ihm verehrten Herrn Rittmeyer als Gefallen: *Stobärle* in Lindau und Konstanz, *Stobärli* am Schweizer Ufer. Gerade sehen die sechs Augen gemeinsam die eckige Kirchturmspitze des Klosters Mehrerau, dachten sie –

Nach der Mündung des Rheines in den Bodensee ist der erste Hafen auf der Fahrtroute die Schweizer Stadt Rorschach, deren Stadthäuser nach einer nur geringen Strecke der Uferebene in den Beginn der Berge hinaufwachsen. Die noch junge, vor etwa acht Jahren eröffnete »Sankt Gallisch Appenzellische Eisenbahn«, die Linie von Winterthur über den sehr bedeutenden Handelsplatz St. Gallen nach Rorschach am Bodensee lässt den Hafen wirtschaftlich erblühen: Es gibt zu den Freiflächen mit einem Kran für das Überladen von Waggons auf Pferdefuhrwerke eine hoch überdachte Halle mit vier Gleisen und näher am Stadtzentrum als Ende der Strecke einen befestigten Hafen eigens für Passagierschiffe.

Die Eisenbahnlinie nach Norden nach Romanshorn spielt sich in Zürich in den Gedanken des Eigentümers der Bahn ab, des Industriellen *Alfred Escher*, bestimmt der Bankiers, nicht zuletzt seiner mächtigen Familie!

Der zweite Hafen auf der Fahrroute der *Jura* ist die Schweizer Stadt Romanshorn, deren Bahnverbindung über Winterthur nach Zürich bereits ein Jahr früher gebaut wurde. Auch Romanshorn wächst und wächst als Umschlagplatz für wichtige Güter, also steht die Frage nach einer zweiten Bahnstrecke von Rorschach-Konstanz-Schaffhausen nicht mehr in den Sternen. Man streitet über die richtige Streckenführung aus verschiedenen Gründen, hört man auch in unserem Lindau. Die Lösung wird gewiss nicht einfach werden, weil der Escher-Eisenbahn auch Schiffe auf der Route nach Konstanz gehören. Mehr weiß ich aber nicht –

Am 12. Februar 1864

Im Hafen von Rorschach. Kurz nach 8 Uhr.

Bitterlich weinte Minna noch längere Zeit – auf ihrem langen Fußmarsch von Arbon zum fernen Hafen in Rorschach.

Sie hatte sich ihr schönstes Kleid angezogen und dazu den ersten selbstgeschneiderten Hut, das waren also keine Gründe für die Traurigkeit der 16-Jährigen. Und sie durfte auch Putzmacherin für die feinen Damen erlernen, ihren Traumberuf! Alle armen Frauen und Kinder der Bauern stickten rund um die Uhr zu Hause für die Fabrikbesitzer, sie jedoch arbeitete in einem nicht nur in Rorschach bekannten Geschäft bei einer sehr freundlichen und so hilfsbereiten Lehrmeisterin.

Nein, weil sie ihre Meisterin derart belügen musste, nur deshalb weinte sie, aber es gab gar keine andere Möglichkeit, war sie felsenfest überzeugt, denn nur jetzt oder vielleicht nie! Eine von früheren deutschen Revolutionären gegründete ʽDemokratische Partei des Volkesʼ im Königreich Württemberg würde immer stärker werden, hieß es auch in Rorschach und im nahen St. Gallen, ob sie da bald noch verreisen gedurft hätte?! Und auch noch nach Sachsen nach Leipzig?! Also sie persönlich war da sehr besorgt, dass die Obrigkeit das nicht dulden würde, dass bald überall Soldaten postiert werden würden, um alle Leute zu kontrollieren und Mitläufer zu inhaftieren. Und dazu an ihrem Geburtstag am zweiten Januar hat ihre arme

Mutter ihr alles gebeichtet. Und am ersten Februar war sie doch erst Lehrmädchen geworden, aber –

Minna nahm deshalb die fertigen Stickwaren ihrer Mutter heute morgen in der Tasche nicht zur Abgabe nach Arbon mit, sondern packte darin für sich selbst geeignete Kleidung einer Reise nach Leipzig ein und schlich sich, ohne sich sehen zu lassen, aus dem Haus. Das geschenkte Buch hat sie selbstverständlich nicht vergessen mitzunehmen. Einen kurzen Brief als ihre Krankmeldung, als ob heute früh hastig von ihrer Mutter geschrieben, warf sie in Rorschach in den Postkasten des Geschäftes ihrer Meisterin ein. Und nun stand sie an der Anlegestelle der *Jura*. Sie müsste längst am Horizont zu entdecken sein, vielleicht erst auch nur der graue Rauch aus dem Schornstein. Minna wollte nicht entlarvt werden, nicht dass man sie ergreifen konnte, weil sich ihr ʿSchiff in die Freiheitʾ womöglich verspätet hat. »Himmel hilf!«, betete sie in dieser Morgenkälte mit Tränen in den Augen leise vor sich hin: »Himmel, hilf! Bitte!«

»Guten Morgen, junge Frau! Es wird heute ein schöner Tag mit Sonne!«, sprach sie augenblicklich ein gleichaltriger junger Mann von der Seite an. »Du wartest hier bestimmt auch auf die *Jura*? Mein Name ist *Andreas*. Ich darf ab heute auf dem Raddampfer als *Schiffsjunge* arbeiten. Na ja, ab ersten Februar sollte ich bereits beginnen, aber ich war schwer erkältet und musste bis gestern mein Bett hüten – mit Fieber und so! Aber ab heute fängt mein weiter Weg zum Kapitän an, weißt du. Mein Traum! Die *Jura*, das Schiff meiner

Träume! Und was sind deine Träume? Na, wohin geht die Reise? In eine Großstadt mit dem feinen Leben!?«

»*Wilhelmine Kreusin* gedenkt man mich zu nennen, Schiffsjunge Andreas! Aber du darfst dann meinen schweren Koffer unter Deck bringen. Heute nur in den Bugsalon! Zweite Klasse! Wir sind im Auftrag nach Deutschland ins Königreich Sachsen unterwegs«, meinte Minna mit erhobenem Haupt zum Frechdachs.

»Ach so! Wenn Ihr mir bereits Ihr Billett zeigen möchtet, werte Dame, dann werde ich Euch zu Diensten sein, selbstverständlich, ganz wie es sich für einen frischen Seemann der *Jura* gehört«, erklärte ihr Andreas nun bemüht wie ein dressierter Höfling.

»Oh, nein, ich finde es nicht in der Rocktasche! Das hat meine Magd vergessen. Unglaublich! Würden Sie mir einen Fahrtenschein bis Konstanz kaufen. Hier das Geld!«, entgegnete sie erschrocken.

»Mache ich gerne! Ich bin sofort wieder bei Euch! Vertrauen Sie mir denn tatsächlich?«, fragte Andreas verwundert.

»Warum sollten wir einem jungen Matrosen der *Jura* denn nicht vertrauen? Bis gleich also! ʽZweite Klasseʼ bitte, ʽeinfache Fahrt!ʼ«, meinte Minna zu ihm, dann war er schon auf dem Sprung zum Kassenhäuschen.

Minna gefiel es sehr, eine junge Dame zu spielen. Sie glaubte auch, auf diese Weise ein bisschen für Leipzig zu üben. Das wäre sie sich doch schuldig, dachte sie.

Gestern fand ja wieder der große Rorschacher Donnerstagsmarkt statt. An den Eisenbahnwaggons standen deshalb viele Leute, die hier übernachteten. Sie warteten auf das Zeichen zum Einsteigen, denn die Wagen wurden noch gesäubert. Und im Sommer nach der Ernte fuhren sie tagelang sogar bis nach Ungarn, wusste Minna, denn der Handel im Ort blühte wie noch niemals zuvor. Die eingeführten ungarischen Getreidesäcke füllten dann das große Kornhaus fast bis zur Decke hinauf. Der Stadtrat überlegte, wo man einen dringenden Erweiterungsbau errichten könnte. Und der Rorschacher Wochenmarkt hatte wirklich den Ruf erlangt, sich zum wichtigsten Fruchtmarkt der ganzen Schweiz emporgeschwungen zu haben. Na, das erfüllte Minna ebenso mit Schweizer Stolz wie das Kornhaus mit ungarischem Getreide!

Sie musste mit dem Schiff in das badische Konstanz fahren und konnte erst von dort aus mit der Eisenbahn weiterreisen. »Zu dieser Jahreszeit – im nasskalten Februar – mit deshalb sicherlich nur einer Handvoll an Mitreisenden der Lindauer *Jura*, eines Passagier- und Transportschiffs für Post und Ähnliches, suchte mich gewiss niemand«, schmunzelte sie in sich hinein.

Und da rauschte ˋMinnas *Jura*´ auch schon näher zur Hafeneinfahrt herbei. Der Winterhimmel erhellte sich.

»Hier bitte, Euer Billett!«, sprach sie plötzlich Andreas von der Seite an. »Vielen Dank, Schiffsjunge! Und jetzt stellen Sie sich ordentlich vor uns auf, dass wir Sie kontrollieren; denn wir als hochbegabte Putzmacherin der feinen Gesellschaft werden Ihre Kleidung streng prüfen. Sie sollen ja den besten Eindruck auf den Kapitän machen! Richtig?« Andreas war nicht schlecht überrascht, ließ ihre Musterung aber geschehen, denn er kannte sich in diesen ˋvielen Fragen der beruflichen Etikette´ nicht aus – wie er es ihr in seinen Worten beichtete und sich mehrmals kopfnickend bedankte.

Minna zog ein wenig an seiner Jacke hin und her, richtete seinen Kragen zu recht und setzte ihm seine schräg getragene Mütze so gerade wie nur möglich auf den ernsthaft sehenden Kopf. Gewaschen war er.

»Ein Kapitän trägt seine Mütze immer gerade, stolz und rechtschaffen, Herr Matrose! Denken Sie schon jetzt jede Minute daran! Verstanden?!«, wies ihn die selbstbewusste Minna in die Gepflogenheiten der Marine ein, während Andreas tief in ihre Augen sah – und sah, dass ihre Augenränder gerötet waren. Sie musste sehr geweint haben, dachte er, aber warum? Sollte er sie fragen? In diesem Augenblick? – Nein, er war überzeugt, dass er auf der Fahrt noch irgendwie Zeit für ein klärendes Gespräch finden würde.

»Danke! Ja! Sehr gut«, antwortete er überzeugt. »Und dorthin zur Anlegestelle, wo der Schiffssteg gleich hinübergelegt werden wird, gehen Sie jetzt sofort! Sie werden bestimmt einer der ersten Personen sein, die die *Jura* betreten sollen! Abmarsch!«, nach dieser Aufforderung küsste sie ihn blitzschnell auf die rechte Wange und trat ein paar Schritte nach hinten, weil die *Jura* anlegte. Und Andreas ging verwirrt nach vorne.

Als erstes Ereignis lief der schwarze Schiffskater über den Steg an Land, als ob er etwas sehr Dringendes zu erledigen gehabt hätte.

»Stobärli, bleib nicht zu lang!«, rief ihm der Matrose Georg hinterher, während er danach Herrn Rittmeyer wie gewöhnlich mit dessen Koffer über den Steg begleitete. Die Staffelei klemmte unter dem Arm des Künstlers, während er sich verabschiedete und auch rasch noch unserem Kapitän auf der Brücke zuwinkte.

»Morgen! Zuerst unsere Bordarbeit!«, erklärte Georg den Wartenden. Also marschierten zwei Hafenarbeiter voraus und dahinter zwei Postmänner mit Säcken an Bord, alle sechs lautlos grüßend, vier von ihnen hatten schwer umzuladen. Die Fracht für Rorschach, heute auch vier Fässer, nicht nur unterschiedliche Kisten, befand sich fest verschnürt auf dem Vorderdeck. Die Post lagerte achtern unter mir in einem Frachtraum, in den eine Treppe hinabführte. Die Planken waren noch immer morgendlich feucht, inzwischen jedoch nicht mehr so eisig, weshalb sich die Männer an Deck schon trittsicherer fortbewegen konnten.

Das Rauchen war auf der *Jura* streng verboten, auch für die Reisenden, nicht nur weil unser Kapitän ein sehr verfechtender Nichtraucher war, sondern weil das Schiff ja aus Holz bestand und meistens teure Baumwolle und Seide beförderte. Die Versicherungen hätten das Rauchverbot auch angeordnet, erklärte unser Kapitän immer wieder zwischendurch. Er stand nun wie ein Wachposten an der Treppe, um jedes einzelne Frachtstück mit der Liste in der Hand zu kontrollieren, bevor es sein Schiff verlassen musste. Je weniger Kisten, Fässer, Säcke und sonst irgendeine Fracht auf seiner *Jura* war, desto mehr Platz gab es für Passagiere, war seine Meinung, die aber wohl keiner seiner entscheidenden Vorgesetzten in Lindau so recht hören wollte. Er blickte da seit Jahren mit Neid auf die Schweizer mit ihrem größeren Raddampfer *Stadt Zürich*, der als modernes Passagierschiff gebaut wurde. Zusätzlich hatten sie wie hier im Hafen von Rorschach die speziellen Dampfbootschlepper für das Getreide oder die Stoffe in riesigen Mengen. Und er müsste immer beide Ziele auf seiner ´schönen *Jura*´ möglich machen; das ärgerte ihn manchmal zu sehr:

»Fässer kommen mir nicht mehr an Bord! Wofür habt ihr die eigenen Frachtschiffe?! Meldet das gefälligst!«, fauchte unser Kapitän Motz die beiden Arbeiter an, während sie gerade mit größter Mühe ein Fass die Anlegetreppe hinunter und über den Steg schleppten, ohne zu antworten. »Sind das alle Postsäckli?«, fragte er heute die Uniformierten, die unverzüglich lächelnd bejahten und ihm »Gute Weiterfahrtli!« wünschten.

Ich fragte mich jetzt neben ihm stehend, weshalb er das von ihnen wissen wollte, er selbst war doch heute morgen in Lindau der haargenaue Vorzähler der vier Postsäcke für Rorschach, die achtern unter mir im Heckfrachtraum mit den anderen für Romanshorn und Konstanz verstaut wurden. Konnte er sich das nicht mehr merken, es waren doch heute für jede Stadt genau vier?! Seltsam! Hoffentlich fragt er jetzt nicht auch noch mich, wie viele Säcke dort unten sind!

Ein Steuermann ist ja nicht für die Ladung seines Schiffes zuständig, aber unser Kapitän Motz wollte mich immer öfter dabeihaben, damit ich doch endlich auf mein eigenes Kapitänspatent hinarbeiten sollte. Immer mehr Schiffe wurden am Bodensee vom Stapel gelassen, immer größere! Außerdem wurde ja täglich gefahren und immer mehr Stunden, da wurden auch mehr Kapitäne für ein einziges Schiff notwendig, ahnte Martin Motz.

Ich war ihm einfach zu wenig ehrgeizig. Er konnte das schlecht verstehen, dass nicht jeder Schiffsjunge eines Tages Kapitän sein wollte, also ihm war das ja bereits als Kind klar. Das erzählte er immer wieder, wie er mit seinem Vater sein erstes Holzschiff am Ufer vor der Insel Lindau fahren lassen durfte. Nicht `schwimmen´, darauf bestand schon sein Vater. Schiffe `fahren´, sie `schwimmen´ nicht, das machten nur Menschen und Fische, manchmal auch Hunde. Und die Schiffe, wenn überhaupt, dann nur, wenn sie im Hafen angelegt hätten. Ein Schiff schwimmt nur im Stillstand! Martin begriff das natürlich erst später in der Schule und dann bestand er augenblicklich darauf. Es hieße ja auch `die Schifffahrt´ auf dem Bodensee und nicht `das Schiff schwimmen´! Da musste ich ihm leider Recht geben.

Einer sehr großen Familie entstammte Martin, in der es viele Auswanderer gab, besonders in die Übersee nach Amerika und Alaska. Manchmal träumte sogar er ebenfalls davon, von den mächtigen Raddampfern auf dem riesigen Mississippi, die er von Postkarten seines Onkels kannte, dem Bruder seines Vaters, »dem Wassermann dort drüben«, wie Martins Vater stets sagte, dort ein allen bekannter Kapitän eines stolzen Passagierdampfers, aber er würde nur in ein anderes Land fortziehen, wenn hier wirklich die Eisenbahn eines Tages die Passagierschiffe in die Verschrottung zwingen würde. Noch konnte er sich das aber nicht vorstellen. Er nicht. Seine *Jura* war im doppelten Sinne das Schiff seiner Träume! –

»Guten Morgen, Herr Kapitän! Es wird heute ein schöner Tag mit Sonne! Es wird!«, rief uns unser ankommende *Matrose Martin Rupflin* schmunzelnd entgegen und auch *Heinrich*, unser *zweiter Heizer*, watschelte etwas hinter ihm, er war sein jüngerer, aber dicklicher Bruder.

»Ja, es wird!«, erwiderte ihm unser Kapitän, »Trägst heute du die nächste Proviantkiste? Guten Morgen!«

»Guten Morgen! Kann ich da nicht mithelfen, Herr Kapitän? Ich bin Ihr neuer Schiffsjunge, endlich wieder gesund!«, warf Andreas laut ein.

»Aha, der Andreas! Stimmt´s? *Andreas Buschor*? Ja?«. Andreas nickte mehrmals freundlich: »Ja, ja – jawohl!«

»Aus dem Weg!«, stieß da einer der Hafenarbeiter mit einer großen Kiste vor der Brust dazwischen, weil unser Kapitän im Augenblick vor der Landungstreppe stand, die er ja schwer beladen hinabsteigen musste.

Da befürchtete ich, dass der Hafenarbeiter in wenigen Sekunden vom bekannten Lindauer Kapitän Martin Motz persönlich kopfüber in den See geworfen würde, doch unser Kapitän eilte wortlos die Treppe hinunter zu seinem auffällig appellierenden Schiffsjungen, um ihm zu einer freundschaftlichen Begrüßung die Hand zu schütteln, was alle Leute und auch mich erstaunte.

»Andreas, herzlich willkommen in der Mannschaft meiner *Jura*! Vielen Dank für deinen guten Gedanken! Warte hier auf unsere *Schiffswirtschafterin Frau Sodner* und begleite sie! Sehr gut!«, besprach er diese Sache mit ihm. Andreas rührte sich nicht von dieser Stelle, rührte sich auch nicht vor Kälte! Unser Kapitän klärte das mit Martin, während sie an Bord gingen. Nach kurzer Zeit waren alle Güter für Rorschach kontrolliert abgeladen, so dass die Hafenarbeiter neue Kisten anschleppten, die ebenfalls vom Kapitän persönlich schriftlich kontrolliert unsere beiden Matrosen mit den übrigen vertauten.

Endlich erschien unsere Greta mit ihren beiden runden Körben an den Händen. Andreas erkannte sie an ihrer Küchenhaube, redete rasch mit ihr und rannte danach irgendwohin, sicherlich um die nächste Proviantkiste zu holen, so beobachteten das unser Kapitän und auch ich wieder neben ihm stehend.

»Guten Morgen, Herr Kapitän! Es wird heute ein schöner Tag mit Sonne! Es wird!«, begrüßte sie eigentlich uns beide. »Guten Morgen, *Frau Sodner*! Ich sehe, unser neuer Schiffsjunge Andreas ist bereits im wichtigen Einsatz! Sehr gut!«, und er flüsterte ihr näher kommend noch dazu, »Meinen Sie, ich sollte ihn besser *Andi* oder *Anderl* nennen! Na, wegen hier – unserem ersten *Andreas*!«

»Nein, Herr Kapitän! Bitte nicht! Nennen Sie ihn im Privaten beim Vornamen und hier an Bord einfach *Leichtmatrose.* Er ist doch noch fast ein Kind! Nicht?«, riet sie forsch dem staunenden Kapitän: »Vollkommen richtig! So dachte ich mir das natürlich auch. Ich hatte ja schon einmal einen Schiffsjungen an Bord, ist aber viele lange Jahre her. Auf einem anderen Schiff! Ja. Danke, Frau Sodner!«

»Aus dem Weg!«, stieß da ein anderer Hafenarbeiter mit einer großen Kiste vor der Brust dazwischen, weil unsere Schiffsköchin Greta im Augenblick oben auf der Landungstreppe stand, die er ja schwer beladen hinaufsteigen musste.

»Bin schon weg! Verzeihung!«, sagte sie zu uns und verschwand in Richtung Achtern zur Kombüsentür, die sich an dem großen Schaufelradkasten Backbord befand. Diese Kästen waren ja längst als Häuschen mit Fenstern geschreinert. In der Mitte jeweils der obere Teil des Schaufelrades, die Kombüse Backbord achtern und Backbord voraus der Mannschaftsraum, Steuerbord achtern unser `Abtritt´, das ist das Plumpsklo, und voraus der Kapitänsraum mit der Kommandobrücke über dem Dach.

Unser Kapitän gab zu dem wieder ungewohnten Ton des Hafenarbeiters keinen Laut von sich. Er freute sich wahrscheinlich, wenn dieses Laden an jenem Tag ohne lästige Unterbrechungen beendet wurde. Auf der Frachtliste hakte er allmählich die letzten Kisten ab; das wusste ich, weil er mir nur so knapp befahl: »Andreas, zurück ans Ruder!«

Ich zog mich zurück, holte mein heißes Getränk aus Gretas warmer Kombüse ab und blieb weiterhin im Hintergrund als Zuschauer und Zuhörer. Als wartende Reisende entdeckte ich zwei dick angezogene Gäste, eine junge Frau und, eben dazu gekommen, Herrn *Konrad Straub*, einen *Schwarzwälder Uhrenhändler*.

Nach doch längeren Minuten verabschiedeten sich fünf Hafenarbeiter auf dem Steg höflichst, indem nur ihr Anführer auch ohne einen Blick zurück kurz seine rechte Hand erhob. Folglich schritt unser Kapitän zur Brücke hoch und gab beruhigt den Befehl zu seinen Kisten verschnürenden Matrosen hinunter: »Wiesele! Empfange die Reisenden dort zum Einschiffen! Nun zu!«

Georg wieselte durch die vielen Kisten hindurch zur Anlegetreppe und winkte den beiden Passagieren zu, dass sie nun an Bord kommen durften. Unser neuer Leichtmatrose war aber schneller: »Nur noch einen Augenblick! Ich bringe erst die Proviantkiste an Bord und hole dann auch sofort das Gepäck nach!«, rief er und schleppte Gretas Proviantkiste die Stiegen hinauf. Auf Deck sollte er sie schnell unserem Matrosen Martin übergeben, der ihm bereits entgegenkam, aber bei dem er sich ja noch nicht vorstellen konnte.

»Wer sind Sie? – Guten... Ich bin der – Schiffsjunge Andreas!«, keuchte er. »Matrose Martin. Sei auch gegrüßt! Und du, wieder ab!«, erwiderte die eine Wasserratte nur. Martin Rupflin war ein ehemaliger Schweizer Söldner so wie unter Deck sein Bruder Heinrich. Er war der beste Schwimmer, den wir alle je kennengelernt hatten. Im Zürichsee hätten sie beide als junge Männer beim Militär Schwimmen gelernt, berichteten sie uns, Martin sei eindeutig der Bessere gewesen, wesentlich ausdauernder und schneller, auch wenn Heinrich früher genauso schlank gewesen sei. Und das Bergsteigen habe ihnen ihr Vater auch in die Wiege gelegt, weil ihre Familie als Bauernfamilie eine weitläufige Hochalm für den Sommer besessen hätten. Ihre Mutter sei an einer schweren Krankheit und ihr Vater bei einem Bergunfall wegen eines sich verirrten Viehs gestorben. Sie hätten dann den Besitz verkauft, um als Wehrmänner in die Welt zu ziehen.

Zur Marine auf die Weltmeere wollten beide. Ob das stimmte, wussten wir nicht. Am Bodensee sind sie jedoch geblieben und unsere *Jura* bedeutete für sie das Schiff ihrer Träume, weil sie beide weiterhin an demselben Platz zusammenarbeiten durften. Solche Brüder gab es hier selten. Sie liebten auch alle Kinder; vielleicht weil sie selbst noch nicht verheiratet waren, wahrscheinlich auch noch nicht Vater werden durften. Beide erteilten den Kindern im Auftrag der Schulen in Rorschach und in Lindau in jeden Sommermonaten Schwimmunterricht; denn jedes in den Todesanzeigen gemeldete, ertrunkene Kind brach ihr beider Herz –

Unser Gepäck schleppender Leichtmatrose beschritt mit Minna und Herrn Straub als Gefolge unsere *Jura*. Seine Rückentrage, *Hutte* genannt, brachte Herr Straub lieber selbst an Bord, Matrose Martin half beim Hinuntertragen in den Bugsalon der Zweiten Klasse und ihm alles zu erläutern. Mehr Gäste gab es ja noch nicht, sonst wären der Koffer und die Hutte zur Sicherheit im Frachtraum weit achtern unter Deck fest verstaut worden. Unser Matrose Georg begrüßte die beiden Passagiere, kontrollierte rasch die Billetts und erklärte ihnen zum Beispiel, wie sie an Bord zu Gretas guten Speisen und warmen Getränken gelangen würden. Sie bedankten sich freundlich und Georg begleitete sie zur Salontreppe auf dem Vorderdeck.

Unseren Kapitän erfreute diese sehr gute Bedienung seiner Schiffsgäste gewiss. Das würde sich sehr weit herumsprechen, hoffte er, so dass er vielleicht eines Tages doch noch ein modernes Passagierschiff führen durfte. »Wiesele!«, schrie er von seiner Brücke herab, »Sind alle Reisenden an Bord?«

Georg erwiderte: »Jawohl! Aber halt! Da winken noch zwei Frauen im schwarzen Gewand! Einen Augenblick, Kapitän! Das sind *zwei Nonnen*!« Den beiden Nonnen half Georg am Steg. Jede hatte nur einen Reisekoffer mit, die nahm er ihnen sogleich ab, so dass sie leichter die Treppe auf die *Jura* hinaufstiegen und dann mit ihm in den Bugsalon hinabgingen. Sie übergaben das Geld für ihre bevorstehende Fahrt nach Romanshorn geradeaus in Georgs Hände, das er schnellstens in die Schiffskasse in der Kapitänskajüte brachte.

»Wiesele!«, schrie unser Kapitän wieder von seiner Brücke herab, »Sind jetzt alle Reisenden an Bord?«

Georg erwiderte: »Jawohl, Kapitän! Aber das Stobärli ist...!« »Siehst du denn das Stobärli nicht? Dort voraus bei der Glocke schleicht es um die Kisten und Säcke! Es ist längst an Deck! Du darfst also den Steg einziehen! Nun zu!«, rief ungeduldig unser Kapitän. Georg bestätigte: »Hab's entdeckt! Alle Mann an Bord!« Unser Kapitän gab ihm sein persönliches Handzeichen zum Steg einziehen und schrie nun tatsächlich gleichzeitig *Leinen los.* Martin war noch mit unserem Leichtmatrosen bei den Passagieren unter Deck. Da musste Georg wieder wieseln –

Der Befehl »Ablegen zum Wenden! Viertel Kraft rückwärts!« galt dagegen wieder mir. Der Kessel war heiß. Nach der Kehrtwende schaufelten uns die beiden Räder aus dem sicheren Hafen hinaus, »Viertel Kraft voraus!«. Der Schornstein rauchte und unser Herr Kapitän Martin Motz salutierte wie üblich beim langsamen Ausfahren den noch wenigen, an den Bahngleisen wartenden und uns zuwinkenden Leuten.

Der See war ruhig, wir fuhren noch kurz nach 8 Uhr 30 los, ansonsten hätte unser Kapitän jetzt nicht nur `Dreiviertel Kraft voraus´ angeordnet. Oder bereitete ihm schon jetzt der weiße Dunst auf dem Wasser Sorge? Wir fuhren die nächste Stunde zum Hafen von Romanshorn, bis dorthin blieb es zu Wasser meistens nebelfrei. Erst auf der Fahrt nach Konstanz könnte es unsere *Jura* je nach Wind und Sonnenwärme treffen;

zu wünschen war das natürlich nicht. Die Sicht war trotzdem sehr gut, auch wenn nicht allzu weit. Martin hielt als Wachmatrose Ausschau an der Schiffsglocke an der Spitze des Vorderdecks und unser Kapitän stieg seine Treppe hinab und bewegte sich auf mich zu. Das schwarze Stobärli marschierte ihm mit aufgestelltem Schwanz hinterher.

»Und, Andreas, was denkst du? Wird uns der Nebel heute noch in Schwierigkeiten bringen?«, wollte er meine Meinung wissen. »Was sagt denn das Stobärli dazu? Also ich kann das wirklich nicht vorhersehen, Kapitän!«, war meine ihn unbefriedigende Antwort. In die Ferne horchte er, wie wenn es der Wind zu ihm flüstern würde, und tat so, als würde er es nun wissen.

»Gut. Volle Kraft voraus! Schwerst beladen ist meine *Jura*. Sie wird sich verspäten! Nun zu! «, sprach er hart.

Das Stobärli spazierte gemütlich über die Planken ohne ein Ziel. Die Schaufelräder rauschten durch das kalte, eiskalte Wasser, in dem sich der Rauch aus dem Schornstein spiegelte. Um dies Gemälde ebenfalls mit uns genießen zu können, sprang das Stobärli auf die Kabelkiste, damit es stehend über die Reling schauen konnte: Ein großer, schwarzer Kater, dessen starker Kopf über die Reling hinausragte. Wahrscheinlich erschraken sich sogar manche Blaufelchen bei seinem gefräßigen Anblick zu Tode. Auch unser Kapitän Motz konnte durchaus solch ein Gesicht wie ein hungriger Seebär machen, wenn ihm danach zumute war. Es herrschte oft ein rauer Ton, der war aber weicher als…

Irgendwie passten sie zusammen, war ich überzeugt! Der Kater fraß oft an Bord, es gab immer etwas Essbares aus den Häfen. Und unser Kapitän aß an Bord nur Gretas Käsespätzle und auch nur, wenn er nach der langen Fahrt nach Konstanz eine kurze Pause machen konnte. Es schien mir, als ob die Fahrtroute seiner *Jura* genau nach den Gewohnheiten der beiden Freunde ausgerichtet worden war. Gäbe es einmal mittags keine Käsespätzle aus Gretas Kombüse, dann würde er in einem Gasthaus im Hafen `bessere´ essen, mahnte er Greta. Wann das genau deshalb jemals sein könnte, wusste allerdings jeder an Bord: Niemals!

Und da hob unser Kapitän Martin Motz seinen Schiffskater zu sich behutsam hoch und nahm ihn heute ausnahmsweise mit in seine Kapitänskajüte in dem Radkasten Steuerbord voraus. Keine Ahnung hatte ich, warum er das tat. Aber mein Versuch zu lächeln, gelang mir augenblicklich nicht mehr. »Sehr seltsam!«, musste ich denken, »Sehr seltsam! Oder?«

»Herr Steuermann, der Matrose Martin schickt mich zu Ihnen! Ich solle weitere Aufgaben erhalten«, mit diesem Wunsch trat mir unser frischer Leichtmatrose entgegen.

»Nicht schlecht, du bist ein aufgeweckter Bursche und zu den Passagieren sehr freundlich. Das gefällt unserem Kapitän. Also wir werden dich fördern, wenn du so weiterarbeiten wirst. Deshalb helfe auch ich dir. Du gehst jetzt zur Kombüse zu unserer Schiffsköchin Greta. Sage ihr, ich hätte dich mit einer wichtigen

Aufgabe geschickt. Du bittest um ein heißes Getränk für dich und fragst nach den Zutaten und dem Preis für die Gäste an Bord. Dann kostest du vorsichtig, damit du weißt, wie es schmeckt. Lass es ruhig in der Kombüse stehen und gehe wieder in den Bugsalon, um unseren vier Passagieren dieses Getränk und Anderes mit deinen Erklärungen anzubieten. Weißt du, ab dem nächsten Hafen von Romanshorn werden bestimmt mehr Leute nach Konstanz mit uns fahren und Greta erhält immer erst für die Rückfahrt ab Konstanz eine Schiffsmagd zur Hilfe, daher kannst du als flinker Leichtmatrose das Bedienen auch lernen. Und anschließend fragst du wieder vorne an der Schiffsglocke unseren Wachmatrosen Martin nach der Bedeutung aller Glockenschläge. Und denke immer daran, dass unser Kapitän Motz auch dich mit seinen Seeadleraugen pausenlos beobachtet! Verstanden!?«

»Sehr wohl! Heißes Getränk von Greta lernen und im Bugsalon anbieten! Zu Wachmatrose Martin und seine Schiffsglockenschläge lernen! Auf die Augen eines Seeadlers aufpassen! – Aber eine Frage dürfte ich doch haben, Herr Steuermann?«

»Sag´ immer nur die Stellung ohne `Herr´, das genügt uns an Bord! Also `Steuermann´, `Wachmatrose´, `Kapitän´; denn oft muss hier alles sehr schnell gehen, weißt du ja bereits, Leichtmatrose!«

»Jawohl! Und selbstverständlich auch `Frau Köchin´!«

»Nein! Oh Gott im Himmel! Auf keinen Fall! Damit würdest du sie bis in `Mark und Bein´ beleidigen! Das ist mir passiert, als sie erst einige Tage auf unserer *Jura* war! Das hatte ich damals in der Aufregung wegen irgendetwas Unsinnigem vergessen. Sie heißt immer *Greta*! Immer! Nur unser Kapitän darf sie mit *Frau Sodner* anreden! *Greta,* niemals *Köchin*, auch wenn sie schlafen sollte oder verstorben ist! Klar?«

»Jawohl, ja. Was ist ein Seeadler, Steuermann?«

»Leichtmatrose. Hier auf unserer schwäbischen *Jura* der Feind der neunschwänzigen Katze!«, antwortete ich ihm mit ein bisschen bedrohlicher Stimme.

»Oh je! Davon hab′ ich schon ′mal gehört!«, erschrak Andreas, »Was ist das für ein Ungetier?«

»Keine Angst, Leichtmatrose! Du bist ein stolzer Matrose der Lindauer *Jura*! Ein Mann! Was sollte dir eine Katze anhaben können!? Außerdem wacht über uns alle unser Kapitän wie ein mächtiger Greifvogel der Küsten der Welt! Das ist der größte Adler zur See, der Weißkopfseeadler! Deshalb haben die Amerikaner ihn auch in ihrem Wappen, du starker Junge!«

»Amerika! Oh ja, die Leute wandern dorthin aus, auch aus unserer Gegend. Vielleicht auch ich – eines Tages als Kapitän eines großen Dampfers auf den Meeren?«

»Ja, gut! Aber erst noch hin zur Kombüse zu Greta! Ab jetzt, Dampfer-Admiral!«, da lachten wir beide lange.

Und über diese Riemenpeitsche der Marine mit ihren neun geflochtenen Tau-Enden, jene *neunschwänzige Katze,* wollte ich ihm lieber nichts mehr erzählen –

Am 12. Februar 1864

Calvinismus war für Konrad grausam – Auf seinem langen Fußmarsch von St. Gallen zum entfernten Hafen in Rorschach, dachte er das sehr überzeugt.

Man konnte so richtig die teuren Villen der reichen Industriellen und die billigen Häuserketten der armen Arbeiterfamilien auseinanderhalten. Auch von eher ʻgemäßigtem Wohlstandʼ zeugten hierzulande sehr viele Bauernhöfe. Und im Sinne des alten Genfer Reformators Johannes Calvin sei das ja für jeden zur Arbeit geborenen Menschen göttlich vorausbestimmt. Niemand Irdischer hätte darauf Einfluss, ob er arm oder reich in seinem Leben sein würde. Man würde eben auch zum Reichtum oder zur Armut geboren und müsste nur lernen, sich damit abzufinden, sich dafür im wöchentlichen Gottesdienst zu bedanken, wie es für einen gegeben ist, dachte Konrad, so wäre das wohl. Ihm wäre das ja auch so geschehen in seinem Leben: Arm, dann reich und nun – doch wieder arm, ganz egal, wie er sich angestrengt hat. Aber wer weiß?

Andererseits hat er jedoch überraschend mehr als vorher angenommen seiner Kuckucksuhren aus seiner Heimat den Schweizern verkaufen können. Das freute ihn, denn seit wenigen Wochen war er ja wieder unterwegs als reisender Uhrenhändler und nicht mehr für Uhrmacher als berufsschulischer Lehrmeister tätig. »Na ja, so ändern sich die Zeiten eben für viele Leute«, antwortete er jetzt immer, wenn er danach in einem Gasthaus gefragt wurde. An den Stammtischen überall wurde inzwischen wieder mehr geredet. Die brutale politische Revolution ab 1848 war wieder in den grauen bäuerlich-bürgerlichen Alltag der Arbeit eingebettet. Und die modernen Maschinen mit der schnelleren Lieferung jedes benötigten Materials und auch danach der fertiggestellten Produkte erbrachten finanziellen Wachstum und Wachstum. Jeder Ort hatte bald einen eigenen Eisenbahnanschluss an die große Welt und jedes dortige Bahnhäuschen seine nagelneue `Bahnhäusle-Uhr´ aus Konrads geliebtem Schwarzwald. Vielleicht gründet er noch eine Fabrik!?

Obwohl im Bugsalon Zweiter Klasse noch viel Platz war, weil es neben den *beiden Nonnen* nur noch sie als Fahrgäste gab, saßen sich der Anfang 60-jährige *Konrad Straub* und *Wilhelmine Kreusin* gegenüber; der Ofen hatte den großen Raum noch nicht richtig erwärmt, meinten sie. Die Nonnen flüsterten fast, wenn sie überhaupt ein paar Worte miteinander wechselten; jede hielt nämlich ein offenes Buch vor sich in ihren Händen und las stillschweigend darin. Herr Straub zückte eine paar Blätter Papier aus der Manteltasche und studierte sie. Es handelte sich um seine genaue Verkaufs- und Bestellliste. Er erinnerte sich dadurch zum Zeitvertreib an so manche schöne Erlebnisse bis hin nach Genf, wo er bewusst für den berühmten Philosophen Jean Jacques Rousseau in der Kirche dessen Schwiegervaters gebetet hat, einen der Gründerväter der modernen Demokratie. Ja, dessen hochbegabter Vater war auch ein Uhrmacher, damals sogar ein berühmter! Er reparierte fast sechs Jahre lang am Hof des türkischen Sultans in Konstantinopel die Genfer Uhren. »Wahrscheinlich kam er zurück, weil er zu gut war!«, dachte Herr Straub schmunzelnd.

Und Wilhelmine Kreusin holte auch ihr Buch, das neue, vorsichtig aus ihrer Handtasche: Gar nicht so viele Seiten! Vielleicht so um die zwanzig feste Blätter! Ein hellbrauner Ganzlederband. Ein goldgeprägter Titel auf grünem Rückenfeld. Der Goldschnitt rundum. Vergoldete Innenkanten. Ein paar Kupfertafeln mit Zeichnungen und einige Textvignetten darinnen. In Leipzig »bey Weidmanns Erben und Reich, 1777« gedruckt. Ein wertvolles Buch hielt sie da in ihren Händen, wusste sie. Der Titel hieß *Wilhelmine, ein prosaisch komisches Gedicht.* Geschrieben hat diese Geschichte ein Herr *Moritz August von Thümmel,* wahrscheinlich auch aus der Gegend von Leipzig, glaubte sie.

Endlich hatte sie die Zeit, das Buch zu lesen, das ihr ihr noch recht unbekannter Vater zum Geburtstag geschenkt hat. Sie platzte ja fast schon seit Tagen vor Neugier, weil in seinem Brief dazu stand, dass sie eben wegen dieser kurzen Erzählung auch den Vornamen *Wilhelmine* erhalten hätte. Herr Straub sprach sie sogleich an: »Sie dürfen gerne laut vorlesen. Geschichten aus Büchern sind meine zweite Leidenschaft neben meinem Beruf. Allerdings, um meine abends sehr müden Augen als Uhrmacher vorsorglich zu schonen, liest uns immer meine Gattin vor. Das genießen wir sehr, weil es uns auch dabei hilft, immer etwas Schönes zu träumen. Deshalb bitte, es wäre auch mir eine Freude! Lesen Sie uns bitte vor! Fahren Sie auch bis nach Konstanz mit dem Schiff?«

»Ja, noch ein paar Stunden, da haben Sie Recht, viel Zeit zum Lesen! Na gut. Aber ich kenne diese alte Geschichte noch nicht. Sie heißt *Wilhelmine,* wurde von einem Herrn von Thümmel verfasst. Und wegen genau dieser Erzählung ist das auch mein Vorname, meint mein... Vater.«

»Ach! Wunderbar! Wir kennen diese Geschichte! Da freue ich mich schon. Seine Erzählung war einst sehr berühmt, aber die Kriege Napoleons machten überall auch so viel Kultur zunichte. Er muss kurz nach dem Wiener Kongress verstorben sein. Ach bitte, lesen Sie! Ist der Ofen warm genug für Sie? Haben Sie wirklich genug Licht?«

Für Minna war alles in bester Ordnung. Sie meinte zwar, dass sie nicht so gut lesen könnte, aber Herrn Straub war das nicht so wichtig, weil er ja den Inhalt des Buches noch immer in groben Zügen im Gedächtnis gehabt hätte. Also blätterte Minna aufgeregt zur ersten Seite, um bedeutsam vorzulesen:

»Erster Gesang. Einen seltenen Sieg der Liebe sing´ ich, den ein armer Dorfprediger über einen vornehmen Hofmarschall erhielt, der ihm seine Geliebte vier lange Jahre entfernte, doch endlich durch das Schicksal gezwungen ward, sie ihm geputzt und artig wieder zurück zu bringen.«

»Geputzt und artig! War sie denn wie ein – dreckiger und frecher Straßenköter!?«, lachte Herr Straub plötzlich zwischen Minnas gelesene Worte hinein.

»Aber nein! Der reisende Herr wissen nicht, was eine Putzmacherin ist?« fragte Wilhelmine fast beleidigt, »Auch ich habe dies Geschäft erlernt! Das bedeutet, dass die Frau fein, wie es sich gehörte, gekleidet wurde, auch mit einem passenden, schönen Hut dazu. Wir verwenden nämlich für unsere Hüte bestes Leder, teure Stoffe, sogar Pelze, mein Herr! Und ich gebe mir größte Mühe dabei, lobt mich auch meine Meisterin!«

»Entschuldigung! Selbstverständlich! Ich habe das nur gerade vergessen, wissen Sie. Die anstrengende Reise schon seit dem frühen Wintermorgen, um rechtzeitig hierher zur... Warum weinen Sie denn? Sie müssen wegen mir nicht weinen! Oder ist es das Buch? Dann machen wir eine Pause und gehen hinauf an Deck, die schöne Landschaft genießen. Was meinen...?«

»Da bin ich wieder, meine Herrschaften!«, schallte es augenblicklich die Treppe hinunter, »Verzeihung, ich soll Sie fragen, was Sie zu sich nehmen möchten. Unsere Schiffsköchin Greta hat für Sie mit ihren besonderen Gewürzen zum Beispiel einen heißen...«

Wilhelmines kullernde Tränen versiegten sogleich, als sie unseren Leichtmatrosen wiedersah, was dieser in seinem freundlichen Eifer jedoch nicht bemerkte, Herr Straub allerdings schon. Alle drei freuten sich sehr. Andreas nahm die Bestellungen beider kurz laut wiederholend auf. Natürlich könnte er sich die paar

Sachen in seinem jungen Kopf merken, glaubte er, und wollte gerade zurück zur Kombüse entschwinden, da vernahm er doch noch eine andere Stimme: »Herr Matrose!«, sprach sie beinahe unhörbar wegen des Rauschens der Schaufelräder, »Wir beide hätten gerne auch ein warmes Getränk! Bitte, junger Mann!«

Andreas erschrak wegen der Stimme weit hinter ihm, er drehte sich um, sah die beiden verschleierten Nonnenköpfe und rief bereits noch ein bisschen verwirrt, während er schnell zu ihnen eilte: »Oh, selbstverständlich! Entschuldigung! Wie konnte mir das nur geschehen!? Bin ich gottverlassen? Was rede ich!? Nein, wissen Sie, mein lieber Gott! In diesem Halbdunkel! Ein warmes Getränk! Nein, zwei warme Getränke, natürlich! Ja, das bringe ich auch sogleich zu Ihnen. Verzeihung! Das werde ich Ihnen bezahlen – als Wiedergutmachung! Das wird nie wieder passieren, verspreche ich, sonst soll mich der Teufel…!«

»Genug! Mein Bruder! Beherrsche dich! Bedenke, was du da sagen willst! Es ist nichts Schlimmes geschehen! Gar nichts! Wir nehmen deine Entschuldigung an, nicht aber deine Einladung! Du bist ein Junge, der das teure Leben noch vor sich hat und es in Gottes Namen so gut wie möglich meistern muss. Wir beide sind wie deine älteren Schwestern, die dir zu helfen haben, und nicht wie dein Herr und Gebieter, der dir den rechten Weg zu weisen hat! Das steht uns nicht zu, Matrose!«, belehrte ihn lächelnd die jüngere der beiden Nonnen. Weil er nicht mehr wusste, was er antworten sollte, entschlüpfte ihm nur das Wort *Dankeschön* und schon rannte er die Treppe zur Kombüse hinauf, um all das Bestellte zu holen.

Wilhelmine und Herr Straub haben das Gespräch fast nicht verstanden, aber an den Gesichtsausdrücken und Gesten haben sie gesehen, dass alles wieder in Ordnung war. Deshalb bat Herr Straub Wilhelmine darum, dass sie doch bitte weiterlesen sollte und, dass er sich ab jetzt zügeln werde und nicht mehr in ihre Worte platzen wollte. Er lud sie dafür auch zu dem Getränk und später auch zum Essen ein, wenn sie das möchte, versprach er Wilhelmine. Sie war längst in anderen Gedanken, bedankte sich nett und las wieder bedeutsam aus ihrem Buch vor.

Die Schaufelräder rauschten vor sich hin. Die Zeit hinter den Bullaugen im erwärmten Salon verging.

Natürlich erschien unser Leichtmatrose erst doch noch einmal kurz, um sich die Bestellungen doch lieber noch einmal von den vier Passagieren bestätigen zu lassen, erklärte er, aber Herr Straub schmunzelte nicht überrascht in sich hinein und Wilhelmine lobte Andreas lächelnd mit lauter Stimme: »Ihre saubere Mütze ist wie Ihre Arbeitsauffassung, Leichtmatrose! Gerade, aufrecht, sehr artig! Ich werde Sie deshalb bei Gelegenheit beim Kapitän loben! Danke!« Die Nonnen lächelten auch und nickten beipflichtend.

»Sie spricht schon wie eine Lehrmeisterin!«, dachte Herr Straub und überlegte, ob er nicht selbst solche Sprüche bei seinen Schülern in Furtwangen benutzt hatte. Ja, seine schöne Uhrmacherschule! Geschlossen ist sie erst seit wenigen Wochen. Deshalb wanderte er ja als Händler wieder einmal in allen nur erdenklichen Gegenden herum, leider musste das sein. Na ja.

Wilhelmine las diese kurzweilige Geschichte ihrer Namensvetterin weiter vor, die Nonnen lehnten sich zurück und schlossen ihre Augen, um wahrscheinlich ein wenig zu schlummern, und unser aufgeweckter Leichtmatrose unterbrach sie später nur noch einmal, als er möglichst nicht störend für alle die heißen Getränke brachte und sich wieder wie ja angeordnet zum Vordeck aufmachte; denn jetzt sollte unser Wachmatrose Martin dem neuen Kameraden die Glockenschläge erläutern:

»Auf See ist *das Glasen* von höchster Wichtigkeit. Weil kein Seemann eine Uhr bei sich trägt, wird jede halbe Stunde die Schiffsglocke in verständlicher Weise von dem Steuermann mit der für genau eine halbe Stunde gebauten Sanduhr oder einem von diesem beauftragten Matrosen angeschlagen; das heißt auf See *Glasen*, ein `Glas´ ist ein Schlag, mein Junge!«

»Leichtmatrose!«, warf Andreas ein, »So nennt mich der Kapitän! Ja, ich bin schon Leichtmatrose!«

»Leichtmatrose?! Na, dann weiter! Ab einer halben Stunde nach Mitternacht, dem ersten Schlag, kommt jede halbe Stunde ein weiterer dazu. Also hat vier Uhr nachts genau vier Doppelschläge, dann beginnt die zweite vierstündige Wache. Verstanden? Sechs Schläge sind dann welche Uhrzeiten, Leichtmatrose?«

»Alle vier Stunden ein Wachwechsel, daher sechs Wachwechsel in 24 Stunden. Das muss dann sechsmal sechs Schläge geben! Das sind drei Doppelschläge ab der ersten halben Stunde nach Mitternacht gezählt! Oder? – Genau! Und drei Doppelschläge bedeuten dann 3 Uhr und 7 Uhr und 11 Uhr und 15 Uhr und 19 Uhr und 23 Uhr und... War das schon sechsmal?«

»Ja! Sehr gut, Herr Leichtmatrose! Sehr gut! Wie viele Schläge würdest du für vormittags 9 Uhr, für nachmittags 14 Uhr und für abends 18 Uhr 30 geben? Ist das genauso einfach für dich? 9, 14 und 18 Uhr 30!«

Andreas überlegte rasch: »Die Wachwechsel mit vier Doppelschlägen sind Mitternacht, dann 4 Uhr, 8 Uhr, 12 Uhr, 16 Uhr, 20 Uhr. Deshalb sind 9 Uhr ein Doppelschlag, 14 Uhr zwei Doppelschläge und 18 Uhr 30 zwei Doppelschläge und mit einem Schlag dazu. Stimmt`s?«

»Du bist aber schnell! Das muss ich doch selbst erst nachrechnen. 9 Uhr hat zwei Schläge, 14 Uhr vier und 18 Uhr 30 fünf, aber der Doppelschlag muss hörbar kürzer geschlagen werden! Ist das bestimmt so richtig, Leichtmatrose Andreas?!«

»Jawohl! Darf ich gleich die Glocke schlagen? Wo steht denn unsere Sanduhr?«

»Nein, auf unserer *Jura* wird doch nicht die Uhrzeit geschlagen! Wir fahren genau nach Fahrplan, befiehlt unser Kapitän Motz. Und weil die Fahrtdauer zwischen den vier Häfen und das Beladen und Löschen in den

Häfen meist ungefähr dieselbe ist, wissen wir, wann wir wo angekommen sind. Ganz einfach! Alle Leute warten ja überall auf uns!«

»Und warum soll ich dann dieses...?«

»Weil du ein Matrose werden möchtest, dachte ich. Und ein Matrose arbeitet nicht nur auf einer Fähre wie der *Jura*, die mit ihren vorbestimmten Kurs haargenau an einen Fahrplan gebunden ist. Oder? Auf hoher See musst auch du das Glasen natürlich im Schlaf kennen, Herr Leichtmatrose! Stell´ dir vor, du müsstest bei einem Alarm erst noch in einem Buch nachlesen, was du zu schlagen hast! Nein, nein! – Aber jetzt zeigst du mir, welche Knoten du schon richtig binden kannst. Hol´ uns zwei Seile aus dem Leinenkasten hinter mir!«

»Leichtmatrose! Zur Brücke zu mir! Nun zu!«, rief plötzlich unser Kapitän von der Höhe herab.

»Und jetzt?«, fragte Andreas zögerlich unseren Matrosen Martin.

»Was wohl? Vorgesetzte gehen immer vor!«, lehrte Martin, »Und was ist unser Kapitän?«

»Vorgesetzter!«

»Die höchsten Vorgesetzten auf unserem Schiff sind Kapitän Motz und...? Na wer?«

Andreas zuckte mit den Achseln und Martin grinste ihn an und redete schnell etwas leiser:

»Unser Kapitän und sein Kater! Klar? Und ab!«

Unser Leichtmatrose lief lächelnd zur Brücke zurück, schlug ein bisschen an den gebündelten Kisten an und blieb ordentlich fast mittschiffs stehen – mit »Blick nach oben zu unseren beiden Kommandeuren«, das dachte er dabei, weil das Stobärli neben dem Kapitän hinter dem Geländer nach links gedreht aufrecht saß und ihn keines Blickes würdigte; es schaute hinüber geradewegs zum vorüberziehenden Schweizer Ufer.

»Leichtmatrose hier!«, rief Andreas stolz.

»Gut, gut«, hörte er von oben, »Was hast du bereits an Bord so alles getan? Achtern beim Steuermann bist du gewesen. Und eben entdeckte ich dich auch bei unserem Wachmatrosen. Berichte möglichst genau! Was hast du folglich bereits getan und gelernt?«

Andreas war sehr aufgeregt, er wollte ja auf keinen Fall etwas Falsches sagen, bloß nicht! Dann erinnerte er sich und sprach bewusst langsamer als sonst hinauf:

»Kapitän, als Erstes habe ich den Passagieren das Gepäck unter Deck getragen. In ihren Raum hinunter. Also in den Salon vorne im Schiff. Im Bug. In den Bugsalon, so heißt das. Nein, stimmt nicht! Zuerst habe ich die Proviantkiste an Bord getragen und sie bei den anderen im Lager der Küche, in der Kombüse, verstaut und danach den Kapitän. Nein, das Gepäck!«

»Gut, war frischer Fisch dabei? Blaufelchen?«

»Ja, Fisch lag auch in der Kiste, aber nur einer! Er ist getrennt eingewickelt!«

»Gut, der Fisch ist für das Stobärli. Bevor unsere *Jura* in den Hafen von Romanshorn einläuft, wirst du damit das Stobärli füttern, denn später ist zu viel Theater an Bord und an Land. Gut und weiter! Was war nach dem Gepäck tragen!«

»Da – da war ich kurz beim Steuermann und dann in der Kombüse. Stimmt! Ich habe mir die Getränke und Speisen von unserer sehr netten Schiffswirtschafterin erklären lassen – und ich musste auch kosten, damit ich den Gästen Genaues darüber erzählen konnte. Ich durfte es ihnen danach anbieten – in ihrem Bugsalon.«

»Sehr gut! Aber unsere Schiffsköchin ist nicht ʼsehr nettʻ, wenn du mir berichtest. Merkʼ dir das! Nun zu!«

»Ja. Und beim Wachmatrosen war ich auch noch. Also zuerst habe ich natürlich die bestellten Getränke zu den Passagieren gebracht und alles gesagt.«

»Na und das Geld?«

»Entschuldigung! Das Geld habe ich sofort zurück zur ʼnicht sehr nettenʻ Schiffsköchin zum Nachrechnen gebracht! Das ging alles so schnell, dass ich es nur vergessen habe, Ihnen zu sagen.«

»Hat unser Wachmatrose dir das Glasen unterrichtet, Leichtmatrose? Und wie läutet eine Sturmglocke?«

»Das Glasen ja, Kapitän! Die Sturmglocke läutet etwa jede Sekunde einmal etwa eine Minute lang. Auch wegen eines Brandes! Das weiß ich schon längst von unserem Feuerkommandanten aus Rorschach. Bei der großen Übung in der Stadt durften wir zusehen.«

»Für eure Kirchenglocke zu Hause! Sehr gut, gut. Und gerade ist es kurz vor 9 Uhr. Du begibst dich jetzt vor zur Schiffsglocke und setzt den richtigen Schlag. Sag´ unserem Wachmatrosen, dass ich dir das angeordnet habe. Und als Nächstes fragst du wieder bei unseren Gästen nach. Alles verstanden, Leichtmatrose?! Dann ab! Nun zu!«

Unser Leichtmatrose ging zur Schiffsglocke und rechnete mit seinen Fingern erst eifrig und dann langsam sorgfältig nach, während ich den Befehl »Volle Kraft voraus!« von der Brücke erhielt.

Es war kein anderes Schiff zu sehen, das hätte unser Wachmatrose ja gemeldet, und die schwer beladene *Jura* sollte pünktlich im Hafen eintreffen.

Ein Doppelschlag unserer Schiffsglocke war zu hören: 9 Uhr vormittags. Die Sonne erwärmte leider die Wasseroberfläche zu schnell, der erste Dunst breitete sich aus, so dass mich das Schweizer Ufer mit seinen zahlreichen blattlosen Bäumen an die verschleierten Landschaften auf traurigen Gemälden erinnerte. Angst hatte ich dabei keine, unsere *Jura* in einem dichten Nebel zu steuern. Jeder Wachmatrose am Bug hielt bisher immer seine Augen auf, warnte uns immer rechtzeitig vor Segelbooten und sogar vor treibenden Baumstämmen, damit wir sie ja umfahren könnten. Das Ruder war gut zu bedienen und das Schiff drehte sich sehr schnell, wenn unser Kapitän es mir befahl. Bremsen konnte der Raddampfer ebenfalls sehr gut, weil man seine großen Räder auch rasch rückwärts schaufeln lassen konnte. Uns gefiel das an dieser Art Schiff. Ein gutes Schiff. Ein sehr gutes!

Unser rasende Matrose Georg räumte noch immer Leinen und Seile auf dem Vordeck auf, als unser Leichtmatrose in dem Eingang zur Treppe hinunter zum Bugsalon verschwand. Er sollte wieder bei den Passagieren nachfragen und warme Getränke bringen. Erstes Mittagessen für alle an Bord hatte Greta immer um 10 Uhr nach der Abfahrt aus dem Romanshorner Hafen anzubieten, das zweite Essen und dazu süße Backwaren wieder auf der Rückfahrt von Konstanz nach Romanshorn mit der Hilfe einer zugestiegenen Schiffsmagd und daher auch von Romanshorn nach Rorschach. Von dort in unseren Heimathafen Lindau dann das letzte Essen. Die Schiffsmägde, an Bord nennt man sie *Backschafterinnen*, weil der Esstisch der Seeleute *Back* heißt, wechselten meistens. Sie bewarben sich in Konstanz bei einer Gesellschaft oft für nur ein Wochenende. Auf der *Jura* arbeiteten sie nur ab Freitag Mittag ab Konstanz bis Sonntag Mittag wieder in Konstanz zurück, wenn eben die meisten Passagiere mitfuhren. Und in einem Zimmer eines von unserer Gesellschaft gemieteten Hauses für Personal in Lindau auf der Insel konnten sie Samstag und Sonntag übernachten. Auf den Schiffen war das Übernachten verboten; Nachtfahrten unternahmen wir nur ausnahmsweise, denn dafür waren die Schiffe und auch die Häfen nicht ausgerüstet. Als Signale der Sturmwarnung oder Wegweiser in der morgendlichen und abendlichen Dunkelheit im Winter dienten die verschieden gebauten Leuchttürme.

Dass wir mehr Lampen und Laternen auf die Schiffe bekommen sollten, war von den Schifffahrtsämtern erst in Überlegung gezogen worden, als die Zahl der Zusammenstöße von allen möglichen Booten und Schiffen auf dem Bodensee stieg. Die schweren Lastkähne beförderten zentnerweise teure Güter, die Segelboote der Fischer waren sehr schnell und die neuen Dampfer für Passagiere wurden größer gebaut. Der Verkehr auf dem See wuchs und wuchs und die Routen waren ja stets dieselben. Auch wir sind schon mehrmals Zusammenstößen nur knapp entkommen. Manchmal könnte man glauben, die Wachmatrosen wären blind oder Unfälle würden absichtlich gemacht. Wer weiß, warum!?

Da stolzierte plötzlich unser Maschinist Jakob Steffenauer auf mich zu und rief: »Steuermann, hat unser Kapitän nicht Sorge, dass der Kessel unserer *Jura* explodieren könnte? Schwerst beladen und ‘Volle Kraft voraus’! Das gab es doch noch nie! Will er heute absichtlich einen Unfall herausfordern!?«

»Was fragst du mich, Maschinist!? Bin ich unser Kapitän? Könnte das denn so geschehen?«, erwiderte ich überrascht, weil ich noch nie von den Kameraden unter Deck zu ihrer Dampfmaschine gefragt wurde.

»Ja, das ist längst mit Dampfmaschinen passiert!«

»Dann benachrichtige schnell unseren Kapitän! Ich führe ja auch nur seine Befehle aus!«

»Mach´ ich!« waren seine beiden Worte und er ging um die Ecke zur Kapitänskajüte. Ein paar Minuten später eilte unser Kapitän auf seine Kommandobrücke hinauf, übersah mit mehrmals drehendem Kopf die Lage und erteilte mir den Befehl: »Dreiviertel Kraft voraus!« Unser Maschinist winkte noch mit seiner Mütze in alle Richtungen, als ob er seinen Segen dazu spendete, bevor er die Treppe zum Maschinenraum wieder hinabmarschierte, wo er ja hingehörte! *Wiesele*, der sich inzwischen in meiner Nähe aufhielt, sagte nur: »Was spielen unsere beiden Kapitäne heute Seltsames!? Was meinst du, Steuermann?«

»Seit unser Maschinist letztes Jahr bei Quedlinburg im Vorharz bei diesem Bauern *Andreas Heuke* zu Besuch gewesen ist, der sich eine dampfbetriebene Landmaschine aus England gekauft hatte, von der angeblich jeder einheimische Maschinist der Landwirtschaft träumte, ist er nicht mehr der Alte, einfach nicht mehr wiederzuerkennen! Aber stimmt, dieses Jahr hat er uns seinen Ausflug dorthin noch nicht erzählt. Du solltest ihn einfach einmal mehr fragen. Vielleicht beruhigt er sich wieder, wenn er es dir berichten kann.«

Unser Georg war ja erst 19 Jahre jung, also ganz grün hinter seinen Ohren. Ein unstillbarer Wissenshunger auf Dampfmaschinen würde unseren Jakob bestimmt Freude bereiten. Er hat es ja auch nicht ganz einfach, ein Schweizer, der seit Jahren bei uns im bayerischen Lindau wegen seiner Arbeit, die er so sehr liebt, auf dem Bodensee auf einem Dampfschiff, aber auf einem kleineren, fast wie ein Heimatloser lebt. Unser junger Georg wollte jedoch nichts über Dampfmaschinen wissen, sie erzeugten in ihm eher Unbehagen oder manchmal auch Angst, weil er nicht einschätzen konnte, ob sie vom lieben Gott oder vom bösen Teufel zu uns gesandt worden waren. Trotzdem schickte ich ihn hinunter zu Jakob, damit er nachfragen und mir danach berichten sollte. Nach einigen Minuten kam er wieder zu mir und versuchte nach Jakobs Worten zu erklären, aus welchen Gründen in England bereits die Kessel von drei Eisenbahnlokomotiven explodierten. Merken konnte ich mir nur, dass entweder ein übersehener Wassermangel oder eine absichtliche Dampfdruckerhöhung zur Geschwindigkeitserhöhung die Ursachen waren, denn die laufende Wartung sei das 'tägliche Brot' jedes Maschinisten auf dieser Welt. Und eine andere Welt kenne Jakob nicht, lachte er. Aber ich dachte bisweilen an die intrigante Welt der Reichen und Mächtigen. Wie sie sich gegenseitig freundlich anblickten, nur um sich auch gegenseitig möglichst unentdeckt zu belügen und zu betrügen!

Unsere *Jura* fuhr endlich ihre viele Fracht und ihre Passagiere geruhsam durch das Bodenseewasser am Schweizer Ufer entlang. Wenige Boote waren heute zu entdecken. Einige Segler, vielleicht noch die letzten Fischer um diese Tageszeit, ansonsten waren es nur Transportsegler, solange dickes Eis die Schifffahrt nicht zu stark behindert. Also ich konnte mich nicht beschweren, der Wellengang des Sees war gering, die Sicht weit genug und die Sonne stieg, so weit sie es im Februar bei uns konnte, den Himmel hinauf. Man könnte jetzt weltverloren vor sich hin träumen, wenn man nicht... »Bing-Kuckuck! Bing-Kuckuck! Bing-Kuckuck! Bing-Kuckuck! Bing-Kuckuck! Bing-Kuckuck! Bing-Kuckuck! Bing-Kuckuck! Bing-Kuckuck!«

»Was ist das!?« rief ich laut in Richtung Mittschiffs, »Wir sind doch nicht im Wald!? Wer war das?« Unser Kapitän hat mich gehört, denn er wendete sich zu mir um und fügte väterlich hinzu: »Wenn dir kalt ist, Steuermann, dann lasse ich dir ein warmes Getränk bringen! Oder willst du die neunschwänzige Peitsche auf deinem Rücken spüren, da wird es jedermann warm! Ist dir jetzt kalt oder nicht?«

»Nein, nein, Kapitän, alles ist in bester Ordnung!«

»Was schreist du dann herum?!«, so drehte er sich wieder nach vorne, um Ausschau zu halten, und Steuerbord vor mir kamen hinter dem ersten Kistenberg die Mütze und der Kopf des Wieseles langsam zum Vorschein. »9 Uhr!« rief er mir grinsend zu und hielt dabei eine Schwarzwälder Kuckucksuhr in die Höhe!

»Komm sofort hierher!«, erwiderte ich ein bisschen erbost, »Woher hast du denn diese teure Uhr?«

Unser Matrose Georg habe mich nur necken wollen, deshalb habe er sich mit der Uhr von unserem

Fahrgast Herrn Straub zwischen den Kisten und Säcken versteckt angeschlichen. Sie hätten nämlich beim Laden unserer *Jura* in Rorschach kurz nebenher darüber sprechen können, wie er am sichersten seine Kiste mit Kuckucksuhren auf den Planken befestigen soll. Das wären die Muster für die Schweizer Kunden. Und so eine Uhr habe er sich kurz von ihm ausleihen dürfen, weil er Herrn Straub beweisen habe können, dass er sachgerecht und sorgfältig damit umging. Einen Scherz wollte er sich also um 9 Uhr mit mir erlauben. Ist ihm ja gelungen, diesem Wiesele! Aber jetzt wurde die kostbare Uhr wieder sicher eingepackt und Wiesele wechselte endlich wieder auf seinen Posten Backbord bei mir auf dem Heckdeck.

Als Vorlesepause erzählte Herr Straub den beiden Nonnen und Wilhelmine von seinem Bekannten, dem Uhrmachermeister *Baptist Beha*, der wahrscheinlich endlich an seiner längst geplanten Weltzeituhr für den Gasthof *Bad* in ihrem Schwarzwald basteln durfte. Die Pendellänge wäre über zwei Meter. Die Uhr wog sicher über einen Zentner und das Pendel müsste ein ganzes Stockwerk höher aufgehängt werden.

Er wäre ein bis in England bekannter Meister seines Fachs, wohin er seine wertvollen Kuckucksuhren verkaufen würde. Diese Uhr wäre in eine Zimmerwand der Gaststube eingebaut, also von zwei Seiten zu betrachten. Auf dem doppelseitigen Ziffernblatt sollte man auch die Zeit in Paris, London, St. Petersburg, Konstantinopel und sogar New York ablesen können.

Dann berichteten die beiden Nonnen von der Glocke der Kirche und von all den Uhren ihres Klosters, was Herrn Straub neugierig und Wilhelmine müde machte. Konrad Straub war nicht zu bremsen, er fragt nach den betreffenden Uhrmachermeistern, wollte wissen, ob er sie auch von Irgendanderswoher kannte, er fragte den Nonnen geradezu ein Loch in den Bauch. Und Wilhelmine, derzeit die junge Dame des Schiffes, machte es sich auf der Holzbank bequemer, so weit das möglich war, und schlummerte auch wegen der Wärme des Ofens ein, so dass sie absichtlich nur etwas Schönes, nur etwas Wunderschönes träumte:

»Minna, was willst du denn heute im Geschäft?«, rügte sie ihre Meisterin, »Haben wir nicht gestern früh vereinbart, dass du schnellstmöglich nach Leipzig reist, um endlich deinen leiblichen Vater kennenlernen zu können?! Das heißt, seit heute Morgen bist du auf der Reise: Zunächst auf dem Bodensee nach Konstanz und dann mit der Bahn mit Umsteigestellen bis nach Leipzig, der zweiten Großstadt des Königreiches Sachsen. Und das berühmte Schützenhaus mit dem Trianongarten musst du auf jeden Fall besuchen! Darin hätte man ein ʼrichtiges Alpenglühenʼ gebaut, davon musst du uns dann genau berichten. Und eine Burg *Storchennest* und Kettenbrücken über Abgründe und Felsengrotten mit Zauberfeen und Springbrunnen mit überall sprudelndem Wasser und sogar noch einen griechischen Tempel auf einem Drachenfels! All das zur Erbauung der Bürger, stellʼ dir das vor! Ach, wie sehr ich dich um deine Reise beneide, mein Kind!«

Und ihre liebe Mutter schickt sie mit den schönsten Kleidern von zu Hause los: »Minna, das wird die wichtigste Reise deines Lebens, denn dein Vater *Karl Krause* ist durch seine viele Arbeit ein reicher Mann in Leipzig geworden. Er hat dich nie vergessen und uns immer genug Geld zugeschickt! Denk´ daran, er ist ein guter Mensch, sonst hätte ich ihn nicht geliebt, auch wenn er nicht bei uns am Bodensee bleiben konnte. Später wirst auch du das verstehen. Achte deshalb auf deine Kleider und dein Benehmen! Hier bist du meine *Minna Kunz* und dort in der Großstadt das *Fräulein Wilhelmine der Familie Krause*, Wilhelmine *Kreusin*! Gute Reise und schreibe gleich nach ein paar Tagen einen Brief, wie es dir – also euch – dort so ergeht! Hörst du? Bitte, Minna! Vergiss mich nicht, mein Schatz!«

Und Minna träumte von einer deutschen Stadt mit hohen Häusern, großen Plätzen und breiten Straßen mit Alleen, grünen Parkanlagen und blumenreichen Gärten um erhabene Villen herum, so wie um die ihres Vaters mit zwei ausladenden Stockwerken und einem eigenen Haus für die Bediensteten. Ja, mit Stallungen für eigene Kutschen verschiedener Größe und Zwecke und die besten Pferde dazu! Die Rappen, glänzend schwarze Hengste, und die Schimmel und Braunen und bunt gefleckte Stuten, nicht zu vergessen! Ja, und die niedlichen Fohlen und auch Hunde, die sie so liebt. Danach die Vorratsräume für das viele Essen für Tier und Mensch und eine so große Küche, dass alle für die Villa Arbeitenden immer ihren Platz finden können.

Und natürlich die einladende Halle des Hauses mit den geschmackvollen Wandgemälden von Mensch und Tier in der großartigen Natur unseres Herrgotts! Diese orientalischen Vasen mit exotischen Blumen; wie sie alle so herrlich duften – bis in den Salon mit den hohen Fenstern zum Garten hinein, wo sie mit ihrem gütigen Vater am liebsten zusammensitzt! Aber ihr Schlafzimmer ist das Gemach einer Prinzessin, wo sie von ihrem Himmelbett aus durch zwei große Fenster hindurch in die endlose Weite des Parks der Familienvilla sehen und sogar alle Berggipfel ihrer Heimat am Bodensee erahnen kann. – Ein Traum! –

Und Minna träumte von einer deutschen Stadt mit hohen Häusern, großen Plätzen und breiten Straßen mit Alleen, grünen Parkanlagen mit mäandernden Bächen und wildem Vogelgezwitscher, wonach sie in ihrem liebsten Kleid zur erfreulichsten Musik der Welt zu tanzen beginnt. Der Himmel ist blau wie unser Bodensee! Unzählige weiße Schäfchenwolken ziehen zu Gott jubilierend vor der lächelnden Sonne vorüber.

Sieh da! Sie wirft ihren schönsten Hut einem Jungen zu, der ihn sofort mit beiden Händen von ihrem Himmel holt. Er trägt die prächtigste Uniform eines Seemanns, die man sich nur vorstellen kann, und verbeugt sich vor ihr, um sie zum gemeinsamen Tanz durch die bunte Natur aufzufordern. Minna ergreift ihre beiden Hüte und wirft sie, so weit sie nur kann, hinaus in die unendliche Welt ihrer Zukunft – und sie tanzen und tanzen. Sie tanzen lange Geraden zu stürmischer Musik und in kürzeren Wirbeln zu beschaulichen Klängen, bis sie zuletzt im kleinsten Kreise sich umarmend und sich küssend die Schritte wie im Traum wechseln –

Als Minna ein Auge wieder vorsichtig zu öffnen gedachte und zum hölzernen Boden des Bugsalons hinabsah, tanzten da Mäuse vor sich hin: Kleine graue Mäuse! Zwei größere und zwei kleinere. Ganz wie zu Hause, wie ihre dortige lustige Mäusefamilie!

Minna wusste sofort wieder, wo sie sich befand und wollte sich wieder ordentlich hinsetzen, aber sie war doch jetzt eine junge Dame aus vornehmen Haus und da muss man doch sicherlich als Dame –

»Huch! Hilfe! Wasserratten! Zu Hilfe!«, schrie sie und stand bereits auf der Sitzbank, wobei sie sich nicht nur den Kopf beim Hinstellen an der Decke gestoßen hat, sondern jetzt auch noch so gekrümmt wie ihre eigene Urgroßmutter auf der Bank zu stehen versuchte.

»Aber nicht doch!« lachte Herr Straub überrascht, »Das waren doch nur winzige Mäuse. Sie sind längst wieder über alle Berge verschwunden! Sie können sich wieder auf die Bank setzen, ohne Furcht haben zu müssen. Halb so schlimm! Ich sehe keine Mäuslein mehr, sie sind alle spurlos verschwunden!«

Auch die beiden Nonnen wollten wissen, was denn Schreckliches geschehen sei, und waren eben nicht überrascht, dass solch eine gut erzogene junge Dame wie Wilhelmine sich vor Mäusen erschrocken hat. Und Wilhelmine freute das, weshalb sie überlegte, vielleicht doch noch an ein Theater zu gehen. Das Schauspielen und Tanzen in den wunderschönen Kostümen hätte sie ja bereits als sehr junges Mädchen gereizt, aber eine Putzmacherin wäre erst ein ordentlicher Beruf, befahl ihre es gut meinende Mutter. Und wie das wohl in Leipzig sein könnte, dachte sie, dort gab es bestimmt große Bühnen mit einem erfahrenen Publikum aus besten bürgerlichen und adeligen Familienkreisen. Vielleicht dürfte sie mit ihrem Vater eine berühmte Vorstellung besuchen. »Ach, das wäre zauberhaft!«, träumte die blutjunge Minna aus dem dörflichen Arbon.

Unser Leichtmatrose durfte zugleich von der eigenen Kapitänsbrücke träumen, während er in meiner Nähe mit unseren Matrosen Georg ein paar Knoten üben konnte: Den *Palstek mit Zug* an einem auf dem Deckboden festgeschraubten Ring. Damit befestigen wir die Kisten der Fracht, auch wenn es der Knoten der Segler ist, mit dem sie ihre Boote an beringten Pfählen festmachen. Und den *Trossenstek* zeigte er unserem Schiffsjungen als Nächstes: Damit verbunden zieht unsere *Jura* manchmal Transportsegler nach sich über den See, zum Beispiel bei anhaltender Flaute.

Zum heutigen Abschluss der Knotenlehre musste unser Leichtmatrose, nachdem er auch noch *die lange Trompete* erlernt hat, diese drei Knoten mit höchster Geschwindigkeit vor den prüfenden Blicken unseres schnellsten Matrosen, der jemals an Bord unserer *Jura* arbeitete und jemals arbeiten wird, nämlich von unserem Georg, dem *Wiesele,* mehrmals gekonnt und sicher ausführen. Diese ʿlange Trompeteʾ dient uns als Überbrückung und zum Festmachen von Booten.

Beide waren zufrieden. Sehr gut! Aber auch beim Knoten binden macht nur Übung den Meister, mahnte der ebenfalls noch junge ʿMeister der Knotenʾ Georg Renz unseren Schiffsjungen kameradschaftlich und meinte zu ihm: »Wenn du morgen deine Knoten auch noch gut beherrscht, dann hatte unser Kapitän die richtige Ahnung: Dann bist du bereits der neue Leichtmatrose unserer *Jura*! Dann gibt es morgen zur Feier deiner ersten Beförderung von unserer Greta eine besondere Mahlzeit für dich, Andreas!«

»Das wäre ja wunderbar!«, freute sich unser Schiffsjunge, »Das berichte ich heute Abend meinem Onkel Sebald! Wenn er das meinen Eltern erzählt, darf ich vielleicht doch noch mit ihrem Segen zur Seefahrt gehen. Er hat ihnen ja bereits erklären können, dass man als Matrose auch einige Zeit im Jahr an Land arbeiten muss, zum Beispiel, wenn im harten Winter die Fahrrinnen zugefroren sind, dann müssen die Kapitäne der Flotte ihre Schiffe rundum kontrollieren und brüchige Planken, alte Leinen und Taue ersetzen, auch mit frischer Farbe den Schiffsrumpf streichen.

Die Mannschaft verwandelt sich dann erst recht in echte Handwerker. Die große Dampfmaschine und die Kombüse werden ʿvon oben bis unten und von innen und außenʾ stundenlang geputzt, gereinigt, tagelang wieder wie neu gemacht!« »Sehr richtig!«, warf ich ein, »Täglich werden die Schaufelräder geschmiert, damit das Wasser nichts zerstören kann! `Natürlich soll jedes Schiff hundert Jahre alt werden können!´, das lachen wir Matrosen manchmal bei der anstrengenden Handwerkerarbeit.«

»Kann ich meine Familie denn einmal zu einer Mitfahrt einladen, Steuermann?«, wagte er zu mir.

»Das glaube ich schon, aber du musst dich da noch ein paar Tage gedulden! Erst musst du deine Arbeit als Schiffsjunge an Bord einigermaßen beherrschen, das bedeutet, ohne ständige Befehle des Kapitäns für dich das Richtige zur richtigen Zeit tun können. Dieser Tag wird kommen, wir sagen es dir! Dann gehst du zu unserem Kapitän und bittest ihn freundlich wegen deiner Einladung! Ich bin mir sicher, er wird dann selbst deine Familie und auch deinen Onkel Sebald zu einer Fahrt auf unserer *Jura* einladen. Und du kannst dann auch glänzen wie unser Schiff!«

»Stimmt! So werde ich das machen! Genau so, danke, Steuermann!«

»Nichts zu danken, Schiffsjunge! Du sollst ja auch langsam einer von unserer Familie werden, ein guter Matrose, see- und auch schiffstüchtig!«, sagte ich ihm.

»Darf ich jetzt mit zwei Leinen aus der Seilkiste Knoten üben, Steuermann?«

»Nein, besser du übst erst später. Geh´ lieber unter Deck in die Salons, frage wieder nach den Wünschen der Passagiere und putze die Bullaugen, damit man stets ungehindert hindurchsehen kann! Solch eine besondere Aufmerksamkeit für die Gäste, wenn du gerade nichts an Deck zu arbeiten hast, ja die gefällt unserem Kapitän Motz. Mach`s und geh´ danach zum Kapitän. Berichte ihm wieder von deiner Arbeit, Herr Leichtmatrose!«

»Gut. Danke. Stimmt! Das mache ich sofort!« und unser Schiffsjunge marschierte zur Hecksalontreppe.

Unsere *Jura* fuhr durch das Bodenseewasser am Schweizer Ufer entlang. Ich konnte mich noch immer nicht beschweren, der Wellengang des Sees war weiterhin gering, aber die Schaufelräder hinterließen eine breite Spur auf dem Wasser, die Sicht war weit genug und die Sonne stieg zum leicht dunstigen Himmel hinauf. Da konnten immer viele Fahrgäste beim warmen Ofen in den Salons ihr Nickerchen abhalten, heute auch. So flossen auch die Minuten unter Deck in Leichtigkeit hinüber.

Da schritt mir plötzlich von der Hecktreppe zum Maschinenraum unser Heizer Heinrich entgegen und sprach mich aufgeregt an: »Steuermann, ich brauche gerade einen Sturm voller frischer Luft! Stell´ dir vor! Als ich im Bugsalon war, um nach dem Ofen zu sehen, spottete der Mann darüber, dass es um die Matrosen eh nicht schade sei, wenn da einige bei Unfällen im Nebel im See ertrinken würden. Die seien heutzutage alle ehemalige für den kriegerischen Sieg ihres Volkes unbrauchbare Söldner. Ein Haufen Versager! Nur gut, dass ich ein fleißiger Heizer sei und kein Matrose!«

»Unglaublich! Bist du da sicher? Und wer sagt das?«, pflichtete ich ihm bei, auch wütend geworden.

»Nur dieser Kuckucksuhren-Hinterwäldler, denn das junge Fräulein weiß nichts dazu zu meinen! Aber er weiß weder, dass unser Wachmatrose mein Bruder ist, noch, dass ich selbst Soldat mit ihm gewesen bin, dieser Schwachkopf! Aber das Böseste ist, dass er noch meckert, dass unser Kapitän unfähig sei, weil wir alle an Bord viel zu viele Freiheiten hätten!«

»Seltsam! Oder? Ich glaube, er ärgert sich über etwas ganz Anderes, aber lässt seine Wut an uns aus. An wem sonst?! Meinst du nicht!?«

»Ich weiß nur, dass er Glück hat, auf unserer *Jura* zu sein; denn, wenn ich dieses Schandmaul an Land anträfe, wüsste ich, wie ich ihn für Immer zum Schweigen bringen würde!«

»Mach´ dich lieber nicht unglücklich, bitte, Heinrich! Erzähle auch unserem Kapitän besser nichts davon! Er steigt bald wieder aus. Und seine Meinung über Matrosen ist sowieso belanglos!«, damit versuchte ich die ganze Sache ein bisschen zu beschwichtigen. Unser Heinrich schwieg und verschwand brav wieder.

Nur kurz darauf spazierte unser Schiffsjunge wieder zu mir und berichtete mir von seiner Arbeit, wie er die Gäste mit den ʽZaubergetränkenʼ von unserer Greta versorgt hat und was ich davon halten würde, von einem jungen Mädchen in seinem Alter, das Bücher lese, eben wie das junge Fräulein im Bugsalon.

Es unterhielte sich sogar lange Zeit mit einem fremden Mann darüber, diesem Schwarzwälder Uhrenhändler. Ob das nicht ungehörig sei?

Deshalb fragte ich ihn nur, ob er denn Bücher lesen könnte – und würde. Er erzählte mir von seinem klugen Onkel Sebald in Rorschach, bei dem er gerade wohne, um auf unserer *Jura* als neuer `Leichtmatrose´ zu arbeiten. Ja, der, der würde viele Bücher haben und lesen. Und er lese ihm jetzt abends vor, oft schwierige Bücher. Das letzte handelte von den alten Göttern in Ägypten, von dem Sonnengott *Re*, der der Vater und auch der Mann von der guten Katzengöttin *Bastet* sei. Und diese verwandelte sich in eine böse gegen die Menschen, in die Löwin *Sachmet*. Aber weil sie zu böse und zu grausam geworden sei, hatte sie ihr Gottvater zum Guten zurückverwandelt. Das wäre damals ein Teil einer Religion gewesen.

Diese Dinge hätten ihn sehr beeindruckt, sonst wären sie vergessen, er träume sogar oft darüber. Und er lachte, weil er spaßig meinte, dass das Stobärli wahrscheinlich auch ein Beschützer der Menschen an Bord sei. »Auch der Mäuse! Er frißt nur Fisch!«, ergänzte ich, »Ja, Gretas Kater ist gar kein Schiffskater. Er kam mit Greta zu uns, nicht mit unserem Kapitän. Geh hin, wieder zu ihm für deinen nächsten Auftrag, Leichtmatrose!«

Ich beantwortete zwar seine Frage nicht, aber er dachte wohl bis zum Anlegen in Romanshorn über vieles oder alles nach –

Am 12. Februar 1864

2 Vor Bottighofen. Im dichten Nebel.

Nach Konstanz. Erst kurz vor 10 Uhr.

Das Stobärli war nicht mehr zur rechten Zeit da – Im Hafen glaubte natürlich auch ich das noch.

Der Lindauer Raddampfer *Jura*. Dreieinhalb Stunden Personenbeförderung aus dem Lindauer Hafen. Von der Insel Lindau im Bayerischen Süden des Bodensees entlang des Schweizer Ufers über die Orte Rorschach und Romanshorn bis zur badischen Stadt Konstanz und später wieder zurück, das verlief nach Fahrplan –

Es war einmal endlich *mein* Freitagmorgen *im Jahr 1864 der 12. Februar*. Spätestens um 8 Uhr 10 sollte ich unten im Hafen genau an der Anlegestelle der *Jura* herausgeputzt strammstehen, beschwor mich mein kluger Onkel, der Bruder meiner Mutter. Denn schon seit dem ersten Februar hatte ich auf diesem Schiff als *Schiffsjunge* `angeheuert´, so sagt man das. Mein Onkel hatte mit der Gesellschaft in Lindau im Januar brieflich verhandelt, weil es doch letztes Jahr mein großer Weihnachtswunsch gewesen ist. Aber meine Eltern und mein zweiter Onkel mit meiner Tante, die Schwester meines Vaters, hatte dabei Sorge, wenn ich bei jedem Wetter auf einem Bodenseeschiff arbeiten müsste. Ich sollte erst bei ihnen bei Lindau in einem ihrer großen Obstgärten als Feldhüter das Arbeiten erlernen, auch meine Eltern als Bauern südlich von

Altstätten unterstützten das. Ich wollte aber `zur See´!
Mein Onkel jedoch überredete alle – und ich durfte –

Er ist in der Rorschacher Stadtverwaltung tätig und
weiß daher Bescheid über die Schiffsunfälle auf dem
Obersee, sagt man. Und nun ereilte mich diese
dumme Erkältung, so dass ich nicht, wie es vereinbart
wurde, meine Arbeit anfangen konnte, sondern mit
ständig triefender Nase, starken Kopfschmerzen und
Fieberschüben mein Bett hüten musste. Auch ein Arzt
klopfte und horchte mich einmal ab. Verschiedene
Tage besuchte mich meine Mutter, an denen sie mit
einem Fuhrwerk hin und zurück mitfahren konnte. Das
Haus meines Onkels hatte viele Zimmer, aber sie
konnte bei uns beiden Männern keine Nacht bleiben.
Rechtzeitig musste sie wegen des Viehs und meiner
jüngeren Schwestern wieder zu Hause sein. Ein weiter
Weg zu unserem Hof!

Heute aber an diesem Februartag durfte ich endlich,
mein Onkel erlaubte es mir mit seinem Morgengruß:
»Guten Morgen, junger Mann! Es wird heute ein
schöner Tag mit Sonne! Die *Jura* wird wieder anlegen
– heute auch für dich, Andreas!« Schon kurz nach
sechs Uhr standen wir auf, um uns richtig zu waschen
und zu frühstücken. Mein Onkel kontrollierte meine
passende Arbeitskleidung, die meine Eltern und er
zusammen ausgesucht hatten. Ich glaube, nicht weit
vor sieben Uhr marschierten wir gemeinsam in einem
neuen Morgen von Rorschacherberg hinunter in die
Stadt zum Hafen, wo in einigen Minuten die prächtige
Jura anlegen musste.

»Über vierzig Meter ist sie lang und über zehn Meter breit mit zwei großen Schaufelrädern an ihrer Seite«, erläuterte mir mein Onkel, »Und der Kapitän heißt Martin Motz. Halte dich genau an seine Anweisungen! Er kennt deinen Namen und erwartet dich ja schon! Dein neues Leben als junger Mann, als Seemann, beginnt. Die ganze Familie ist doch stolz auf dich! Und denke daran, wir alle sind in Gedanken immer bei dir, mein Junge, denn wir alle möchten nur dein Bestes! So, Andreas, jetzt ab zum Anlegeplatz dort vorne! Bis heute Abend! Grüße den Kapitän von mir und bedanke dich bei ihm! Alles Gute!«

Mit diesen Worten verschwand mein Onkel in einem der Gänge zwischen den Häusern und winkte mir noch einmal kurz mit seinem Hut zurück, gerade in dem Augenblick, in dem die rauchende *Jura* unserem Hafen näherkam.

Sogar bis in die Haarspitzen hinauf spürte ich vor Freude, wie die Sonne langsam hinter den fernen Bergen aufging, und, dass unser Herrgott es heute gut mit mir meinen musste, er ließ mich endlich meine lang ersehnte erste Fahrt auf unserem Bodensee als werdendes Mitglied der Mannschaft eines bekannten Raddampfers erleben.

Weil ich noch nicht wusste, wo genau man sich hinstellte, redete ich ein Mädchen an, dass einige Meter vor mir in einem schönen Kleid mit einem Hut mit Federn und einer bunten Reisetasche zu ihren Füßen auch zusah, wie die *Jura* in den Hafen einfuhr.

»Guten Morgen, junge Frau! Es wird heute ein schöner Tag mit Sonne! Es wird!«, sprach ich sie von der Seite an. *Wilhelmine* hieße sie, führe als Gast im Bugsalon bis Konstanz mit. Sie half mir sofort in meinen Angelegenheiten und verabschiedete sich dann von mir 'in unartiger Weise', so würde mein kluger Onkel das nennen. Später an Bord durfte ich sie und die weiteren Passagiere mit Getränken und Speisen aus der Kombüse der Schiffswirtschafterin und Köchin *Greta* bedienen, das sollte ich lernen.

Das Schiff legte vorsichtig an der Kaimauer an. Der Kapitän stand auf seiner Kommandobrücke auf einem der beiden Schaufelradkästen und rief seine Befehle, die ich aber noch nicht so recht verstehen konnte. Ein Matrose ordnete zugleich dicke Taue zur Befestigung, dabei rannte er so blitzschnell wie eine Maus auf dem Schiff hin und her. Ich freute mich, dass er meine Hilfe sehr brauchen konnte. Danach legte er an der Aus- und Einstiegstreppe eine Brücke aus Brettern ab.

Und sogleich sprang eine schwarze Katze über diesen Steg an Land und versteckte sich in dem Haufen aus den beschrifteten Säcken, Holzkisten und Tuchballen.

Der Matrose rief ihr hinterher »Saubärli, speib' nicht zu lang!«, was ich auch wieder nicht begriff, während er danach einen Herrn mit einem Bildgestell für einen Maler mit dessen Koffer über den Steg begleitete. Dann verabschiedete er sich von dem Mann und erklärte den Leuten um mich herum: »Morgen! Zuerst unsere Bordarbeit!«. Deshalb marschierten nun zwei

Hafenarbeiter voraus und dahinter zwei Postmänner mit Säcken auf das Schiff. Die Knoten an den Säcken erkannte ich, der Vater hat ihn meistens für seine Getreidesäcke verwendet, aber wie der Knoten hieß, habe ich vergessen. Wenn er fest genug gezogen war, konnte man das Seil nur noch mit einem Messer wieder teilen. Am besten mit einem einklappbaren Sackmesser, so eines wie mir der Vater zum letzten Geburtstag schenkte. Sein Griff war aus Perlmutt gemacht; zwei Klingen und einen Korkenzieher hatte es. Aber ich fand es in meinen Taschen nicht, obwohl ich mich erinnern konnte, dass mein Onkel bei meiner Einkleidung heute morgen mein Messer in der Hand hielt, um mich noch einmal darauf hinzuweisen, dass ich damit sehr vorsichtig umgehen sollte. Ich steckte es danach in die Hose – oder in die Jacke!? Seltsam! Wo es nur ist?! Hoffentlich finde ich es wieder, denn der Vater wird gar nicht sehr erfreut sein, wenn ich ihm berichten müsste, dass ich dies wertvolle Messer verloren hätte.

Ach, ich erzähle ihm vom *Glasen*, von diesen Regeln der Glockenschläge auf einem Schiff und, dass mich unser Kapitän lobte, weil ich den Doppelschlag für 9 Uhr ohne jede Hilfe richtig berechnet und ausgeführt habe. Und von den ersten drei Knoten, die ich zu üben hatte. Oder besser gleich von den beiden Nonnen, die an Bord gekommen sind, um mit nach Romanshorn zu fahren!

Ich musste ihr lautes Gespräch beim Abschied mit der Gastwirtin mithören, sie hätten dort gut übernachtet.

Auf die Proviantkiste für die *Jura* wartete ich doch einige Minuten in dem Gasthaus *Krone* in Rorschach. Die Nonnen wären auf der Rückreise zum Kloster St. Katharinental am Rhein östlich von Schaffenhofen – oder so ähnlich war der Name des Ortes. Zu Besuch wären sie gewesen – im Kloster Schänis, das kenne ich auch nicht. Sie hätten noch nach Romanshorn gemusst, würden das Schiff benutzen, um darauf eine Bekannte zu treffen. Auf der *Jura*! Aber wer könnte das hier sein? Ach ja, und sie würden später noch in Winterthur die ehemaligen Klostergebäude ansehen wollen, bevor sie wieder nach Hause kämen. Und ich vergaß, in St. Gallen hätten sie auch noch »etwas sehr Würdiges« besuchen können, wie die ältere von den Nonnen meinte. Ich schätze, eine ist schon sehr alt und die andere, *Schwester Columba*, das merkte ich mir, wirkte auf mich jünger als meine Großmutter.

Und jetzt halte ich gerade ein kurze Pause, weil ich im Auftrag unseres Kapitäns den schwarzen Schiffskater mit seinem frischen Blaufelchen füttern muss. Es war nicht irgendeine Katze auf dem Steg, sondern dieser dicke Kater! Wir sitzen Mittschiffs an der Kombüse, Greta hatte ein Fenster geöffnet, so dass es nach einer Mischung von Gekochtem und Gebackenem duftete. Also genau kann ich das nicht –

Die ältere Nonne kommt ganz in Schwarz von der Treppe zum Bugsalon hervor und geht nach einem kurzen Anklopfen in Gretas Kombüse. Der Kater schmatzt und knackt zwar laut vor sich hin, aber ich höre die Worte durch das offene Fenster:

»Guten Morgen, junge Frau! Es wird heute ein schöner Tag mit Sonne! Es wird!«, das muss die Stimme dieser Nonne sein, denn Gretas kenne ich bereits besser.

»`Es wird´?«, ist die Frage zurück von Greta! »Das müssen Sie sein, ehrwürdige Schwester Oberin! Das waren ja immer Ihre Worte zum Aufmuntern!«

»Ja, welch´ Freude, dich so gesund wieder zu sehen, *Schwester Margareta*! Dein letzter Brief ist Jahre lang her, nicht wahr? Darin warst du in bester Hoffnung für deine Zukunft.«

»Na ja, ich weiß noch, dass ich Ihnen schrieb, hier auf der *Jura* doch noch eine mich erfüllende Arbeit vom Herrgott geschenkt bekommen zu haben. Auch darf ich wieder *Margareth Sodner* heißen – wie früher.«

»Deshalb bin ich auch hier! Und es ist auch mir ein großes Erfreuen, dich wieder glücklich in Gottes Hand wirken zu sehen, Frau Margareth Sodner!«

»Aber Schwester Oberin! Für Sie bin ich doch...!«

»Nein, nein, wirklich, meine Liebe! Die Zeiten haben sich geändert und sie werden sich noch mehr ändern! Ich war selbst einst eine einfache Tochter, die an die durch unseren Herrn gegebene `große Liebe´ glaubte, aber durch sein Verbieten meines Traumes holte er mich in eines seiner Klöster als *Schwester Rosa* in Diessenhofen. Dort lebe ich seit einigen Jahrzehnten zufrieden und manchmal auch glücklich. Nun bin ich

67 Jahre alt geworden und Oberin mit einer noch älteren Äbtissin, deren Angst sie aufzufressen scheint. Wir können ihr nicht helfen, aber wir beten für sie.

Die reformierten Schweizer Räte werden in wenigen Jahren unser Klosterleben beenden, deren Geist spukt bereits überall, das wirst du wissen. Deshalb bin ich auf Reisen mit der jüngeren *Mitschwester Columba*. Wir besuchten das schwesterliche Kloster Schänis nördlich des Walensees und erhoffen uns dort eine Aufnahme, wenn es soweit gekommen sein wird. Noch sind wir immerhin achtzehn Nonnen, aber die dortige Äbtissin hätte die Räumlichkeiten und darüber hinaus auch Aufgaben für uns. Wir fahren deshalb mit gewisser Zuversicht zurück an den schönen Rhein.«

»Ja, ich weiß um unsere leisen und lauten Kämpfe gegen die steigende Übermacht der Reformierten. Vielleicht hat mich unser Herrgott auch deshalb aus dem Kloster entnommen, um mich vor der Flucht zu bewahren. Viele meiner Verwandten sind bereits nach Übersee ausgewandert, suchen dort, ohne die fremde Sprache zu verstehen, ihre neue Heimat. Ich könnte das nicht, glaube ich. Das kann nicht jeder Mensch!«

»Auch du bleibst in Gottes Händen auch ohne einen klösterlichen Schutz, wie du es erfahren kannst. Lass deine Liebe zum Vater an deinen so vielen täglichen Essensgästen erblühen. Damit schenkst auch du so manchen Heimatlosen gewiss einen Augenblick der christlichen Nächstenliebe. Amen, Margareth!«

»Amen, danke! Ja, diese *Jura* ist das Schiff meiner Träume, ich weiß es. Als ich aus dem Kloster austrat, befiel mich ein schlimmes Gefühl des Scheiterns. Ich glaubte, meine Mitschwestern belogen und betrogen und im Stich gelassen zu haben. Keiner wollte ich mehr ins Auge sehen müssen, denn ich war zur Verräterin geworden. Gerade in unserer heutigen schweren Zeit der so genannten Reformen, die doch alles göttlich Geheimnisvolle nur vernichten möchten. Der Schmerz wurde unerträglich, ich war schon nahe daran, mich... Den Gottesdienst kann ich noch heute nicht wieder besuchen, weil ich in jeder Kirche vor Scham und Schuld im Boden zu versinken glaube. Aber hier auf dem Raddampfer *Jura* unter all den zahllosen Menschen mit ihren täglichen Sorgen und Freuden, wissen Sie, da... Es ist wie meine Heimat!«

»Ja, ich weiß! Du bist auf dem rechten Weg! Noch nie warst du auf einem falschen, auch wenn du damals mit deiner Katze im Streit von uns gegangen bist. Aber Gottes Wege sind schon immer nicht nur unergründlich, sondern auch ganz wunderbar! Denke daran, wenn du meinst, in unserer Kirche den Boden zu verlieren, dann wirst du stehen! Und zweifle nicht daran, denn das tut dir nicht gut! So, nun werde ich dich wieder verlassen. Ich will dich nicht weiter stören. Es soll dir ja nichts anbrennen von den Köstlichkeiten! Wir müssen in Romanshorn schon wieder aussteigen. Alles Gute, Margareth, und lebe wohl! Es wird!«

»Danke, danke. Gott sei auch mit Ihnen! Und grüßen Sie bitte alle Schwestern von mir – ja ruhig alle! Ich denke oft an meine Ehemaligen. Leben auch Sie wohl, Rosa, Schwester Oberin! Danke.« Die Nonne verlässt Gretas Küche wieder und ich sitze längst allein hier auf dem Boden. Das Stobärli ist mit Fisch im Bauch fort.

Heute, Freitag, gibt es mittags auch für die Menschen Fisch; das ist zwar ein katholischer Brauch aus der uralten Zeit, als ein Fisch nicht zu Fleisch zählte, aber schließlich leben wir am Bodensee, da isst man eh auch einfach so und ganz unreligiös unter der Woche frische Fischgerichte, wenn man es sich leisten kann.

Und ein uralter Brauch ist auch die Fasnacht der Röllelibutzen in Altstätten. Vorgestern war noch Aschermittwoch. Und dieses Jahr gab es einen Umzug in den Kostümen und Masken. »Erstmals seit wir denken können, nicht in dieser Weise!«, erklärte mir mein Vater letzte Woche, weil das Fastnachtstreiben sonst sofort wieder verboten würde. Es sei oft ein unartiges Wirrwarr gewesen, wenn die verkleideten Männer die Mädchen mit Wasserspritzen durch das Dorf jagten. Das verabscheute der Gemeinderat.

Aber ich ärgere mich noch immer, dass ich dieses Jahr krank zu Hause bleiben musste. Alle meine Freunde und auch deren Familien aus unserer Gegend um Arbon fuhren dorthin, um zu feiern. Vielleicht war auch dieses Fräulein Wilhelmine dort?! Ob ich sie fragen sollte, also damit ich sie etwas Privates fragen kann – und nicht nur, was sie trinken und essen möchte? Ist doch zu dumm oder? Vielleicht hat sie ältere Brüder, die dort auch maskiert mitfeierten?!

Onkel Sebald rät mir immer, nach kurzen Sätzen über das Wetter einem Mädchen ʻKompliziertesʼ zu sagen.

Das würde sie immer freuen. Mein kluger Onkel! Aber darf ich das als Leichtmatrose mit einem weiblichen Fahrgast auch? – Das sollte ich vorher unseren Kapitän fragen, meine ich.

Ich steige zur Treppe der Kommandobrücke hoch, berichte unserem Kapitän Motz meine Taten, wofür er mich lobt, und zuletzt frage ich ihn vorsichtig: »Herr Kapitän! Darf ich als Leichtmatrose einem weiblichen Passagier etwas Kompliziertes sagen, damit sie sich darüber freut! Zum Beispiel, dass sie einen besonders schönen Hut auf ihrem Kopf trägt!«

»Das muss ʻerʼ in deinem Satz heißen. Auch der weibliche Fahrgast ist ein ʻerʼ, weißt du?!«, belehrt er mich.

»Nein, Kapitän! Sie ist das junge Schweizer Fräulein im Bugsalon, wissen Sie?! Sie ist wirklich kein Mann!«, erwidere ich augenblicklich.

»Egal! Es handelt sich hier aber um ein Problem der deutschen Grammatik, Schiffsjunge. Aber weshalb sollte das etwas ʻKompliziertesʼ sein, den Hut höflich zu loben?«

»Na, weil mein kluger Onkel mir beigebracht hat, man soll einem Mädchen rasch nach ersten Worten über das Wetter etwas ʻKompliziertesʼ sagen!«

Er lacht und antwortet: »Dein kluger Onkel! Er meinte gewiss nicht ʽKompliziertesʼ, sondern ʽKomplimenteʼ. Das sind Höflichkeiten, freundliche, nette Worte – nach allgemeinen Aussagen nun über Persönliches! Und weißt du ʽwasʼ?! Du gehst jetzt in die Kombüse und hilfst unserer Schiffswirtschafterin Frau Sodner. Koste ihre Käsespätzle und sage ihr als Kompliment, dass ihre Spätzle die besten seien, die du je im Leben gegessen hättest. Du musst dich so anstrengen, dass sie dir Glauben schenkt, Leichtmatrose! Das schaffst du schon! Nun zu!«

Ich bedanke mich für den Auftrag, steige die Treppe der Brücke hinab und rufe an der geschlossenen Kombüsentür: »Greta, darf ich eintreten?«

»Ja, Leichtmatrose! Herein!«, höre ich sogleich.

»Greta, der Kapitän befahl mir gerade, Ihnen zu helfen, wahrscheinlich bis zum Anlegen im Hafen von Romanshorn.«

»So lange Zeit?! Das ist noch mehr als eine halbe Stunde! Na gut! Dann basteln wir die ʽAppenzeller Käsespätzliʼ gemeinsam. Für zwei Portionen! Ich meine nämlich, dass du als junger Matrose so viel Hunger haben wirst. Deshalb zuerst Hände waschen!«

Greta lässt mich eine kleine Zwiebel in Streifen schneiden und dann zerhacken – und lacht natürlich, als mir die Tränen über die Wangen kullern. Sie sagt, ich esse bestimmt hundert Gramm Appenzeller Käse, nimmt ihn aus einem Regal und zerbröselt das abgeschnittene Stück mit einer Reibe in eine Schüssel.

Als Nächstes käme der Teig an die Reihe. In eine andere Schüssel schüttet Greta aus einem Sack 250 Gramm Mehl, sagt sie, darauf einen halben Liter Milch und gibt noch drei Eier dazu. Und nun müsste ich mit meinen wieder gesäuberten Händen das Gemisch zu einem Teig kneten. Zum Spätzli-Teig!

Mit beiden Händen griff ich hinein und knetete die Masse irgendwie. Ein seltsames Gefühl, ungewohnt, aber langsam denke ich nicht mehr daran, sondern knete und knete – während Greta neben mir sitzend Kartoffeln in einen Eimer schält – und sehe zum Fenster hinaus in unsere Schweizer Landschaft, die ich ja so noch niemals gesehen habe. Der Säntis und die vielen anderen Berge bilden wie weiße Wände mit Ecken und Kanten den Hintergrund vor weißen Hügeln und Tälern. Ein leichter Dunst schwebt über der Oberfläche des Sees. ´Unheimlich´ wirkt das aber nicht auf mich, eher verspüre ich die Kälte, wenn ich daran denke, wie es da draußen ist, wenn ich dort jetzt arbeiten müsste – so als ganz kleines Etwas in der großen Natur. »Glauben Sie an Gott, Greta?«, frage ich sie plötzlich, »Sie? So als eine ehemalige Nonne!«

Erschrocken winkt sie ab: »Wie? Was? Nonne? Wie kommst du denn darauf? So ein Unsinn!«

»Ich musste Ihr Gespräch mit Ihrem Besuch mithören, weil ich vor dem offenen Kombüsenfenster saß und das Stobärli fütterte. Mehr nicht!«

»Aha. Das soll aber niemand sonst wissen, hörst du? Versprich mir das hoch und heilig, Andreas!«

»Ist ja gut. Verstehe! Ich schweige darüber. Haben Sie Angst vor den Reformierten? Weil sie alle Klöster und katholischen Kirchen versuchen zu schließen!«

»Nein, aber ich fürchte mich vor dem Bösen in den Menschen, egal welchen Gott sie anbeten. Es ist meine Vergangenheit und deshalb ein Geheimnis für mich als Schutz!«

»Dann sind Sie wahrscheinlich so wie meine Mutter. Sie sagt manchmal traurig, sie sei zu gut für diese Welt, sie könne all das Böse, diese ewigen Kriege der Männer nicht ertragen, daran würde sie erkranken und oft ihr Leben beenden wollen.«

»Das sagt sie? Die arme Frau!«

»Wir alle muntern sie aber immer wieder auf, dann freut sie sich von ganzem Herzen. Und außerdem glaubt sie an unseren Herrgott, der einst alles zum Frieden führen würde, betet sie manchmal laut! Und – glauben Sie nun auch an Gott, Greta?«

»Selbstverständlich, Andreas! Ich glaube an die Liebe zwischen den Menschen. Sie überwindet alles Böse. Nur sie kann verzeihen und nur Gott kann vergeben, denn wir alle sind schwach und fehlerhaft. Wir müssen das Böse in uns erkennen und uns bemühen es nicht zu tun. Wir müssen es bereuen und büßen, dann wird uns der Herrgott vergeben. Nur böse Menschen lieben das Böse! Die müssen wir meiden oder bekämpfen oder wenigstens behindern, dass sie Böses tun.«

»Warum macht Gott das nicht selbst? Er ist doch der Schöpfer, der Größte und Mächtigste!«

»Weil wir uns dann niemals selbst erkennen würden, weil wir niemals lernen würden, was gut und was böse ist. Aber wir müssen lernen dürfen, um uns in unserem einmaligen Dasein bestens verwirklichen zu können, denn jeder Mensch ist ein anderes von Gott geliebtes und schützenswertes Geschöpf! Verstehst du das?«

»Nicht so ganz, nein! Böse werden auch geliebt?«

»Genau so ist das! Der Mensch versteht es niemals `so ganz´, weil er es fühlen muss, nicht denken! Religion ist nur die Sache des Gefühles, aller menschlichen Gefühle. Wissenschaft ist die des Verstandes, aller menschlichen Gedanken. Man kann sie deshalb nicht gegenseitig an ihren jeweiligen Maßstäben messen. Gefühle und Gedanken gehen andere Wege, sie vereinen sich zum friedvollen Lebenswillen des guten Menschen. Und Gottes Wege sind wunderbar! Hüte dich vor bösen Menschen und Taten, Andreas, zu der Menschen Wohlergehen – und *somit* auch zu deinem eigenen Wohlergehen! Das ist Gottes Weg für dich.«

»Das verwirrt mich – und wie lange muss ich noch Teig kneten? Das ist ganz schön anstrengend!«

»Der Teig muss Blasen werfen. Das dauert einige Zeit. Wenn er Blasen wirft, dann hast du starke Muskeln an dir erarbeitet. Aber wenn du starke Muskeln erarbeitet hast, wirft ein neuer Teig nicht schneller Blasen. Das ist wie der Mensch mit Gott. Denk´ darüber immer wieder einmal nach!«

»Das verstehe ich jetzt gar nicht mehr, Greta.«

»Ich verrate dir noch ein Geheimnis: Als ich an Bord unserer *Jura* kam, war unser Heizer Heinrich Rupflin längst mit seinem Bruder hier beschäftigt. Heinrich verliebte sich in mich – nicht nur wegen meiner Käsespätzle und meines Katers, den ich mitbrachte. Aber er ist protestantischer Schwabe und ich bin katholische Schweizerin. Seit wir uns beide lieben, überlegen wir mit Mühe, wie wir vor unserem Herrgott heiraten könnten. Wir warten auf sein Zeichen. Doch weil wir warten müssen, verändert Heinrich sich. Er wird ärgerlich und wütend und er entfernt sich von mir mit wachsend bösen Worten. Unheimlich wird er mir allmählich und ich weiß bald nicht mehr weiter. Vielleicht aber bist du unser Zeichen. Das musst du nicht verstehen. Bitte denk´ über uns nach! Fühle, was für uns beide richtig sein wird und gib uns Gottes Zeichen! Ich bitte dich von ganzem Herzen, Andreas!«

»Ich soll das tun? Ich? Das kann ich doch nicht. Und das Stobärli ist nicht der Kater unseres Kapitäns?!«

»Handle und denke und fühle einfach weiter. Du bist unser Zeichen. Der Kater ist wie mein menschlicher Sohn, den ich nie gebären durfte. Und unsere *Jura* ist das Schiff unserer Träume! Lass uns schweigen, bitte! Ich bete für uns alle, für Jeden seinen rechten Weg.«

»Jawohl und ich knete und knete einfach weiter für uns alle. Und wir schweigen, bis ich neue Muskeln habe oder so – etwa.«

Wir schweigen und arbeiten einfach weiter. Hunderte Augenblicke verstreichen, während ich wieder durch das Fenster hinaus in meine Heimat schaue und nachdenke, Greta wie leer vor sich hin sieht und eine Kartoffel nach der anderen geschält in den nächsten Eimer fällt. Der weiße Dunst auf dem See mehrt sich, habe ich den Eindruck, der aber täuschen kann.

Nach etwa einer Viertelstunde, glaube ich, wirft der Spätzliteig schließlich Blasen und Greta ist zufrieden mit mir, so dass sie auf dem Herd einen großen Topf mit Wasser erhitzt. Als es kochend blubbert, muss ich meinen Teig durch das Spätzlisieb in den Topf reiben. Alles hinein!

Bereits nach einer Minute hebe ich die heißen Spätzli mit einem durchlöcherten Löffel heraus und gebe sie in meine Essschüssel, um den geriebenen Appenzeller Käse mit einem Holzlöffel darunter zu mischen. Die Schüssel steht auf einer lauwarmen Herdplatte, damit die Spätzli warm bleiben.

Jetzt erst darf ich meine Zwiebelstücke in einer Pfanne mit einem kleinen Stück Butter schön braun anbraten. Greta streut noch ein wenig Brotmehl dazu und je eine Prise Salz und Pfeffer über meine Spätzli. Noch etwas `Muskatnuss´ hinein, das sei auch sehr fein, dieses kostbare Gewürz, irgendwie aus Indien!

Und zum Schluss schütte ich die gebräunten Zwiebel auf die Spätzli. Greta meint, dass sie so noch nie in ihrer Kombüse geduftet hätten. »Wie ein Wunder!« flüstert sie mir zu und »Guten Hunger zum Stillen, Leichtmatrose!«

Vorsichtig koste ich, weil der heiße Dampf sichtbar ist, und lobe Greta wie von unserem Kapitän verlangt: »Greta, das sind die besten Käsespätzli, die ich bisher in meinem Leben gegessen habe!« Sie lächelt ohne Worte und freut sich wirklich.

Mein Messer finde ich auch zu meiner Freude in der Jackentasche wieder. Seltsam! Ich klappe es auf und möchte damit die Spätzli etwas kleiner schneiden.

»Bist du verrückt? Du kannst doch die Spätzli nicht mit einem Messer zerschneiden! Sofort weg damit! Jedes Spätzli hat eine eigene Gestalt – mit Sorgfalt gemacht! Oder etwa nicht?! Auch du isst sie behutsam und sehr lang kauend, um ihren feinen Geschmack wahrnehmen zu können. Feines Essen ist ein Genuss! Und wer sich zwingt, das Genießen zu entbehren, der erkrankt an seiner Seele, merk´ dir das, Andreas! Ja, Andreas, auch ich verspürte das, weil ich Nonne war. Der Genuss des Lebens wurde durch die Regeln meines Ordens bis zur unmenschlichen Entfremdung zu versteinern versucht, nicht zu blühenden Blumen zur Ehre Gottes von dem Bösen und Endlichen befreit! Ich bin keine Nonne, war nie eine Nonne. Ich bin eine Frau mit Herz und Hand. Das ist mein Leben, nur das!«

»Alles nur wegen meines Klappmessers?! Oder wie? - Ich stecke es schon weg: Das habe ich trotzdem verstanden, bin doch kein Dummkopf! Lange kauen!«

Ich weiß nicht, ob so Einige von Gretas Worten mir rätselhaft oder unheimlich erscheinen, aber egal, die Appenzeller Käsespätzli sind ganz einfach wunderbar. Deshalb bedanke ich mich noch ein paar Mal und verspreche ihr, später auf der Fahrt von Romanshorn nach Konstanz, wenn sicherlich mehr Leute auf unserer *Jura* mitfahren werden, beim Spätzli machen und Kartoffeln schälen zu helfen. Und nun muss ich mich wieder an Deck sehen lassen. Greta bedankt sich und schickt mich allerdings hinunter zu ihrem Heinrich. Ich solle mir die Dampfmaschine von den drei Männern dort unten erklären lassen, das freue unseren Kapitän Motz ganz bestimmt.

Daher folge ich brav, schreite über die Planken, winke unserem Kapitän kurz zu und verschwinde die Treppe hinab zu den beiden Heizern und dem Maschinisten. Je näher ich ihnen unter Deck komme, desto stärker höre ich dort jemanden singen.

Unser Heizer Benedikt Wagner singt, während er Kohlen in den Heizkessel schaufelt. Unser Heizer Heinrich Rupflin macht unterdessen Pause. Sie sehen mich sofort und schicken mich nach vorne hinüber zu Jakob Steffenauer, unserem Maschinisten.

»Guten Tag. Ich bin der neue Schiffsjunge und soll mir die Dampfmaschine von Ihnen erklären lassen. Danke, Herr Maschinist!«, frage ich ihn.

»Ja, ja. Selbstverständlich! Schau her! Das ist der Wasserkessel. Ihn füllen wir, wenn es sein muss, jeden Hafen. Drüben der Kohleofen hat das Feuer, das ständig brennen muss, damit das Wasser über ihm durchwegs verdampft. Dieser Dampf treibt einen Kolben durch Ventile zur Bewegung an. Auf und zu! Und hin und her! Daran ist das Schaufelrad montiert, deshalb dreht es sich. Wir können mit Handhebeln die Drehgeschwindigkeit steuern und die Drehrichtung zum Bremsen ändern. Alles verstanden, Schiffsjunge?! Übrigens sind wir drei `Kellerratten´ bei jeder Fahrt unserer *Jura* schon ab Lindau an Bord. Wir wissen deshalb, dass du *Andreas Buschor* heißt und in Rorschach zugestiegen bist, Leichtmatrose!«, lacht er freundlich.

»Entschuldigung, aber ich habe da den Überblick verloren, wer mich an Bord bereits kennt, und wer noch nicht.«

»Ja, ja. Selbstverständlich. Das ist doch dein erster Tag! Viele neue Eindrücke und viel zu lernen! Da musst du dich nicht entschuldigen. Dafür doch nicht! Und hast du unsere Dampfmaschine durchschaut?«

»Und warum haben Sie dann fast nie Pause?«

»Weil unser braves Maschinchen immer wieder zwischendurch geölt werden muss. Und die Kohle muss natürlich nachgeschaufelt werden. Auch eine Dampflokomotive soll ja nicht plötzlich während der Fahrt stehenbleiben und dann mit Pferden weiter gezogen werden müssen!«, lacht er wieder.

»Ja, das stimmt. Diese Lokomotiven kenne ich aus dem Bahnhof in Rorschach. Das stimmt. Und warum pfeift es da manchmal?«

»Das ist die Dampfpfeife. Das Wasser im Kessel muss eine genaue Temperatur haben, damit es gleichmäßig und ständig verdampft. Der Druck muss ja stark genug sein, um die Kolben der Räder zu betreiben. Wir Dampfmaschinisten prüfen mit der Pfeife den Druck. Vor der Fahrt wird bereits einige Zeit das Wasser erhitzt und erst auf Betriebstemperatur losgefahren.«

»Danke, danke. Das werde ich auch heute Abend zu Hause meinem Onkel Sebald erzählen. Er freut sich bestimmt über all das Gute, was ich heute schon auf unserer *Jura* gelernt habe. Danke.«

»Ja, ja. Selbstverständlich. Dann lerne auch noch, dass es zwischen Himmel und Erde nur Luft gibt, eine andere Gestalt des Wassers in unserem Kessel! Und im Himmel ist alles verdampft und auf der Erde alles abgekühlt und verhärtet. Etwas Anderes gibt es da nicht, auch wenn wir an einen Schöpfergott glauben!«

»Ach so. Alles ist heiße Luft in einem großen Kessel oder kalte – oder so!?«

»Genau so! Du bist ein schnell einsichtiger junger Mann, das freut mich! Mach´ weiter so! Vielleicht wirst du auch noch eines Tages ein guter Maschinist!?«

Ich sagte ihm nicht, dass ich lieber Kapitän werden will als stundenlang eine Dampfmaschine zu ölen.

Als ich wieder Mittschiffs an Deck stehe, gönnt mir unser Kapitän eine Pause.

»Leichtmatrose! Ich sehe, du kommst gerade aus dem Maschinenraum! Sehr gut! Mach´ jetzt ruhig ´mal eine Pause dort an der Reling! Schau auf das Wasser und träume nur vor dich hin! Ein bisschen zur Erholung! Wir werden dich rufen, wenn wir deine Mitarbeit in Kürze im Hafen benötigen werden! Nun zu!«, rief er von seiner Kommandobrücke herunter und ich tat wie mir befohlen. »Ich arbeite eine Pause an der Reling ab«, denke ich grinsend und schaue auf das Wasser des Bodensees und in unsere Schweiz `zur Erholung´.

Nach etwa zehn Minuten wird es mir aber tatsächlich zu langweilig, dieses Gucken ins Wasser und ins Land. Deshalb gehe ich besser wieder unter Deck und frage nach den Wünschen unserer Passagiere.

Alles ist bestens, ich habe in den beiden Salons aufgeräumt und die Tische und Bänke geputzt. Das Geschirr ist wieder in der Kombüse, wo ich noch als Spüler tätig war. Die Schiffsglocke ist zu hören als Warnung für die vorsichtige Einfahrt der *Jura* in den Romanshorner Hafen. Das Anlegen verläuft gut, ich durfte dabei zu meiner Freude helfen. Die beiden Nonnen verlassen das Dampfschiff, nur sie. Vier Hafenarbeiter laufen schon an Bord, um uns beim Löschen der Ladung zu helfen. An Land kommandiert der Lademeister, auf welchen Platz welches Stück abzulegen ist. Auch zwei Postarbeiter tauschen die Säcke. Ich soll an Land gehen, um eine Kiste zu holen.

Die vorbereitete Proviantkiste für die Kombüse. Der Lademeister rief mir zu, dass ich sofort an einer bestimmten Stelle zur Sicherheit stehen bleiben solle. Die Proviantkiste würde auch noch geliefert werden. Ich solle hier einfach warten.

Deshalb stelle ich mich zu den beiden Nonnen. Sie warten wahrscheinlich auf eine Abholung.

»Leichtmatrose!«, spricht mich die jüngere Nonne an, »Und wie gefällt dir dein erster Arbeitstag auf einem Schiff? Hast du auch schon ein Klappmesser wie jeder richtige Matrose?«

»Na, ganz gut. Natürlich!«, sage ich und zeige ihnen mein schönes Messer mit seinem Perlmuttgriff mit hoch ausgestrecktem Arm, damit sie staunen sollen. Sie nicken beipflichtend und ich stecke das Messer mit den Worten wieder in die Jacke, »Aber hier im Hafen, das ist mir viel zu viel Gewühl! Ich warte nur auf die neue Proviantkiste für unsere Schiffswirtschafterin und dann bleibe ich sofort wieder an Deck!« Da entdecke ich den Jungen mit der Kiste, wie er auf mich zuläuft. Gerade als ich ihm entgegengehen möchte, rempelt mich ein Mann von der Seite um. Wir liegen beide auf dem kalt-nassen Boden. Er entschuldigt sich mehrmals, hilft mir wieder auf die Beine, schlägt irgendwie meine Jacke gerade und spaziert zur Anlegestelle unserer *Jura*. Die ältere Nonne hebt meine Mütze für mich auf und meint: »Was für ein unverschämter Kerl; dich so gewaltsam zu rempeln?! Jeder sieht dich doch mit deiner schönen Mütze!«

»Ach, das ist doch nicht so schlimm! Er hat sich ja entschuldigt und mir sofort wieder auf die Füße geholfen. Sehr besorgt um mich wirkte er, nicht wahr? Ein menschenfreundlicher Herr!«

»Gott schütze dich! Und er wird es tun, auch wenn du selbst es nicht immer erkennen wirst, denn diese vielen gottleugnenden Verlorenen brauchen deine unschuldig kindliche Weisheit und scheinbare Schwäche, um sich in unserem ewigen Herrn und dessen Gebote finden zu können, wenn sie nur wollen würden! Lebe wohl, Leichtmatrose!«

Augenblicklich spricht sie ein Schweizer von der Seite an. Sie begrüßen sich, als ob sie sich schon lange Zeit kennen. Die beiden Nonnen haben sich hier mit ihm verabredet, meinen sie, und sie wollen ihn auf unserer *Jura* nach Konstanz begleiten – wegen eines heiligen Buches. Doch dann beschimpft der ältere Schweizer die ihm etwa gleichaltrige Nonne. Sie sei unfähig für alles Wichtige! Und was sie sich überhaupt einbilden würde, wer sie sei! Er wünscht ihr boshaft, dass sie in irgendeiner ʻKlosterhöhle in den Bergen zu Tode schmoren und verrottenʼ solle. Sie weint und bricht zusammen. Ich will ihr helfen, aber die zweite Nonne winkt mich fort, kniet vor ihr und sagt laut zu sich selbst, dass sie tot sei – in einem einzigen Augenblick! Dieser seltsame Mann marschiert soldatisch bereits an Bord unserer *Jura* , ohne einen Blick zurück zu uns.

»Hier die Proviantkiste! Bezahlt ist sie schon, soll ich ausrichten. Schnell damit an Bord! Ist frischer Fisch dabei!«, befiehlt mir der Laufbursche, als er mir die Kiste überreicht und mich in Richtung Schiff schubst. Ich bedanke mich und – nicht wissend, was ich machen soll – eile ich sogleich auf unsere *Jura*, um die Kiste bei Greta in ihrer Kombüse rasch abzugeben.

Als ich zurück an der Reling bin, entdecke ich keine Nonnen mehr im Hafen. Da laufen auch so viele andere winterlich schwarz gekleidete Leute herum. Ich schäme mich, weil ich nicht helfen sollte oder konnte. Daher arbeite ich lieber wieder beim Kisten und Getreidesäcke schleppen mit. Unser Kapitän Martin Motz wütet von seiner Kommandobrücke herunter, dass ihm das Beladen viel zu langsam geschehe. Wir sollen alle das Schlafen im Gehen einstellen! Er wolle endlich ablegen! ʽNun zu!ʼ

Unser Wachmatrose Martin kontrolliert diesmal den Wareneingang mit einer Liste. Beim Vorbeigehen frage ich ihn schnell, wann denn das Ablegen hier immer stattfinden würde. »Immer kurz vor 10 Uhr!«, ist seine Antwort. Doch da ruft mich unser Kapitän: »Leichtmatrose! Auf zur Schiffsglocke auf dem Vordeck! Abfahrt läuten! Nun zu!«

»Oh je!« zittere ich zu Martin, »Warum soll ich schon jetzt läuten – und was denn nur? Das Sturmsignal?«

»Beruhige dich! Den Wunsch zur ersten guten Fahrt des Tages: *Dreimal drei Glas mit kurzer Pause dazwischen*, also 9 Schläge! Dann wird er nichts sagen und sich freuen! Und dann hilfst du den Passagieren! Wenn wir aus dem Hafen sind, ist alles in Ordnung!«

Am 12. Februar 1864

Nach Konstanz. »Weit nach halb vor 11 Uhr.«

Es wird für die drei Martins bittere Wahrheit – nachdem sie dachten, es werde ein guter Tag.

Noch fünf Minuten vor 10 Uhr laut Fahrplan aus dem Romanshorner Hafen zur badischen Stadt Konstanz unweit am Schweizer Ufer entlang und noch später wieder zurück, hundertprozentig verlief das nach Plan.

Die *Jura* ist so schwer beladen, dass ich den Eindruck habe, dass man zu Fuß schneller gehen könnte. Zwar haben wir ganze zehn Minuten lang Fracht von Lindau und Rorschach in Romanshorn löschen können, aber dafür haben wir hier gerade zu viert mit der Hilfe von vier starken Hafenarbeitern neue Ladung mit einer Viertelstunde harter Arbeit an Bord aufgenommen: Schwere Holzkisten mit Eisen, große Baumwollballen und sicherlich sehr teure Seidentuchrollen und die verschnürten Getreidesäcke, die unseren Kapitän Martin Motz so richtig verärgern, weil doch für diese besonderen Säcke eigene Lastenkähne auf derselben Route unterwegs seien, brüllte er einen ihm wohl noch nicht bekannten Schweizer Lademeister an Land an. Unsere *Jura* habe bequemen Platz für mindestens 300 Passagiere, wofür sie immer frisch von unten bis oben geputzt sei! Und die persönliche Bedienung für unsere Passagiere sei immer hervorragend! Das würde seiner gesamten Mannschaft, der Backschaft und nicht zuletzt auch ihm am Herzen liegen. Dafür sei seine eigene große Familie doch seit Generationen nicht nur am östlichen Bodensee bekannt! Jawohl! Und wer das noch nicht wüsste, sei der größte Dummschädel unter Gottvaters Firmazelt! – Dieses Wort habe ich zuvor noch niemals gehört, aber er hat es tatsächlich hinausgeschrien zu allen den Hafenarbeitern, unser Kapitän! »Heute ist er aber motzig!?«, denke ich und blicke zu meiner Ablenkung weit auf den See hinaus.

Längst zurück auf dem Schiff brüllt er von seiner Kommandobrücke herunter »An Deck dieses ewige Mäusefutter ist nichts für meine gepflegte *Jura*! Und nicht zu vergessen: Mit bester Verpflegung an Bord!« und, dass unser verschollener Leichtmatrose heute mit der Schiffsglocke den 10-Uhr-Schlag nicht vergessen dürfe! – Damit bin also ich gemeint. Aber `verschollen´? Nur weil er mich zwischen diesen vielen Männern und Kisten und Säcken und Ballen auf dem Hinterdeck aus seinen berühmten Adleraugen kurz verloren hat?! Deshalb marschierte ich auf das Vorderdeck unserem Kapitän betont zuwinkend zum Namensvetter des Kapitäns, dem Wachmatrosen!

»Na, da bist du ja endlich, Leichtmatrose! Wo warst du denn die ganze Zeit? Mäuse jagen bei den feinen Damen der Ersten Klasse oder was?!«, schnaubt Martin. Da will ich ihm nicht mitteilen, dass nur ein junger Herr, nicht viel älter als ich, im Hecksalon Platz genommen hat. Georg und ich boten ihm an, dessen schweren Sack in den Frachtraum zu bringen, aber er wollte ihn die ganze Fahrt nach Konstanz bei sich haben. »Vielleicht sitzt er darauf?«, lache ich in mir.

»Was ist? Wir haben schon vor einigen Minuten losgemacht! Unser Kapitän hat mich als 'Ausgucker' auf das Vordeck geschickt. »So weit wie möglich nach vorne!«, befahl er mir sehr bestimmend, weil ich einer der besten Schwimmer an Bord sei, meinte er dazu, und, falls ich über die Reling fiele, sollst du so laut wie möglich *Mann über Bord!* schreien. Ist dir das klar?«

»Jawohl! *Mann über Bord!* schreien! Und ich werde dann die Rettungsleine zu Ihnen werfen! Das eine Ende natürlich nur! Gut so, Wachmatrose?«

»Sehr gut, mein Junge, äh, aber ich werde nicht in den See fallen, Leichtmatrose Andreas! Trotzdem bestens mitgedacht! Und jetzt? Was hast du jetzt zu tun?!«

»Und jetzt bleibe ich bei der Schiffsglocke, damit ich Alarm schlagen könnte, wenn ich soll. Richtig?«

»Richtig! Aber was machst du heute da noch – jetzt auf Befehl unseres Kapitäns, Leichtmatrose?«

»Ach herrje, ich vergaß den Schlag für 10 Uhr!«

»Genau! Den will er heute ausnahmsweise hören! Wahrscheinlich weil wir vielleicht Verspätung haben, aber die Schaufeln schaufeln bei 'Voller Kraft voraus' deshalb auch nicht schneller. Also 'nun zu', wie er stets auffordert!«

»Ja, ich bin schon dabei. Ein Doppelschlag ist 9 Uhr, dann ist 10 Uhr zwei Doppelschläge, weil halb 9 Uhr drei 'Gläser' sind. Nein, *drei Glas*, sagt man. Stimmt das bitte, Martin, Wachmatrose?«

»Genau! Du bist ja ganz schön aufgeregt. Mach´ zweimal `Doppelschlag´! Los! Dann wirst du unseren Kapitän Motz entweder wieder von seiner Brücke herunterbrüllen hören – oder eben nicht, wenn ihm dein Schlag passt. `Nun zu!´«

Mit zitternder Hand ergreife ich den Klöppelgriff, lasse zwei Doppelschläge ertönen. Danach unser Warten. Martin grinst kurz zu mir hinter. Dann die Stimme unseres Kapitäns von oben: »Ich dachte schon, ihr beide da vorne würdet in einer Hängematte schlafen! Sehr gut! 10 Uhr! Von mir aus, auf unserem alten Seidentuchschlepper so gerade noch rechtzeitig! Schaut nur, wie geschmeidig er über den dunstigen See rauscht! Ja, Konstanz, wir kommen! Nun zu!«

Unser größter Matrose *Herkules*, zur Verstärkung wie üblich erst in Romanshorn zugestiegen, der auf einer Kiste in der Nähe der Treppe zur Kommandobrücke in unserer Richtung sitzt, erholt sich von der Schlepperei, indem er sich seine Fingernägel mit einem kleinen Messer reinigt. Ich traue meinen Augen nicht, denn das könnte mein Klappmesser sein, das mit dem Griff aus Perlmutt. Aber wie...?

Die Februarsonne scheint, sie wärmt uns auf Deck ein bisschen und der weiße Dunst vom See schwappt als breite Wellen auf unsere *Jura*. Das weiß jeder hier, wenn es noch wärmer wird, zieht der strahlend blaue Himmel den weißen Schleier hoch zu sich hinauf und es dauert dann nicht mehr lange, dann rauscht unser Raddampfer in eine gefährliche Nebelwand hinein.

Undurchsichtigen Nebel kenne ich ja, aber noch nicht auf einem Schiff auf dem Bodensee. Unheimlich ist das mit Sicherheit. Und nun hat sich alles an Bord beruhigt: Unser Wachmatrose *Martin* steht nur wenige Meter vor mir und schaut weit nach Konstanz vor, das man im Dunst nur ahnen kann, wenn man die Richtung dorthin weiß. Unser Matrose *Herkules* sitzt weiterhin hinter mir auf seiner Kiste und schaut so in die Welt hinaus. Aus Gretas Kombüse dampft es zum offenen Fenster heraus, sie hat ja vorhin im Hafen auch zwei helfende Hände erhalten, eine *Schiffsmagd*, *Hedda* möchte sie genannt werden. Keiner vom Schiff kennt sie. Ich bin ihr nur kurz begegnet, jung ist sie nicht mehr und sie hat ein Gesicht, als ob sie in ihrem ganzen Leben noch niemals gelächelt hätte. Einfach hässlich! Die Mutter würde »widerwärtig« dazu sagen. Was sie wohl zu Hause gerade macht? Sicher auch das Mittagessen für unsere Familie! Ob es auch feine Spätzli gibt? Oder Brotsuppe mit Weichkäse? Dieses gleichtönige Schaufelradrauschen, das macht mir offensichtlich Hunger. Ob es heute an Bord für uns auch Fisch gibt? Blaufelchen wie für das Stobärli. Was es wohl gerade im Hafen so treibt? Mäuse jagen oder Katzen? Oder der Kater ruht am Kai und schaut uns verträumt hinterher. Er weiß ja, dass wir in einiger Zeit noch heute wieder zu ihm zurückkommen werden –

»Hussahe! Hallohe! Hussahe! Steuermann, ho! Her, komm und trink mit uns!«, singt da jemand plötzlich Mittschiffs hinter mir. Mein Gott, habe ich mich erschrocken! Ein verrückter Seegeist, unser Heizer!

Er hat schwarze Hosen an, darüber ein weißes Hemd mit dunkelbraunen Hosenträgern, auf dem Kopf einen schwarzen hohen Hut! Dass er nicht ohne seine Jacke friert!? Und er nähert sich uns – weiterhin singend: »Steuermann, her! Fürchten weder Wind noch bösen Strand, wollen heute 'mal recht lustig sein! Jeder hat sein Mädel auf dem Land, herrlichen Tabak und guten Branntwein. Hussassahe! Klipp' und Sturm drauß' – Jollohohe! – lachen wir aus! Hussassahe!«

Unser Matrose *Herkules* sieht ihm nur grinsend zu. Sein Lied ist aus, er dreht sich wieder um und blickt hinauf zu unserem Kapitän mit den Worten: »Kapitän! Die *Jura* ist zu schwer! Befürchten Sie nicht, dass der Kessel irgendwann explodieren könnte, wenn wir durchwegs `Volle Kraft voraus' fahren?«

»Heizer, das ist mir ja noch nie zu Ohren gekommen! Sind wir nicht schon oft vollbeladen `Volle Kraft' auf dem See gefahren? Oder? Was hast du denn heute?!«

»Doch, doch, aber unsere Maschine wird auch älter. Da nutzt sich vieles ab. Das kann böse Folgen haben!«, warnt er verantwortungsvoll, »Das denke ich nur so.«

»Gut, gut! Dann schick' mir unseren Maschinisten hoch! Ich will ihn besser dazu fragen! Nun zu!« Unser Kapitän ist zwar heute nicht so gut gelaunt, aber für pflichtbewusste Menschen, erst recht aus der eigenen Mannschaft, hat er immer ein offenes Ohr; das habe ich heute bereits miterleben können, zum Beispiel... »Steuermann, lass die Wacht! Steuermann, her zu uns! Ho! He! Je! Ha! Hisst die Segel auf! Anker fest!

Steuermann...«, so laut er nur kann, singt da unser Heizer schon wieder, während er zurück unter Deck geht, um unseren Maschinisten zu schicken.

»Wachmatrose? Warum singt er?«, frage ich erstaunt.

»Stimmt! Du kennst ein paar Männer noch immer nur erst vom kurzen Gespräch. Er ist einer der beiden Heizer: *Benedikt Wagner*. Der zweite ist ja mein jüngerer Bruder *Heinrich*. Unser Benedikt wollte früher einmal zum Theater als Sänger, weißt du, Klavier und Orgel habe er spielen gelernt. Und was er da immer so singt, stamme aus der Theatermusik. Er erzählt uns seit Neuem von einem Namensvetter, einem *Richard Wagner*, einem Theatermusiker aus Sachsen, dessen Komposition er sich irgendwie mit Hilfe seiner großen Familie als Klaviernoten zum Üben beschaffen könnte. Ein harmloser Spinner! Du kannst ihn ja bald vor der Rückfahrt im Konstanzer Hafen fragen, da gibt es für uns alle Gretas Mittagessen, heute freitags: Knöpfle mit Käse überbacken und gekochten Fisch!«

»Und das kann man tatsächlich essen?«, frage ich mich etwas ekelnd. Er lacht mich kurz aus: »Na, du Schweizer Feinschmecker! Heiße Fischsuppe hat unsere Greta bestimmt auch!« Da redet der Herr Kapitän rasch mit unserem Maschinisten, allerdings verstehe ich von ihren fachlichen Worten gar nichts: `Temperatur, Überdruck, Ventile, Volldampf und...´

»Guten Tag! Herr Leichtmatrose! Darf ich Sie kurz stören?«, das ist jene junge Dame *Wilhelmine Kreusin* aus Rorschach. Ich habe sie, seit ich in der Zweiten

Klasse im Bugsalon bedienen lernen musste, ja nicht mehr gesehen, fiel mir sofort auf.

»Na ja, gut, aber ich bin hier an der Glocke auf den Planken festgenagelt, damit ich sofort läuten kann, wenn ein Befehl für mich vom Wachmatrosen oder unserem Kapitän zu hören ist«, erwidere ich ihr sehr pflichtbewusst, »Was wünscht Ihr denn von mir?«

»Oh, was könnte denn Grauenvolles geschehen? Ein überraschendes Gewitter, ein schrecklicher Sturm oder ein nicht mehr zu umfahrender, riesiger Eisberg beim diesem winterlich schönsten Sonnenhimmel mit einem romantisch anmutenden feinen Dunst über dem weiten See, Ihr furchtloser Seemann?!«, versucht sie höfisch zu spötteln. »Nein, das bestimmt nicht! Aber um uns herum steigt dieser weiße Dunst doch langsam immer höher. Und wenn erst dichter Nebel unsere *Jura* einhüllt, was dann?! Wir fahren ja nicht allein auf dieser Route nach Konstanz. Es könnten uns stärkere, größere Schiffe entgegenkommen, wisst Ihr!«, damit mache ich ihr hoffentlich ein bisschen Angst oder zumindest achtet sie unsere Arbeit dadurch ein wenig mehr und verspottet uns nicht.

»Und wie würde es klingen, wenn Ihr augenblicklich wegen eines entgegenkommenden Schiffes Alarm schlagen müsstet?«, und damit hat sie mich erwischt. Das hat mir ja noch keiner hier erklärt, stimmt!

»Ganz einfach!«, ich tat so, es zu wissen, »Dann wird das Signal für *Nebelwand! Gefahr der Komposition!* ohne Unterbrechung geläutet.«

»Wie?«, lacht sie mich aus, »`Komposition´? *Kollision* meint Ihr, einen *Zusammenstoß*, Leichtmatrose! Und wie klingt das dann?«

»Sechsmal kurzer Schlag, dann kurze Pause, einfach immer so weiter, bis die Gefahr vorüber ist! Nicht wahr, Leichtmatrose!?«, unterbricht die klare Stimme unseres Wachmatrosen *Martin* mein so vertrauliches Gespräch mit Wilhelmine.

»Selbstverständlich! Jawohl, ja! `Sechsmal kurzer Schlag, dann kurze Pause und einfach immer so weiter!´ Das wollte ich auch gerade höflich erklären,« bemühe ich mich, mich vor den Beiden zu retten.

»Sehr gut, Leichtmatrose! Ich muss ´mal kurz wohin! Der Nebel ist ja noch nicht sehr dicht. Man sieht noch weit. Ich komme gleich wieder. Und unser Kapitän beobachtet uns. Ich werde ihm kurz winken, ob ich gehen darf. Du musst dann solange ausgucken. Wir verlassen uns ganz auf dich!«

»Jawohl! Ich bin bereit! Wenn ich ein Boot oder ein Schiff in unserer Nähe entdecke, schlage ich sofort Alarm! Sechsmal kurz, immer wieder!«, antworte ich ein bisschen besorgt, aber Wilhelmine beruhigt mich mit der Erzählung eines Buches, das sie gemeinsam mit einem anderen Passagier an Bord namens *Straub*, einem Schwarzwälder Uhrenhändler, bis jetzt las.

»Und jetzt wollte ich Ihre Gedanken zu dieser Geschichte meines Buches wissen. Ich verkürze sie: Eine sechzehnjährige Wilhelmine ist die schöne

Tochter eines Gutsverwalters eines Fürsten in einem braven Dorf des Landes. So verliebte sich der Dorfpastor mit dem lustigen Namen *Sebaldus* in dieses besonders hübsche Mädchen, aber...«, da unterbreche ich sie rasch:

»Entschuldigt, aber warum ist das ein lustiger Name? Mein kluger Onkel in Rorschach heißt auch so: *Sebald*. Er hat mit erklärt, dass das der Sohn eines dänischen Königs gewesen sei, der seine Verlobung mit einer wunderschönen Königstochter aus Frankreich gelöst hätte, um nach seiner Begegnung mit dem Papst in Rom in Süddeutschland als wandernder Einsiedler den christlichen Glauben zu verkünden. Er hat als armer Pilger mit dem Wanderstab und einem breiten Sonnenhut einige Wunder vollbracht: Kranke konnte er heilen. Über einen großen Fluss dort ist er einfach auf seinem Mantel hinüber spaziert. Mit seinen hell leuchtenden Fingern hat er sogar einmal im Wald verlorene Kühe wiedergefunden. – Und das Beste: Aus Eiszapfen hat er ein richtiges Feuer entzündet und *somit* das kalte Herz des Geizes eines Vaters erwärmt. – Ein Heiliger aus uralter Zeit war das, seht Ihr!?«, das muss ich ihr doch sagen, weil ich es weiß, oder?!

»Und das wisst Ihr ganz genau?! Erstaunlich!«, meint sie, »Aber weiter: Dieser Dorfpastor Sebald verliebte sich also einst in das wunderschöne Mädchen aus seinem Dorf. Doch er offenbarte ihr seine Zuneigung nicht schnell genug, so dass der ekelige Hofmarschall des Fürstenhofes den Vater bauchpinselte und somit überredete, ihm seine liebste Tochter als besondere

Kammerjungfer an den fürstlichen Hof zu überlassen. Als der Pastor dies erfährt, versinkt er hoffnungslos in größte Traurigkeit, weil er sich nicht zu helfen weiß.«

»Das ist aber ein dummer Mann, nicht wahr?«, muss ich Wilhelmine schon wieder unterbrechen, »Also ich wüsste schon, was ich da täte!«

»So, was denn genau? Ihr macht mich neugierig, Leichtmatrose!«, entgegnet sie mir fordernd.

»Na, ich würde versuchen, mich irgendwie in der Nacht an den Hof des Fürsten zu schleichen und sie einfach zu rauben. Ist doch klar! Ich – liebe sie ja schließlich!«, mutig behaupte ich das so, aber ob sie mir das auch glaubt. Egal.

»So, so. Nachts rauben! Das ist ja nicht gerade die feine Art! Und das gefiele einer jungen Dame?«, hakt sie nach.

»Warum `Dame´? Sie ist die Tochter eines besseren Bauern! Deshalb versteht sie das auch – das mit ihrem Raub. Deshalb ist sie auch sehr klug! `Damen sind meistens nur schön, aber nicht klug!´, das verrät mir mein kluger Onkel oft, wenn er von seiner Arbeit in der Stadtverwaltung nach Hause kommt und sich wieder einmal `über so eine angeblich wichtige Dame aus adeligem Hause´ ärgern musste, meint er,« und das stimmte so, wie ich es gerade gesagt habe. »Dein Onkel macht aber großen Wind, nicht? Und eine Adelige ist auch nicht gleich eine Bürgerin der Stadt, versteht Ihr?«, damit verwirrt sie mich.

»Aha, wenn Ihr meint! Und tatsächlich! Bemerkt Ihr es auch, der spürbare Südwind flaut langsam ab?! Das kann sehr gefährlich für unsere *Jura* werden, weil dann der Nebel aufsteigt. Wo bleibt unser Wachmatrose?«, frage ich um ich herum.

»Ihr ängstigt euch vor Nebel am helllichten Tag, wollt aber nachts in der Dunkelheit die schöne Wilhelmine rauben?! Lachhaft, Leichtmatrose!«, spottet sie schon wieder, »Schaut einfach weiter auf den See! – Also der Dorfpastor Sebald hat großen Liebeskummer und so verstreichen die Monate und die Jahre bis hin zu einer Silvesternacht, in der sein Traum ist, dass Wilhelmine am folgenden Neujahrstag den Vater besuchen wird, was er nutzen müsse, um ihr endlich seine Liebe zu gestehen. Und tatsächlich, die wunderschöne Tochter erscheint beim Vater, bei dem Sebaldus ebenfalls wegen ihres Besuches anwesend ist. In erneuter Liebe entflammt berichtet Sebaldus ihr seinen Traum und offenbart dem wunderschönen Fräulein endlich seine langjährige Liebe. Weil die Wunderschöne längst den Vergnügungen am Fürstenhof überdrüssig...«, also da muss ich ihr ins Wort fallen: »Warum ist diese Frau denn immer ˋwunderschön´?!«

Ihre knappe Antwort: »Weil sie *Wilhelmine* heißt! Weiter! Gemeinsam reisen sie zum Hofmarschall ab, um mit diesem ihre ernste Sache gut zu verhandeln.

Wilhelmine erkennt jenen Traum als den Wink des Schicksals, weil sie die stillen Freuden ihres Zuhauses unerträglich vermisste. Sie möchte Sebaldus heiraten, die Frau des ehrwürdigen Pastors ihres Dorfes sein. Das Treiben am Hof, das war nichts für sie, weil...«, na, das ist mein Stichwort: »Klar, sie ist ja eine bessere Bauerntochter und deshalb klug, ganz wie mein Onkel Sebald das weiß! Das Leben als von allen Leuten im Dorf geschätzte Pastorenfrau, das kann man doch mit einem sinnlosen Nichtstun bei einem Fürsten...«

»Ach, Ihr wisst das?! Woher denn, mein Lieber? ˋSinnloses Nichtstun bei einem Fürsten´. Diesen bösen Unsinn glaubt Ihr? Dort trägt man prächtige Kleider mit schönsten Hüten! Schön sein ist doch nichts Sinnloses! Man kann doch nicht als Frau immer nur mit schmutzigem Arbeitskleid umherlaufen, vielleicht noch so wie ein Matrose!«, schimpft sie mich, was ich seltsamerweise reizend finde.

»Soll ich vielleicht im Damenkleid an Bord arbeiten? Und noch mit einem bunten Federhut dazu? Werte Dame!?«, greife ich sie übertreibend an.

»Nein! Natürlich nicht! Das ist doch auch gar nicht so gemeint!«, sagt sie recht bestimmend, »Also der Hofmarschall willigte ein, wollte jedoch mit seiner Hofgesellschaft am Hochzeitsfest im Dorf teilnehmen. Alle freuten sich über dies Geschäft und es kam bald der Tag der Heirat. Der befreundete Pfarrer des Nachbardorfes traute das glückliche Paar mit der schönsten Braut, die dort jemals heiratete, und man feierte beinahe bis in den Morgengrauen hinein. Allerdings hatte deshalb der frisch verheiratete Sebaldus die Befürchtung, dass...«

Da muss ich sie einhalten: »Was ist denn dann mit der Hochzeitsnacht? Ich dachte, sie liebten sich! Oder war das...?«

»So da bin ich endlich wieder hier! Leichtmatrose! Unser Kapitän wollte noch mit mir sprechen. Hast du nicht bemerkt, dass man wegen des Nebels das Ufer schon nicht mehr sehen kann?! Wir sind erst vor *Kesswil*. Daher müssen wir ab sofort die Alarmglocke schlagen: Sechsmal kurze Schläge und eine Pause und das immer wieder! Das kann lange dauern, wir müssen uns abwechseln. Du beginnst und, wenn deine Arme nicht mehr können, dann meldest du dich, damit wir die Posten tauschen. Und Sie, werte junge Dame, muss ich auf Befehl unseres Kapitäns darum bitten, sich wieder in den Bugsalon zu den anderen Reisenden zu begeben, dass an Deck im Nebel niemand stürzt oder sogar über die Reling fällt. Nur noch der Besuch unseres Plumpsklos ist erlaubt. Danke!«, unterrichtet uns unser Wachmatrose *Martin*.

Wilhelmine zeigt sofort Verständnis, möchte sich später mit mir unterhalten, verabschiedet sich von uns beiden Matrosen und geht brav die richtige Treppe gleich hinter uns hinunter. Der Nebel hat die *Jura* vollends erwischt. Etwas mulmig ist mir schon dabei, ich sehe nur bis Mittschiffs zum Matrosen *Herkules* und noch auf der Brücke oben unseren Kapitän.

»Nun zu, ihr beiden Wachmatrosen! Was ist mit dem Alarm! Ich höre nichts! Fangt ihr bald an oder braucht ihr erst noch meine schriftliche Einladung dafür?!«, ruft unser Kapitän recht freundlich, aber ich wage darauf lieber doch keine Antwort, sondern schlage sogleich los: Sechsmal kurze Schläge, dann kurze Pause! Eins, zwei, drei, vier, fünf, sechs – Pause. Pause. – Eins, zwei, drei, vier, fünf, sechs – Pause. Pause. – Eins, zwei, drei, vier, fünf, sechs – Pause. »Oh je!«, merke ich, das wird ganz schön langweilig und zugleich anstrengend werden, wenn wir bis zum Konstanzer Hafen Alarm schlagen müssten.

»Leichtmatrose, wie machst du das denn!? Schlage nie seitlich bei einem Daueralarm! Das ist viel zu anstrengend. Warte! Ich zeige es dir: Du stellst dich hinter die Glocke und schwingst den ersten Schlag weg von dir, so dass du beim sechsten hin zu dir schwingst. Die ersten Male zählst du die Schläge noch, aber plötzlich gibst du nur noch das richtige Signal: Eins, zwei, drei, vier, fünf, sechs – Lange Pause – Ding, dong, ding, dong, ding, dong – Und jetzt du wieder! Sprich mit!«

»Eins, zwei, drei, vier, fünf, sechs – Lange Pause – Ding, dong, ding, dong, ding, dong – Lange...«

»Und jetzt ohne Worte! – Sehr gut, Leichtmatrose, sehr gut! Du merkst den Unterschied! Ich wechsle dich am besten gleich ab. Konstanz ist weiter weg. Da gibt es erst noch keine Gefahr! Sieh kurz nach unseren Fahrgästen, wenn sie nämlich unsere Alarmglocke hören, werden sich manche Leute fürchten. Sieh ´mal nach! Melde es vorher schnell unserem Kapitän! Und ab!«, befahl mir unser Wachmatrose, der gleichzeitig rundum in den weißen Nebel Ausschau halten, das Alarmsignal läuten und mit mir über etwas Anderes reden konnte. Sagenhaft! Das möchte ich auch eines Tages beherrschen – genauso wie er, *Martin Rupflin*, da fällt mir sogar sein vollständiger Name wieder ein; allerdings habe ich vergessen, wer mir ihn wann gesagt haben könnte. Bestimmt unser Kapitän!

»Kapitän!«, rufe ich hinauf zur Brücke, »Ich soll kurz bei unseren Passagieren nachsehen, ob dort alles in Ordnung ist, hat unser Wachmatrose mir befohlen. Danach muss ich ihn ablösen und auch wieder die Glocke schlagen!«

»Aber die neue Schiffsmagd hat die Aufgabe, in der Kombüse zu helfen und in den Salons zu bedienen! Na gut, trotzdem! Sieh nach und vergiss das ordentliche Grüßen nicht, hörst du! `Guten Morgen! Es wird heute ein schöner Tag mit Sonne! Es wird!´ Gut, gut! Und anschließend wieder kurz zu mir hierher! Nun zu!«, gibt mir Kapitän Motz seine Zustimmung, so dass ich zuerst die Treppe in den Hecksalon hinunterspringe. Erste Klasse! Mit warmem Ofen im Raum!

»Guten Morgen! Es wird heute ein schöner Tag mit Sonne! Es wird!«, begrüße ich unseren Passagier, es ist ja nur einer hier im Hecksalon, er mit seinem Sack. Wir haben ihn aus dem Hafen bis hierher zu zweit geschleppt, entweder sind Steine oder Gold darinnen!

»Auch einen schönen, guten Morgen, Matrose! Gut, dass Sie zu mir kommen, denn was bedeuten diese Glockenschläge? Hören Sie!«, fragt mich der auch noch sehr junge, aber bereits sehr fein gekleidete Herr, der am hintersten, mit vielen Blättern Papier belegten Tisch sitzt. Was soll ich ihm jetzt antworten? Die Wahrheit, aber...?!

»Glockenschläge sind Signale entweder für die Leute an Bord oder für die anderen auf einem anderen Schiff oder an Land. Zum Beispiel muss zur Sicherheit immer geläutet werden, wenn das Schiff den Hafen verlässt oder in ihn hineinfährt. Möchten Sie ein heißes Getränk und eine warme Speise gebracht haben? Beides sehr gut zubereitet!«, lenke ich vorsichtig ab.

»Danke, ja bitte! Sehr gerne! Doch wofür sind diese durchgängigen Schläge?«, fragt er mich leider wieder.

»Das ist der sich wiederholende Sechser-Schlag mit einer kurzen Pause dazwischen. Ein Zeichen, dass auch alle Seeleute kennen. Unsere Schiffsköchin stellt alles ʿmit besten orentischenʾ Gewürzen her! Mit ʿverlesenenʾ soll ich auch dazu sagen, mein Herr!«, stolz bin ich, ihm das so genau sagen zu können.

»Sehr fein! Erlesene orientalische! Sehr fein! Das hätte ich nicht gedacht – auf einem Transportschiff, Matrose!«, freute er sich offenbar.

»Erst ʿLeichtmatroseʾ bin ich. ʿUnsere *Jura* ist ein prächtiges Passagierschiff mit bester Verpflegung, das auch Fracht befördern kannʾ, das sollen wir den Gästen nicht anders berichten! Befehl von unserem Kapitän Motz!«, das stimmt ja auch genau so.

»Diese Glockenschläge hören ja nicht mehr auf! Brennt es auf dem Boot und wir unterhalten uns hier so angenehm, ohne uns und andere zu retten?!«, meint der feine Herr, sich doch Sorgen machend.

»Also gut. Es brennt nirgendwo auf unserem – Schiff. Keine Sorge! Das ist nur ein ständiges Warnsignal für andere Boote und Schiffe, weil wir mit `Voller Kraft voraus´ in Richtung Konstanz fahren«, versuche ich ihn zu beruhigen.

»Warnsignal? Sie müssen wissen, ich schwamm noch nie mit einem Schiff auf dem Wasser. Das ist das erste Mal für mich. Von der Stadt Mannheim bin ich mit der Bahn nach Zürich gekommen und nach einigen Tagen mit Geschäften auch hierher nach Romanshorn. Und jetzt muss ich nach Konstanz zu weiteren Geschäften und später mit der Bahn wieder nach Hause. Dieses geschäftliche Reisen hat bisher mein geliebter Vater unternommen, aber er wurde vor wenigen Wochen schwer...«, da unterbreche ich ihn besser:

»Ach so. Das erste Mal an Bord auf einem großen See! Das ist nur das Warnsignal wegen schlechter Sicht, mehr heißt das nicht!«, werfe ich ein.

»Draußen scheint aber die Sonne, `ein schöner Tag´, das sagten Sie doch, als Sie durch den Salon kamen Leichtmatrose!«, fängt er leider wieder an.

»Genau, das stimmt. Ein schöner Tag wird es. Der See hat nur leichten Dunst, also – Nebel. Kein großer Grund zur Aufregung! Möchten Sie dieses heiße

Getränk zur Beruhigung? Wissen Sie, mein kluger Onkel in Rorschach trinkt das sehr oft abends, damit er ʽdas Tagesgeschäft blitzartig vergessen mögeʹ, solche ungewöhnlichen Worte sagt er dann. Lustig, nicht?«, hoffentlich wirken meine Sätze. Der Herr ist wirklich anstrengend für mich. Unser Wachmatrose hatte schon Recht, mich zu schicken. Ach herrje, meine Ablösung! – Ich sage ihm: »Nun zu! Ich muss zur Kombüse! Bin bald wieder hier! Mit allen Sachen! Bis gleich!« und laufe schnellstens die Treppe hinauf und zur Schiffsglocke. Hoffentlich beißt mich unser...

Der Nebel löste sich bislang nicht im Geringsten auf. Keine Veränderung! Unsere *Jura* schnauft so schwer wie meine liebe Großmutter, wenn sie Gemüsekisten über unseren Hof trägt. Dunkle Rauchschwaden aus dem Schornstein vermischen sich in der Höhe mit dem weißen Nebel. Und unser Wachmatrose *Martin* verliert glücklicherweise kein böses Wort gegen mich.

Er versteht, dass wir auch nur einen ängstlichen Passagier, erst recht der Ersten Klasse, besonders versorgen müssen. Deshalb solle ich ihn nur wenige Minuten beim Glocke schlagen ablösen, damit er sich kurz seine Beine auf dem Vordeck vertreten könne. Das ewige Stehen in dieser Kälte mache ja ganz steif. Und ein heißes Getränk von Greta soll ich dann auch für uns beide mitbringen oder die Schiffsmagd damit zu uns schicken. Die Leute der Zweiten Klasse warten wahrscheinlich bereits, wenn die Schiffsmagd noch nicht bei ihnen zur Bedienung sein konnte.

»Und was ist mit unserem Steuermann und unserem Kapitän? Wollen sie nichts Heißes trinken?«, frage ich ihn, während ich schon lange läute.

»Sehr gut, Leichtmatrose! Dein Schlag stimmt ja, während du mit mir sprichst. Freue dich! Weiter so! Unseren Steuermann und sich selbst versorgt unser Matrose *Georg*, unseren Kapitän und auch sich selbst natürlich unser Matrose *Herkules*. Er steht jetzt Mittschiffs bereit, auch für uns hier vorne beim Bugspriet, wenn wir Hilfe brauchen würden. Unsere beiden Heizer und unser Maschinist, diese drei »Kellerratten« im Gegensatz zu uns »Wasserratten« versorgen sich selbst, sie arbeiten ja Mittschiffs unter Deck. Deshalb schickte ich dich zu unseren Gästen. Einverstanden?«, das erwiderte er mir wegen der erforderlichen Ausführlichkeit fast verärgert, aber nur ´fast´! Er soll mir ja ´diese Hintergründe umfassend erklären´, genauso befahl ihm das unser Kapitän, als er mich ihm kurz im Vorübergehen vorstellte; jetzt fällt es mir wieder ein. So war es.

Unser Kapitän besitzt nicht nur Seeadleraugen, nein, er hält sich auch überall gleichzeitig auf, obwohl er auf seiner Brücke angewurzelt ist. Jeder weiß einfach, was er denkt und befehlen würde. Also tun wir alles wie von selbst im Voraus und hören seine Kommandos irgendwo in unserem eigenen Kopf. Eigenartig!

Das muss ich meinem klugen Onkel berichten, was er dazu meint. Er fragt mich heute Abend bestimmt, was ich alles an meinem ersten Tag als Leichtmatrose erlebt habe; wie die Mannschaft sich mir gegenüber verhielt; welche schwierigen Aufgaben ich erledigen durfte; welche anstrengenden Arbeiten ich verrichten durfte; welche besonderen Passagiere mitgefahren sind; welche besondere Fracht wir an Bord hatten; welche Glockensignale und Schifferknoten ich lernen durfte; – Na ja, das muss ich schon sagen, mit dem Knoten lernen sind wir noch nicht weit gekommen. Das Üben fehlt mir. Ich soll sie möglichst längst alle richtig knoten und lösen können. Obwohl, geschimpft hat noch keiner der Mannschaft mit mir wegen der Knoten. Mädchen könnten das Binden von Leinen wahrscheinlich viel besser. Sie verknoten ja auch ihre Haare zu Zöpfen. Sie verwinden ihre Haare zu Knoten. Wie das wohl richtig genannt wird!? Meine dummen Schwestern sagen immer nur *Zöpfli*. Aber beim letzten Maitanz, ja da habe ich ein Mädchen tanzen gesehen, solch einen langen Zopf kannte sogar die Mutter noch nicht, meinte sie zu uns. Unglaublich! Und wir tanzten dort auch zweimal einen Dreier-Takt: `Rumm-ta-ta, rumm-ta-ta – Rumm-ta-ta, rumm-ta...´

»Bist du betrunken, Leichtmatrose?! Ein Nebel-Signal soll das sein?! Niemals! Ablösung! Nun zu!«, das schrie augenblicklich unser Kapitän von der Brücke zu uns vor, dass ich erschrocken bin. Unser Wachmatrose nimmt mir sofort den Klöppel aus der Hand und läutet wieder richtig `Vorsicht! Schlechte Sicht! Gefahr der Kom..., Kof..., Kor...! Zusammenstoß-Gefahr!´: `Eins, zwei, drei, vier, fünf, sechs – Lange Pause – Ding, dong, ding, dong, ding, dong – Lange...´

»Verzeihung! Entschuldigung!«, rufe ich leicht verwirrt hinauf in den Nebelhimmel und anschließend flüstere ich zum Wachmatrosen: »Das wollte ich nicht! Ich dachte an unser Dorf, das Tanzen im Mai.«

»Beruhige dich wieder!«, erklärt er mir gelassen, »Das ist jedem von unserer Mannschaft schon öfters passiert; denn je besser man ununterbrochen schlagen kann, desto mehr verliert man sich in bunten anderen Gedanken, wie wenn man träumen würde. Nur unser Herr Kapitän träumt niemals, hat man manchmal den Eindruck, nicht? Er sieht und hört und riecht und schmeckt einfach alles! – Musst du nicht in unserer Ersten Klasse weiter bedienen, Leichtmatrose?«

»Doch, selbstverständlich! Herrje! Der Gast wundert sich gewiss schon über mich! Ich muss gehen! Ich meine, darf ich...?«, warf ich wieder erschrocken ein.

Unser Wachmatrose kennt diese Schwierigkeiten des ersten Matrosentages an Bord auch, antwortet er und schickt mich sogleich fort zum Heck, unserem Kapitän würde das hoffentlich passen. Und übrigens, unser Kapitän habe einst selbst ganz klein als Leichtmatrose *Martin* auf einem kleineren Schiff als unserer *Jura* seinen ersten Matrosentag nicht so gut wie ich bestritten, er sei nämlich vor der ganzen Mannschaft seekrank geworden, damit erleichterte er zum Schluss noch mein schlechtes Gewissen.

Bei Greta hole ich das heiße Getränk und den Teller mit dem warmen Essen ab und erfahre freundlich von ihr, dass unsere Schiffsmagd *Hedda* die Zweite Klasse auch gut bedienen würde, ich mir also keine Sorgen zu machen bräuchte, so dass ich jetzt vorsichtig in den Hecksalon hinabsteigen könne, um bitte ja nichts unterwegs zu verschütten. Ich bedanke mich schnell, wie in meinen Kopf von unserem Wachmatrosen eingehämmert mit den Worten `Greta. Vielen Dank!´ und erscheine kurze Zeit später bei dem bereits auf mich sehnsüchtig wartenden jungen Herrn mit seinem Sack. Er bedankt sich bei mir, so Etwas kenne ich nicht. Und es schmeckt ihm tatsächlich alles sehr gut. Ich möchte schon kassieren, aber weil es ihm so gut schmecke, solle ich unbedingt später noch einmal für eine weitere Bestellung wieder zu ihm kommen, für einen Kuchen zum Beispiel. Und dann wird er alles zusammen bei mir bezahlen. »Einverstanden«, sage ich und mache ich mich wieder auf den Weg, um vorne in der Zweiten Klasse zu helfen.

Der Nebel ist dichter geworden, unseren Steuermann achtern kann ich noch gut sehen, aber vor mir unseren Wachmatrosen an der glänzenden Schiffsglocke, das ist schon schwierig. Das sind doch nur 25 Meter, rechnete ich schnell. Ab dreißig wird man gewiss nichts mehr erkennen! Also Vorsicht! Die Planken sind auch sehr nass. Wer da nicht mit festen Schuhsohlen geht, der... Ist gar nicht auszudenken! Vielleicht sollte ich ein paar Rettungsleinen vorsorglich an die Reling binden, aber dann meinen die Kameraden, ich sei...

Jene Frau kommt mir mit Krügen und Schüsseln auf der Treppe entgegen, während ich in den Salon im Bug hinuntergehen möchte. Wir bleiben stehen.

»Guten Morgen, junger Mann! Keiner schöner Tag heute. Dieser verfluchte Nebel, nicht wahr?! Du bist geradeaus der Schiffsjunge?« fragt sie mich mit sehr grinsender Miene. »Dann nimm mir das Geschirr ab und trage es in die Kombüse hoch! Ich bediene weiter. Bis gleich!«

Ich überlege nur, wie viele Gäste sind denn im Bugsalon, und bringe das gebrauchte Geschirr zu Gretas Spültisch. Greta lacht schelmisch zu mir: »Sieh an, sieh an! Kommandiert Hedda auch dich schon! Das ist doch ihre eigene Arbeit! Oder etwa nicht?«

»Nein, nein! Das habe ich ihr soeben angeboten. Ist doch zu schwer für eine Frau!«, darauf bestehe ich, auch wenn mir Gretas Grinsen verrät, dass sie mir keinesfalls Glauben schenkt.

»*Hedda* ist eine Giftschlange, Andreas! Pass auf dich auf! Sei überaus vorsichtig! Und jetzt frage unseren Kapitän und unseren Matrosen Herkules, ob sie wieder ein heißes Getränk haben möchten, das du ihnen dann bringen kannst!«, gibt mir Greta mit auf den neuen Weg, doch vor wenigen Augenblicken überraschte mich ihre schlechte Meinung über unsere frische Schiffsmagd.

»Das glaube ich nicht! Tritt der Herr Leichtmatrose doch noch heute bei mir auf der Brücke an!«, brüllt mich Kapitän Martin Motz tatsächlich Auge in Auge an, »Der erste Tag bei uns hat doch so gut begonnen, aber seit einiger Zeit lässt dein Gehorsam sehr zu wünschen übrig! Hatte ich dir nicht gesagt, dass du sofort nach dem ersten Besuch des Hecksalons bei mir anzutreten hast!? Habe ich das oder nicht oder war es zu leise für deine grünen Ohren, Herr Leichtmatrose?! Kein Wort will ich hören! Verstanden? – Verstanden!«

»Ja, ja doch. Haben Sie. Ja«, bin ich ganz kleinlaut.

»Und wie kann man meinen Befehl bitte vergessen? Wie, Herr Leichtmatrose? Das ist mir ja noch nie passiert, seit ich ein ehrwürdiger Kapitän der Lindauer Bodenseeflotte geworden bin. Noch nie! Verstehen Sie das?! Wie konnte das geschehen? Wie? – Sagen Sie nichts! Ich musste wegen Ihres Ungehorsams unseren Matrosen *Wiesele* zur Schiffsglocke und zugleich zur Wache beim Steuerruder achtern schicken! Ist Ihnen das eigentlich klar? Ich habe wirklich gute Lust, Ihnen die neunschwänzige Katze an Ihren Hals zu jagen! Wissen Sie denn wenigstens, was das für Sie bedeuten wird?«, so laut schrie unser Kapitän noch nie. Ich höre nur das gleichmäßige Rauschen der Schaufelräder im Hintergrund, aber keinen Ton unserer Schiffsglocke. Lieber Herrgott, hilf mir!

»So, jetzt darfst du antworten, Schiffsjunge! Aber ein bisschen plötzlich! Oder soll ich dich gleich über Bord werfen lassen! Nun zu!«, so wutschnaubend duzt er mich, dass mir die richtige Antwort gar nicht in den Sinn kommen mag. In meiner Not und mit großer Angst vor dieser unheimlichen Katze geraten mir nur diese Sätze über die ausgetrockneten Lippen: »Sehr verehrter Herr Kapitän Motz, ich habe leider so einige

Aufträge während meiner Arbeit vergessen, deshalb fällt mir auch jetzt erst wieder ein, dass ich Sie von meinem Ihnen sehr gut bekannten Onkel Sebald die besten Grüße ausrichten sollte, bereits im Hafen von Rorschach. Aber dort habe ich mich sogleich aus Freude auf Ihr Schiff in die neue Arbeit gestürzt und alles Vergangene leider vergessen. Ich bin nur ein Bauernsohn, der laut meiner Eltern besser Feldhüter in Obstgärten werden soll. Das sei ein artiger Beruf, aber doch nicht die Seefahrt, meinen sie. Auch auf den Bodenseeschiffen gäbe es nur ehemalige Sträflinge, die kein Bauernhof beschäftigen würde, und auch Räuber, die sich vor dem Gefängnis verstecken wollen. Aber mein kluger Onkel, der sagt das nicht; er meint, dass man auf See nur tüchtige und mutige und starke Männer gebrauchen kann, denn die Kameradschaft bei Notfällen wie Gewitter, Sturm und Feuer und Zusammenstößen, ja die muss vom Herzen kommen, sonst kommt sie nie! Matrosen können deshalb nur ehrenwerte Männer sein, Herr Kapitän! Nicht so wie herumlungernde Hafenarbeiter! Nein! Und deshalb schickte er mich zu Ihnen, weil Sie der ehrenwerteste am ganzen großen Bodensee sind, sagte er noch beim Frühstück heute zu mir. Und so ein Matrose, nur einer der Ihren, wollte ich doch auch nur werden. Und dafür soll ich mich bei Ihnen bedanken, befahl er mir – und genau das habe ich auch noch vergessen, ich...«, da fällt er mir endlich ins Wort, weil ich nicht mehr kann.

»Ach, ja, der Herr Sebald. Dein ʻkluger Onkelʼ. Ich weiß. Beste Grüße zurück, hörst du?! Gehʼ sofort hinunter! Bugsalon! Setze dich dort an den warmen Ofen und verköstige auch Gretas Heißgetränk mit einer Portion Käsespätzle! Es ist alles nur meine Schuld! Entschuldigung, Herr Leichtmatrose! Meine gesamte Mannschaft und ich selbst möchten, dass du deinem geschätzten Onkel und deinen dich liebenden Eltern nur das Beste von unserer *Jura* erzählen können wirst. Du musst selbst erfahren dürfen, ob du zum Seemann geboren bist. Das habe ich nicht zu beurteilen, denk´ immer daran, das liegt nur in Gottes Hand! Und eine neungeschwänzte Peitsche, jene so schlimme Katze, haben wir nicht auf meinem Schiff, berichte das allen Leuten, auch wenn sie es nicht hören wollen, allen! Weil dein kluger Onkel dir stets die Wahrheit sagt, wirst du bald ein Mann werden. Geh´ hinunter! Sei unser Gast, bis du wieder zu deinen Kameraden von ganzem Herzen nach oben steigen möchtest. Dann bist du in Konstanz auch Matrose unserer *Jura*, auf dem Schiff deiner Träume! Nun zu!«, so dreht sich unser Kapitän weg von mir und blickt fern in den Nebel, während ich vorsichtig rückwärts die Treppe seiner Kommandobrücke hinabsteige und gleich weiter auch die Treppe zur Zweiten Klasse. Unser riesiger Matrose *Herkules* sieht mich von oben wie ein blinkender Leuchtturm lächelnd an und sagt nur zu mir: »Bis gleich! Matrose *Andreas*!«

Ich höre die Schläge der Schiffsglocke auch unter Deck im Bugsalon, natürlich lauter als im Hecksalon.

Unsere Hedda bedient die wenigen Gäste auffallend wegen ihrer spärlichen Worte. Ich sage ihr, dass mir unser Kapitän eine Pause am warmen Ofen befohlen hat. Ich soll jetzt etwas Heißes trinken und Gretas Käsespätzli essen. Und sie entgegnet mir, dass ich da gleich das schmutzige Geschirr mit hoch zur Kombüse nehmen könne, wenn ich mir mein Essen hole. Das sei ja dann derselbe Weg. Ein Passagier ergreift auch noch das Wort, weil er sicherlich mitgehört hat. Wenn ein Schiffsjunge hier im Salon mitessen würde, würde er sich telegrafisch persönlich an höchster Stelle bei der zugehörigen Schifffahrtsgesellschaft beschweren: Dafür würde er jedenfalls nicht so viel Geld bezahlen! ›Matrosen fressen immer in ihrer eigenen Messe!‹ Da pflichtet ihm Hedda kopfnickend bei. Erstaunlich!

Aber mir platzt leider der Kragen: »Vor Ihnen steht der junge Schweizer Andreas Buschor, zur Stunde an seinem ersten Arbeitstag schon Leichtmatrose des Raddampfers *Jura* aus Lindau. Diese kurze Pause hat ihm unser Kapitän Motz befohlen und, wer sich dagegen widersetzen wolle oder sich bei ihm darüber beschweren möchte, der wird hier an Bord noch vor Konstanz unsere neunschwänzige Katze zu spüren bekommen! Unser Schweizer Matrose *Herkules*, ›der Riese aus Zürich‹ genannt – lüge ich –, warte schon darauf! Wenn es Widerworte zu hören gäbe, solle er das den Maulhelden umgehend ausrichten! Er, der Leichtmatrose Andreas!« Nach diesen Sprüchen sagt niemand mehr etwas Unverschämtes, während ich mich an den Tisch nahe beim Ofen setze und mir Wilhelmine vom Nebentisch eine Kanne Heißgetränk und einen vollen Teller Käsespätzle mitbringt. Und auch diese seltsame Schiffsmagd *Hedda* huscht mit ihrem Geschirr wortlos die Treppe zum Deck hinauf.

»Das müsst Ihr erstmal zu Euch nehmen, Matrose! Euer Kapitän will das so!«, flüstert sie mir zu und setzt sich neben mich, »Und mein Buch, wisst Ihr noch, darin waren wir bei der späten Hochzeitsnacht der wunderschönen Wilhelmine aus dem Dorf angelangt.«

»Ach ja, die wunderschöne Wilhelmine! Ich glaube sie fehlte mir die ganze Zeit am meisten an unserer Schiffsglocke beim ewigen Alarm schlagen. Und wie geht Ihre Geschichte endlich weiter?«, frage ich nur halb neugierig, bevor ich den dampfenden Hügel aus Spätzle verschlingen werde.

»Also die zahllosen fürstlichen Gäste feierten und feierten in der Runde mit dem frisch verheirateten Paar bis fast zum frühen Morgengrauen. In letzter Stunde betet der Dorfpastor, jetzt Ehegatte, heimlich darum, dass ein Wunder geschehe. Da erhört ihn ein guter Geist und lässt in der Küche auf dem Herd den liegengebliebenen Speck Feuer fangen, so stark, dass der Schornstein des Hauses zu brennen und zu rauchen beginnt, wie noch nie zuvor im Dorf gesehen! *Feuer, Feuer* schreien alle Gäste und im aufgeregten Trubel fliehen sie mit ihren protzig geschmückten Kutschen augenblicklich irgendwohin in die Ferne der dunklen Nacht. Wilhelmine und Sebaldus sind endlich allein in ihrem Haus; der Geist löscht die Flammen und entzündet nur für die Beiden die Sterne am Himmel der ewigen Liebe. Ihre Hochzeitsnacht erfüllt sich durch Gottes Hand«, haucht Wilhelmine nur noch und ich sehe dabei in ihren Augen Tränen vor Rührung. Küssen darf ich sie hier aber nicht; ich ergreife lieber eine ihrer Hände unter dem Tisch und halte sie ganz fest. Mit der anderen Hand fange ich nun doch zu essen an. Mein schrecklicher Hunger würde mich sonst mehr überwältigen als diese Liebesgeschichte!

Und wie wir noch so vor uns hinträumen, schreitet unser Kapitän die Treppe zu uns hinunter. Schnell lösen sich unsere beiden Hände vor Schreck, aber ich muss an seine Seeadleraugen denken.

»Ist alles in Ordnung bei Ihnen, meine werten Gäste? Verzeihen Sie mir, dass ich unseren Leichtmatrosen zu Ihnen als weiteren Gast geschickt habe. Es ist sein erster Tag an Bord, der ist nie leicht, schon gar nicht auf einem Schiff mit wenigen Passagieren und viel Fracht! Wir werden in Kürze den Konstanzer Hafen erreichen, vielleicht noch mit Verspätung, weil wir eine sehr schwere Ladung befördern müssen. Der dichte Nebel ist zwar lästig, aber bitte keine Sorge, unser Steuermann *Andreas* führt unsere *Jura* auch ohne Sicht nur mit dem Kompass schon seit Jahren sicher in jeden Hafen des Bodensees. Weiterhin `Gute Fahrt´! Nun zu!«, nach diesen erläuternden Sätzen sputet er sich die Salontreppe hinauf, um rasch wieder auf seine Brücke zu kommen. Und ich – ja ich bin schon satt, so schnell habe ich noch nie ein Essen hinuntergewürgt! Und jetzt auch noch das Getränk daraufhin! Ob das sehr gut ist?!

Wilhelmine sieht mich etwas verwundert an, glaube ich, aber mir wird dabei ganz warm ums Herz. Das ist bestimmt der Ofen hier! Oder auch Gretas heißer Zaubertrank! Ich lächle und verkünde unseren Gästen:

»So, das war unser Kapitän Martin Motz! Den Namen müssen Sie sich merken! Das hat mir auch schon mein kluger Onkel beigebracht, bevor ich unsere *Jura* heute das erste Mal betreten durfte. Und jetzt verlasse ich Sie wieder, weil ich an Deck muss. Die Pflicht ruft auch mich! Wir hören sie als Glockenschläge! `Nun zu´!«

Da küsse ich der `wunderschönen Wilhelmine´ auf ihren süßen Mund, auch wenn ich nach Käsespätzli schmecke, während ich mit beiden Händen ihren Kopf an meinen heranziehe, und renne `Volle Kraft voraus´ die Treppe hinauf zur ertönenden Schiffsglocke: Noch immer dichter Nebel, weiß ich deshalb!

»Gut, dass du wieder bei Kräften bist, Leichtmatrose! Du kannst übernehmen, dann laufe ich wieder nach Achtern zu unserem Steuermann! Schlage weiterhin das Alarmsignal!«, so empfängt mich unser Matrose *Georg.* »Zu Befehl, Wiesele!« erwiderte ich ganz aus Versehen und sogleich: »`Zu Befehl, Matrose Georg!´ wollte ich natürlich sagen!« Er grinst und ist auch schon wieder fort. In meiner Tatenkraft stelle ich mich neben die Glocke statt dahinter und beginne sofort:

»Eins, zwei, drei, vier, fünf, sechs – Lange Pause – Ding, dong, ding, dong, ding, dong – Lange...«

Rasch wieder eingespielt blicke ich zurück zur Brücke.

Kein Kapitän zu sehen, auch unser Matrose Herkules fehlt auf seinem Posten unten Mittschiffs in der Nähe der Kombüsentür. Der Nebel ist derart verdichtet, dass ich unseren Steuermann Andreas nur noch ahnen kann. Wer gibt ihm Befehle, wenn unser Kapitän nicht auf... ? Stimmt, er steuert ja ebenso sicher mit dem Kompass, haargenau, erläuterte vorhin unser Kapitän. Wenn aber vor uns auf dem See... ? Augenblicklich frage ich unseren Wachmatrosen Martin, der vor mir streng ausguckt, wenn man das jetzt überhaupt noch so nennen kann: »Wachmatrose! Wie könnt Ihr denn bei diesem Nebel etwas Gefährliches rechtzeitig erkennen?!« Er antwortet nur laut, ohne sich zu mir zu wenden: »Jetzt ist es bald so weit! Der größere Raddampfer *Stadt Zürich* müsste unsere Route kreuzen. Hörst du seine Schaufeln irgendwo? Wir fahren leider noch immer `Volle Kraft voraus´! Überlasse mir jetzt die Glocke und weiche ein paar Schritte zurück, damit du den besseren Rundblick hast! Deine Augen sind ja jünger als meine! Schau dich ständig um und schreie nur die Richtung, wenn du ihn entdeckst, das genügt! Nur `Voraus´, `Steuerbord´ oder `Backbord´! Sein Aufbau ist neu aus Metall, das heißt ein weiß angestrichener Bug im weißen Nebel! Alles klar, Leichtmatrose?!«

»Jawohl, ja! `Voraus´ oder... Ist glasklar! Zu Befehl«, wiederhole ich kurz und gehe zwischen den Kisten hindurch einige Schritte zurück, während er den Alarm wesentlich kräftiger als ich weiterläutet. Erstaunlich! Unser Kapitän kommt soeben mit unserem Matrosen

Herkules und jenem unangenehmen Passagier der Zweiten Klasse von der Hecktreppe der Ersten Klasse in unsere Richtung. Diese Schiffsmagd, die Mittschiffs neben der Kombüsentür steht und ihr dampfendes Heißgetränk in der Hand hält, reicht diesen kleinen Krug dem Gast hin. Oh, er blutet aus der Nase! Ich sehe, dass er sich ein blutgetränktes Taschentuch darauf drückt. Wahrscheinlich ist der Mann vor einigen Minuten unter Deck über Irgendetwas hingestürzt, warum aber im Hecksalon? Über den schweren Sack? Die Schiffsmagd tauscht das Tuch mit einem anderen aus ihrer Schürze und spricht mit ihm, während sich unser Kapitän von beiden verabschiedet, um endlich auf seine Brücke hinaufzulaufen, da erscheint unser Matrose Herkules vor mir und spricht mich laut an: »Leichtmatrose! Wendet Euch um! Haltet Ausschau auf den See! Und hier, das schenke ich Euch, ich habe zwei davon!«, so überreicht er mir freundlich lächelnd ein Klappmesser mit einem Griff aus Perlmutt und geht sofort zurück auf seinen Posten, während ich mich völlig erstaunt, ohne ein Wort, nickend bedanke.

»Leichtmatrose!«, ruft unser Kapitän von der Brücke, »Ausgucken! Ausgucken voraus und nach Backbord und nach Steuerbord im Wechsel! Nun zu!«

Ohne zu überlegen, drehe ich mich um, `gucke aus´! Ich gucke mir gerade meine Augen aus, denn das ist mein eigenes Messer, das nun in meiner Jacke steckt. Im Griff fehlt nämlich eine winzige Ecke! Aber wie…? Plötzlich singt da wieder jemand Mittschiffs hinter mir: »Hussahe! Hallohe! Hussahe! Steuermann, ho!

Her, komm und trink mit uns!« Unser Heizer Benedikt ist wieder auf Deck, diesmal drehe ich mich nicht um. »Kapitän!«, ruft er, »Die *Jura* ist wohl noch viel schwerer als vor Stunden! Durchwegs ʿVolle Kraftʾ! Wir kommen ja mit dem Kohle schaufeln fast nicht mehr nach! Kapitän!«

»Heizer, schon wieder Sie, Benedikt?! Unsinn! Danke für Ihre zweite Warnung, aber unsere gute *Jura* muss rechtzeitig im Hafen von Konstanz sein. Dort wird vieles unserer Fracht auf die Eisenbahn umgeladen. Und die Bahn will pünktlich abfahren, verstehen Sie?! Das ist doch keinesfalls das erste Mal, das unsere *Jura* so schwerbeladen stundenlang mit voller Kraft durch den See fahren muss, um zum geplanten Zeitpunkt anzukommen! Geben Sie auch Ihr Bestes, wie immer, Heizer! Wir geben alle das Bestmögliche! Unser Kurs stimmt haargenau! Aber im dichten Nebel liegen wir erst recht in Gottes gnädiger Hand! Nun zu!«, das entgegnet ihm unser Kapitän und er verschwindet etwas leiser singend wieder unter Deck:

»Hussassahe! Klippʾ und Sturm draußʾ – Jollohohe! – lachen wir aus! Hussassahe!«

»Wieder Schlagwechsel, Leichtmatrose!« ruft mich unser Wachmatrose zu sich an die Schiffsglocke. Ich laufe sogleich zu ihm, »Weit nach halb vor 11 Uhr!«, denke ich und übernehme wortlos dieses ewige »Ding, dong, ding, dong, ding, dong – Lange Pause...«

Der Nebel ist so dicht wie hundert hintereinander aufgehängte Bettlaken. Schneeweiß und oben eine sich erhellende strahlende Kugel, die Wintersonne, die uns den Nebel als schlimmsten Feind geschickt hat. Und Wind, wo ist unser Freund, der Wind? Keine Brise? Wohl keine Wellen auf dem See, meine ich.

»Schiffsjunge! Nur, damit du es weißt! Das hier ist das Schiff meiner Träume, nicht der deinen! Deine sind nichts wert! Nur dem Untergang sind sie geweiht! Weine nicht und schreie nicht, mein Junge, denn es wird auch dir nichts mehr helfen! Es wird!«, wie in einer Ohnmacht höre ich diese wie weiblich hoch kreischende Stimme und jetzt, wie ich mich wende, entdecke ich Backbord eine in weißen Tüchern verhüllte Gestalt. Entlang der Reling huscht sie in den weißen Nebelschwaden hinter den vorderen Kisten fort. Ich darf aber meinen Posten nicht verlassen! Oder? Augenblicklich rufe ich: »Läuten! Wechsel!«

»Jawohl, ja! Leichtmatrose!«, unser Wachmatrose Martin übernimmt sogleich das Läuten und ich gehe nur wenige Schritte zu den vordersten Kisten hinter uns, um wieder in den Nebel auszugucken, aber auch nach jener Gestalt auf Deck zu schauen! Das Stöhnen der Schaufelräder verwandelt sich in Donnern und Dröhnen! »Schiff voraus!« sage ich noch zur nahenden weißen Wand! »Rückwärts!«, der Schrei des Kapitäns! Etwas Schwarzes springt da an meine Brust, so dass ich rücklings über Kisten stürze. Ein höllisches Krachen mit gewaltigem Ruck! Die Planken brechen, zackige Spitzen ragen hoch! Eine Hand ist aus dem Boden herausgestreckt! Der Arm schmerzt – immer mehr – der Himmel schwärzt – noch mehr – Martins Hand!?

Am 12. Februar 1864

Im See versinkend. Kurz vor 11 Uhr.

Fern von mir liebe ich Andreas dreimal mehr...
so trifft es je einen ihm nahestehenden Menschen.

Der Lindauer Raddampfer *Jura*. Sehr wertvolle Fracht an Bord. In Richtung Konstanzer Hafen. Sehr schwer geladen, deshalb vielleicht eine kleine Verspätung. `Volle Kraft voraus!´ trotz dichten Nebels.

Der Schweizer Raddampfer *Stadt Zürich*. Größer und immer der Nase nach, egal, was dort so kommen mag. Das Recht hat immer der Stärkere, das ist der Kurs! `Volle Kraft voraus!´ trotz dichten Nebels.

Die Schaufelräder schaufelten, bis der Kapitän der *Stadt Zürich* namens Jakob Blumer »Halt!« auf seiner Kommandobrücke schrie: »Halt!« Ihr wie eiserner Schiffsbug hat ungebremst ein riesiges Loch in den vorderen Teil des Bugs der *Jura* gerissen. Sein eigener Wachmatrose Gottlieb Waidmann kniete nach seinem Sturz wegen des gewaltigen Aufpralls wieder bei der Schiffsglocke und traute seinen Augen nicht, was vor ihm im dichten Nebel lag. Schrie er doch noch »Schiff voraus!«, als er nur wenige Minuten vor dem Unfall das Alarmsignal der *Jura* deutlich hörte, und nochmals hinter sich in die Richtung der Kapitänsbrücke »Schiff voraus!«, aber er hörte keine Antwort von dort. Sein Kapitän Blumer unternahm nichts, rein gar nichts! »Volle Kraft voraus!«, das war stets dessen Weisheit letzter Schluss: So berichtete er bei der Untersuchung.

Ich wollte mich da eben nicht einmischen; mein Steuermann Andreas Gloggengiesser, hat mich jedoch schon mehrmals gewarnt: Die Schifffahrt auf dem Bodensee wäre hochpolitisch. Dabei gehe es um sehr viel Geld! Da käme auch ein Kapitän nicht daran vorbei! Ein Schiff zu kommandieren, sei nur ein Drittel der täglichen Arbeit, das zweite wichtige Drittel sei das pünktliche und sichere Befördern der wertvollen Fracht und das letzte, das so leicht zu übersehende Drittel sei der Kampf ums Überleben im bösartigen Intrigenspiel der Reichen und Mächtigen der fünf unterschiedlichen Staaten rund um diesen See.

Natürlich weiß ich, dass Kapitän Jakob Blumer ein Verwandter von Johann Jakob Blumer ist, dass dieser seinerseits der allbekannte Busenfreund des politisch mächtigen Industriellen Alfred Escher in Zürich ist, des Eigentümers des größeren Raddampfers *Stadt Zürich*.

Und Blumer war vor fast genau drei Jahren auch Kapitän an Bord, als seine *Stadt Zürich* den Vorgänger meiner *Jura*, unseren bayerischen Raddampfer *Ludwig* rammend versenkte; damals ertranken mindestens ein Dutzend Menschen und einiges Vieh! Diesen Unfall hätten er und seine Mannschaft allerdings überhaupt nicht bemerkt; das Schneetreiben in abendlicher Dunkelheit verhinderte die Sicht zu stark, sagten sie aus. Und im Übrigen wurde die *Ludwig* letztes Jahr geborgen und an das Rorschacher aufstrebende Lastschiffsunternehmen `Gebrüder Helfenberger´ verkauft – womöglich für nur eine Fuhre Schweizer Käse! Hoffentlich schmeckte er den Beteiligten gut!

Und ein Jahr vorher nur einen Tag verschieden krachte die *Stadt Zürich* mit dem württembergischen Raddampfer *Königin von Württemberg* versehentlich vor der Stadt Friedrichshafen zusammen. Auch er gehört nicht der Schweizer Eisenbahngesellschaft Eschers, sondern der Königlich Württembergischen Staatseisenbahn. Aber ich weiß nicht recht, bei dieser Größe des Bodensees ist es doch eher wie ein fast unmöglicher »Glücksfall«, wenn sich zwei sehr schnelle Schiffe rammen, auch wenn da vielleicht irgendeine Absicht dahinterstecken würde! Äußerst unwahrscheinlich! Wir sind eben täglich auf dem See und befahren ähnliche Routen, denke ich. Und nur dafür sind wir Kapitäne geworden und lassen uns nichts Bösartiges unterschieben. Die Schifffahrt liegt in Gottes Hand – so wie schon früher auch noch heute!

Mein Andreas war natürlich wütend geworden auf diese zu schnell wirtschaftlich wachsende Welt. Die Eisenbahn lieferte die nachgefragten Güter immer schneller und in immer größerer Anzahl. Jeder wollte jetzt teilhaben am Wohlstand durch das viel leichter gewordene Reisen und Auswandern. Menschen, die arbeiten wollten, wurden ja überall gesucht, doch früher so schwierig gefunden. Und jetzt?! Ja, jetzt wandern hunderte Deutsche in die Schweiz und tausende Schweizer nach Übersee aus. Wer soll sich denn damit noch auskennen!? Der zehnjährige Sohn von Andreas namens Conrad! Wer weiß, was er in zehn Jahren unternehmen wird?! Vielleicht wandert er eines schönen Tages in das nördliche Dänemark aus!

Und Andreas und ich selbst haben nur unsere *Jura*, die wir wie eine Tochter behandeln und durch alle Winde und Wetter mit größter Sicherheit zu steuern bemüht sind. Selbstverständlich beherrscht mein Andreas das haargenaue Fahren nach dem Kompass! Auf keinen Fall wich unsere *Jura* von ihrem Kurs ab! Niemals!

Dichter Nebel war! Ja und? Er beherrscht doch allzu oft den Bodensee bis über dessen Ufer hinaus! Vor ihm kennen wir keine Furcht, das müssen wir allen jungen Seebären zeigen! Wir fahren deshalb immer unsere festgelegte Route und setzen Alarmsignale! Nun zu!

Auch unser Schweizer Schiffsjunge Andreas Buschor sollte das lernen dürfen: Doch nicht Leichtsinn und Mut schenken uns Sicherheit auf dem See, sondern nur die Sorgfalt und die Genauigkeit in unseren Taten! Ich weiß nicht, warum Kapitän Blumer genau auf unserem Kurs fuhr. Wir schlugen ja ununterbrochen unsere Alarmglocke, sein Wachmatrose hörte sie doch eindeutig ein paar Minuten vor dem schrecklichen Unglück! Unsere *Jura* fuhr zwar mit ʻVoller Kraft voraus!ʼ durch dichten Nebel, aber nur langsam mit starkem Tiefgang wegen der schweren Ladung auf Deck! Wir hätten gewiss gegenseitig ausweichen können, – aber es kam, wie es wohl kommen sollte:

Der härtere Bug der *Stadt Zürich* bohrte sich augenblicklich in den weicheren Bug unserer *Jura*. Während ich wegen des Aufpralls auf der Brücke hinstürzte, zerdrückten die brechenden Planken des

Vordecks unseren Wachmatrosen Martin und unser Leichtmatrose fiel rückwärts nahe der Schiffsglocke über die verschnürten Kisten und Getreidesäcke. Ich befahl sofort noch von oben einerseits unserem stärksten Matrosen die vier Passagiere aus dem Bugsalon, der ja an seiner Spitze beschädigt sein musste, und andrerseits unserem schnellsten Matrosen achtern den Passagier aus dem Hecksalon heraufzuholen und allen Leuten beim Umstieg auf die *Stadt Zürich* zu helfen. Unser Steuermann kam auch mittschiffs durch den Nebel zu unserem Maschinisten und unseren Heizern. Unsere Schiffswirtschafterin stand dort mit ihrer Magd bereit. Ich befahl allen Leuten, unverzüglich auf die *Stadt Zürich* zu steigen und sich gegenseitig dabei zu unterstützen.

Zugleich kam ich rasch herab, suchte unseren verschwundenen Schiffsjungen zwischen der Fracht. Die Kombüse sei verwüstet, nur der Herd sei nicht umgestürzt! Ohnmächtig daliegend fand ich unseren an der Stirn blutenden Leichtmatrosen; ein Arm war seltsam verdreht, deshalb hob ich ihn möglichst vorsichtig hoch und trug ihn zum Vordeck der *Stadt Zürich*, wo ihn zwei starke Matrosen übernahmen. Ich rechnete nach, ob alle Personen nun von Bord seien, während ich zurück in die Kapitänskajüte rannte, um noch die Schiffskasse zu bergen, an mehr dachte ich nicht: Fünf Passagiere und zehn Seeleute! – Nein, es waren nur noch neun am Leben! Unser Wachmatrose!

Als ich zurückkam, entdeckte ich, wie unsere Matrosen unseren Heizer mit aller Kraft festhielten:

Er stand im Nebel beinahe auf dem Bugspier der *Stadt Zürich* und rief mir zu: »Kapitän, was ist mit Martin, meinem Bruder? Kapitän!« Deshalb schritt ich so nahe ich konnte an die zerborstene Stelle der Planken heran, kniete mich nieder und gab tatsächlich der ausgestreckten Handschuhhand die meine zur Verabschiedung und schloss kurz meine Augen, um an ihn so zu denken, wie ich ihn an Bord kannte.

»Dein Bruder gehört dem See, Heinrich!« rief ich, während ich wieder aufstand und schnell auch auf das Vordeck der *Stadt Zürich* umstieg. Da standen wir nun still mit gesenkten Häuptern im Nebelschleier und hörten hinter uns von der Brücke den Befehl des Kapitäns Blumer: »Rückwärts! Viertel Kraft rückwärts! Heraus aus dem alten Dampfer! Und ab!«

»Herr Kapitän Motz!«, flüsterte mir der Wachmatrose Gottlieb augenblicklich zu, »Ich glaube, da sprang vorhin eine schwarze Katze neben mir von der *Jura* auf unser Deck. War das der Teufel auf eurem Schiff?«

»Schwarze Katze? Tatsächlich? Ja, das muss sein. Das ist unser Schiffskater! Den Teufel gibt es nicht bei uns! Er ist für die Mäuse wegen der ewigen Getreidesäcke zuständig. Daher gehört er zur Mannschaft meiner *Jura*. Lass ihn ordentlich behandeln! Blaufelchen frisst er am liebsten – so zur Beruhigung! Nun zu!«, gab ich ihm schon beinahe einen Befehl.

»Jawohl, wird gemacht, Kapitän!«, antwortete er verständnisvoll und winkte sogleich einen Matrosen zu sich, um ihm über unseren Kater Bescheid zu geben.

Unser Steuermann und Rudergänger Andreas schritt neben mich heran und zu Beginn flüsterte er mir ins Ohr: »Kapitän, ich kann mir den Unfall nicht erklären, Kapitän! Ich bin haargenau auf unserem Kurs gefahren! Genauer geht es nicht, glauben Sie mir! Und Martin, unser Wachmatrose, ist wegen mir gestorben? Das kann doch nicht sein, weil ich so genau gerudert habe wie es nur möglich ist! Oder ist der Kompass windschief? Oder hat die große Eisenfracht unseren Kompass gestört? Kapitän, sagen Sie doch endlich `was! Was war das alles hier?!«

»Nicht so laut, Steuermann!«, bremste ich ihn, »Wir tragen alle keine Schuld, Andreas! Ich weiß, dass Sie wie immer im dichten Nebel haargenau auf unserem Kurs gefahren sind, haargenau! Sie oder das Eisen haben keine Schuld an diesem Unglück! Nein, die beiden Schiffe konnten sich nur treffen, weil Kapitän Blumer und sein Steuermann unsere *Jura* absichtlich gesucht haben. Nur deshalb!«

»Aber!? Was unternehmen wir jetzt gegen sie? Diese Verbrecher!«

»Erstmal gar nichts! Ich weiß, dass das schwer ist und noch schwerer werden wird. Doch wir haben noch keine Macht der Welt, die Schuldigen zu bestrafen! Wir beide nicht, verstehst du, Steuermann? Es fehlen uns die Beweise für ein Gericht! Irgendwann wird alles aufgedeckt werden und dann werden die Schuldigen gestraft werden können. Wir sind zur Zeit gezwungen mitzuspielen, denn sonst gehen wir auch mit unter.«

Am 12. Februar 1864

Im See versunken. Pünktlich um 11 Uhr.

Gemeinsam kann diese Welt so gemein sein... Wir werden bald das Ufer sehen können. Leichte Wellen hat das Wasser, das zeigt uns `Wind´ an, und der Nebel wird langsam fortgeweht.

Mein Lindauer Raddampfer *Jura*. Dreieinhalb Stunden Personenbeförderung aus dem Lindauer Hafen zum Hafen von Konstanz. Am Schweizer Ufer entlang über die beiden Hafenstädte Rorschach und Romanshorn. Und auf dem restlichen Weg noch zur badischen Stadt Konstanz auf der Höhe von Bottighofen, dann im dichten Nebel der Zusammenstoß mit dem Schweizer Raddampfer *Stadt Zürich*. Nur meine *Jura* versank!

Es war einmal ein Freitagmittag im Jahr 1864 der 12. Februar. Wir konnten unsere Passagiere auf die in der *Jura* noch verkeilten *Stadt Zürich* hinüberretten. Nach der Bestätigung, dass sich niemand mehr auf unserer *Jura* aufhalten würde, gab der Kapitän *Jakob Blumer* von seiner Kommandobrücke aus den Befehl `Viertel Kraft rückwärts!´. Wir standen von dem Unglück sehr benommen auf dem Vorderdeck und wurden zum unfreiwilligen Publikum einer Tragödie: Der *Stadt Zürich* gelang es ohne Verzögerung, sich aus unserer *Jura* herauszuwinden, weshalb sich das Loch im Bug augenblicklich völlig mit Seewasser füllte. Es rauschte und blubberte vor uns, als unsere *Jura* im Bodensee versank. »Halbe Kraft rückwärts!«, rief der Kapitän, denn selbstverständlich wusste auch er, dass ein heißer Kessel einer Dampfmaschine, den man in Eiswasser taucht, aufgrund ihrer beschädigten Ventile sofort explodieren könnte. Seine *Stadt Zürich* könnte in Mitleidenschaft gezogen werden!

Wir waren nach einigen Minuten des Wendemanövers gleichzeitig traurig und glücklich, dass nach dem Schrecklichen nichts mehr Schreckliches geschah! Die *Stadt Zürich* umfuhr mit ʻVoller Kraft voraus!ʼ die Stelle des Untergangs im Bogen und wir waren in Sicherheit! Weiße Tücher und graue Baumwollballen schwammen an der Oberfläche, die Sonne strahlte blitzartig mehrere Male durch den Nebel hindurch, der Raddampfer rauschte mit uns zum nächstliegenden Hafen, dachten wir. Wir verabschiedeten uns jeder für sich in seiner Weise betend von unserer *Jura*. Wir Seeleute salutierten kurz gemeinsam: Leb´ wohl, *Jura*!

Der junge Kornhändler ruft plötzlich zum Kapitän hinauf: »Kapitän! Wann kommen wir in Konstanz an? Ich muss nämlich noch die Eisenbahn nach Basel erwischen!«

»Da werden Sie sich aber sehr gedulden müssen, junger Mann! Meine *Stadt Zürich* fährt nach Fahrplan nach Romanshorn.«

»Aber – aber das ist ja die Strecke zurück! Da kamen wir doch mit dem Schiff hierher! Sie müssen wenden, Kapitän, unbedingt wenden!«

»Beruhigen Sie sich! Wir sind in etwa 45 Minuten im Hafen Romanshorn. Dort können Sie dann in aller Ruhe telegrafieren, wohin Sie wollen. Sie werden dort ja auch übernachten müssen, denken Sie daran, weil aufgrund dieses Unfalls sicherlich noch heute Nachmittag eine mündliche Untersuchung der Behörden stattfinden wird, bei der wir alle anwesend zu sein haben. Auch Sie persönlich!«

»Übernachten? Wo soll ich da übernachten?«

»Wenn Sie gescheit sind, dann im neuen Hotel *Bodan*! Es heißt zwar ʿWer nicht Geld hat gʿradʿ wie Dreck, der bleibʿ vom Hotel Bodan weg!ʿ, aber Sie könnten mit manchem noblen Gast gute Geschäfte machen, meinen Sie nicht!?«

»Kornhändler bin ich! Nur mein erkrankter Vater zu Hause, ja er handelt auch mit Stoffen von kleinen Seidentüchern bis zu großen Samtvorhängen. Aber ich persönlich noch nicht! Schade!«

»Ach, dann lernen Sie das einfach dort dazu! Wichtiges können Sie Ihrem Vater doch schnell telegrafieren. Keine Sorge! Und nun gehen Sie bitte wieder zu den anderen Passagieren der *Jura*.«

»Danke, Herr Kapitän, danke nochmals! Ich glaube, es stimmt, was Sie sagen, ich werde mich bemühen. «

Mittlerweile haben wir uns Plätze auf dem Heckdeck suchen dürfen. Die heute wenigen Passagiere der *Stadt Zürich* wären alle im ofengeheizten Salon unter

Deck. Decken und Sitzkissen der Ersten Klasse haben uns die Matrosen gebracht. Die Schiffswirtschafterin ließ uns heiße Getränke und warme Speisen von der Schiffsmagd anbieten.

Unsere Greta bestellte nur das Getränk, Essen lehnte sie fast erbost ab. Wir wissen ja, warum sie das tat.

»Ausnahmsweise könnten Sie das Essen kosten, Frau Sodner, also nur wegen des Hungers!«, sage ich ihr hinüber.

»Niemals! Lieber verhungere ich! Was mir aber nicht geschehen wird, ich habe ja in meiner Kombüse bereits sehr viel Feines gekostet und daher keinen Hunger, Kapitän! Und schon gar nicht auf dieses Verschimmelte!«

»Dann ist es gut. Nur leise bitte! Wir sind hier Gäste.«

Da erscheint der Wachmatrose Waidmann bei uns. Kapitän Blumer hat ihn für die Weiterfahrt ablösen lassen. Er war nämlich durch den Zusammenstoß auch noch zu sehr verängstigt, um auf dem Vordeck weiter ausgucken und läuten zu können. Wir fahren ja noch immer im Nebel, auch wenn er sich ganz allmählich auflockert.

»Herr Kapitän Motz! Ich möchte nur berichten, dass Ihr Schiffsjunge leider nicht wach zu rütteln ist. Wir passen auf seinen verbundenen Arm sorgfältig auf, wie Sie es wollen, und beklatschen alle fünf Minuten kurz seine Wangen, damit er endlich aufwacht.«

»Wer ist denn gerade bei ihm, Matrose?«

»Unser fünfter Matrose als Wechsel für mich und durchwegs unser eigener Schiffsjunge, Kapitän!«

»Sehr gut. Danke. Ich werde bald selbst wieder nach ihm sehen. Dann machen Sie jetzt ruhig Ihre eigene Verpflegungspause, Matrose! Oder?«

»Jawohl! Danke. Aber ich habe Befehl, im Wechsel bei unserem Steuermann unseren Rudergänger auch zwischendurch abzulösen.«

»Auch gut! Nun zu, Matrose!«

Ihn halte ich für einen sehr guten Seemann und einen sehr ehrlichen! Vielleicht sogar nur ihn auf diesem Schiff! Als ich gerade vorhin unseren Leichtmatrosen herüberschleppte, kam er sofort zu uns trotz seines eigenes Zustands und rief zwei andere Matrosen zu Hilfe, die mir den Ohnmächtigen abnahmen und ihn in den Hecksalon trugen und dort versorgten. *Gottlieb Waidmann* heißt er, muss ihn mir merken, ja!

»Herr Kapitän Motz!«, spricht mich unser junges Fräulein von der Seite an, »Wie steht es um Ihren Herrn Leichtmatrosen?«

»`Den Umständen entsprechend´, so sagt man dazu oder!? Er liegt bei zwei Matrosen, die ihn zu umsorgen haben, im Bugsalon. Dort ist heute kein Passagier. Sie sollten ihn vielleicht besuchen und ansprechen, vielleicht erhört er Ihre Stimme, denn er sei noch immer ohnmächtig, der Arme.«

»Oh je! Wenn Sie meinen, dann besuche ich ihn jetzt gleich! Das mache ich, Herr Kapitän!«

»Danke! Nun zu!«

»Was höre ich da? Sie schicken einen Passagier zu Ihrem Schiffsjungen hinunter!? Soll er etwa auch von der jungen Dame gepflegt werden?«, mischt sich da ein Matrose ein, nein, an den Streifen auf der Uniform erkenne ich, das ist der Steuermann von der *Stadt Zürich*.

»Herr Steuermann! Das geht Sie gar nichts an! Und das reimt sich sogar!«, erwidere ich ihm bestimmend.

»Ganz falsch gereimt! Als Steuermann bin ich der Stellvertreter das Kapitäns, wie Sie wissen sollten! Wenn also der Kapitän nichts gegen Ihre Unsitte unternimmt, dann werde ich es für ihn tun! So einfach ist das bei uns hier an Bord, verstanden? Und jetzt werde ich ihm von Ihrem unverschämten Verhalten auf unserem Schweizer Schiff Bericht erstatten! Auf Wiedersehen, Herr Motz!«

»Nun zu! Verschwinden Sie endlich dorthin, wo Sie hingehören, Steuermann Irgendwer! Ab!«

Wütend, grinsend, erfreut und verärgert marschiert nun dieser wichtige Oberseemann zur Treppe der Kommandobrücke.

»Was ist, Matrose Herkules?!«, frage ich laut unseren Matrosen Herkules, der mir schweigend, sein warmes Gebräu trinkend gegenübersitzt und mich ansieht.

»Ich kann doch längst Ihre Gedanken lesen, Kapitän! Er darf erst im Hafen von Romanshorn aus Versehen über Bord fallen. Die eisglatten Planken, da kann jeder schnell ausrutschen, auch solch ein Obersteuermann! Vielleicht verletzt der Arme sich sogar schwer beim Sturz an irgendeinem dummen Holzpfahl! Ein blaues Auge, eine blutende Nase und ein verbeultes Kinn!? Und wenn er schwimmen kann, müssen wir ihn wenigstens nicht aus dem kalten Wasser fischen! Und kann er es nicht und ersäuft er, dann war es schon wieder ein tragischer Unfall! Scheußliches Wetter heute! Die eisigen Schiffsplanken aalglatt! Nicht, Herr Kapitän? Da kann leicht so ein Unfall geschehen!«

»Dass ich so viel über den dummen Kerl gedacht habe, erstaunlich, Herkules! Aber wir sind hier in der Höhle der Löwen! Größte Vorsicht also!«, spreche ich eher leise zu ihm, »Wir haben einen wichtigeren Fall zu lösen: Dieser freundliche Fahrgast *Martin Huber!* Er steht hinter dir an der Reling, ganz allein. Mit einem kleinen Fernglas wie ein Opernglas hält er schon die ganze Zeit Ausschau zum Schweizer Ufer. Bestimmt will er durch ein Nebelloch unser Beiboot mit seiner giftigen Schiffsmagd und vielleicht auch unserem Maschinisten entdecken. Womöglich gehören diese Beiden zusammen und Jakob hat sich ihnen aus irgendeinem Grund anschließen müssen, weißt du!? Und wenn wir diese Rätsel entschlüsseln wollen, dann müssen wir ihn in Ruhe lassen. Nur so wird er uns zu seinen Komplizen führen, leider.«

»Aber ich kenne ihn doch schon lange. Ein Bregenzer Hafenarbeiter! Dort in der Nähe gebürtig, heißt es. Als nächtlicher Räuber und Straßenschläger berüchtigt! Und jetzt arbeite er brav im Konstanzer Hafen, meinte er doch auf der *Jura* zu mir, als er den Sack aus dem Hecksalon stehlen wollte. Warum soll er denn nicht in Ketten gelegt nach Romanshorn fahren, Kapitän?«

»Und wie fangen wir dann diese uns allen unbekannte Schiffsmagd? Nur er allein kennt sie, denke ich. Sein Messer konntest du ihm ja entwenden, das hast du mir ja heimlich gezeigt, sehr gut war das!«

»Aber wenn er in Romanshorn nicht behördlich gesucht wird und wir ihn nicht dort wegen des versuchten Diebstahls anzeigen? Was dann?!«

»Dann entkommt er uns eben, wenn dort nicht seine Schiffsmagd irgendwie erscheinen sollte! Herkules, wir sind ja keine Landjäger! Die *Jura* ist entweder versehentlich gerammt worden, weil hier dieser nette Obersteuermann zu dumm war, nach dem Kompass des Kapitäns durch den Nebel zu fahren – Unser Steuermann Andreas kann das sogar blind! – oder – ja, unsere *Jura* ist mit größter Anstrengung im Nebel gesucht – und das nicht nur heute! – und mit voller Absicht gerammt und versenkt worden!«

»Sind Sie sich da sicher, Kapitän?«

»Sehr sicher! Da beißt die Maus keinen Faden ab! Oder wie kommt es, dass heute alle Passagiere hier an Bord nur im Hecksalon Erster Klasse mitfahren?!«

»'Zur Sicherheit!' meinen Sie. Bei der geplanten Kollision durfte keinem Passagier der *Stadt Zürich* irgendein Schaden zustoßen. Das müsste nämlich die Inhaberin, die Schweizer Nordostbahn AG dann finanziell begleichen. Außerdem spräche es sich herum, dass auch auf dem größten und schnellsten Raddampfer die Überfahrt gefährlich ist. Stimmt's?«

»Selbstverständlich, du mein Gedankenleser!«

»Ja, aber – vielleicht ist der leere Bugsalon immer eine Vorsichtsmaßnahme des Kapitäns bei Nebel auf dem See!«

»Mag sein! Aber warum darf dann jetzt unser verletzter Schiffsjunge einfach so dort unten liegen? Jetzt – doch noch auch bei dichtem Nebel!?«

»Sie meinen, weil keine Kollision mehr geplant ist!?«

»Ja, genau! Und bei dieser Windstille kann uns kaum ein Lastensegler in die Quere kommen, höchstens ein außerfahrplanmäßiges Dampfschiff! Gibt es das?«

»Ja, die gibt es selbstverständlich überall auf dem Obersee! Frachtschiffe! Das weiß jeder Kapitän.«

»Aber Kapitän Blumer ist sich felsenfest sicher, dass er in einer halben Stunde ohne weiteren Zwischenfall im Romanshorner Hafen fast noch pünktlich anlegen wird. Diese Schurken hier an Bord können nämlich sehr wohl vorsichtig auch mit 'Halber Kraft voraus' nach ihrem Kompass im Nebel genau den Kurs halten, wenn sie es nur möchten, verstehst du jetzt?«

»Ja, aber das müssen wir anzeigen, Kapitän!«

»Wem denn? Wo denn? Im mächtigen Zürich? Oder im halb-schweizerischen Konstanz Badens? Oder bei den Württembergern in Friedrichshafen? Oder bei den Österreichern in Bregenz? Oder gar bei uns Bayern in Lindau? Was denkst du, wird das Beste sein?«

»Sie denken, dass die Eisenbahn längst allerorts gewonnen hat! Wer beschäftigt sich noch mit diesen für die wachsende Fracht viel zu klein gewordenen Dampfschiffen auf dem Bodensee?! Nicht wahr?!«

»So ungefähr! Die Escher-Werft in Zürich baut fast alle Schiffe, nicht nur unseres Bodensees, und den Eigentümern gehören auch mehrheitlich die Anlagen der Eisenbahn. Sie werden so lange wie möglich bestimmen, womit sie das meiste Geld verdienen. Und dafür kämpfen sie mit allen Mitteln, das glaube ich! `Geld machen!´ Das ist die Religion der Zürcher!«

»Ja und jetzt, Kapitän?«

»Abwarten! Erst kümmern wir uns weiterhin um unseren Schiffsjungen! Das ist das Wichtigste!«

»Wir könnten ihn hier vom Hafen *Münsterlingen* zum Kantonsspital bringen. Was meinen Sie?«

»Warum sagst du das erst jetzt? Münsterlingen! Wir sind sicher bereits einige Minuten zu weit gefahren!«

»Oh, ich habe nicht bedacht, dass er in ein Spital müsste. Entschuldigung, Kapitän!«

»Das ist noch nicht so schlimm! Wir könnten schnell wenden und dann ›Volle Kraft voraus‹ fahren. Der Nebel lichtet sich ja immer stärker. Warte!«

Ich springe auf und laufe zur Kommandobrücke, um Kapitän Blumer zu unterrichten: »Kapitän! Wäre das kein guter Gedanke, kurz zu wenden, um unseren Schiffsjungen in das Kantonsspital in Münsterlingen zu bringen? Kapitän?«

»Nein, das ist überflüssig! Meine Matrosen meldeten mir, dass er nur ohnmächtig weiterschläft. Da ist ein Spital unnötig! In Romanshorn im Gasthaus *Anker* wird er längst wieder aufgewacht sein, um bei der amtlichen Untersuchung der Kollision gegen Sie und Ihre Mannschaft aussagen zu können. Er ist ein guter Zeuge für uns, denke ich, Kapitän!«

»Woher wissen Sie im Voraus, dass die Sitzung im Gasthaus *Anker* stattfinden wird?«

»Weil das alles so geplant ist, Kapitän! Die Schweizer überlassen nichts dem Zufall! Endlich haben wir es erreicht, euren schäbigen Holzdampfer zu versenken!«

»Was ist, wenn ich bei der Untersuchung all das schildern werde, was Sie mir gerade derart boshaft gebeichtet haben?«

»Gar nichts ist! Zeugen gibt es hier gerade nicht! Und glauben wird Ihnen niemand! Euer leichtes Schiffchen ist vom Wind von der Route gedrängt worden – und euer Rudergänger ist ein schrulliger Blindfisch, der einen Schiffskompass nicht von einer Küchenuhr unterscheiden kann. So einfach, nicht!? Das werden wir aussagen! Und jetzt dürfen Sie mit Ihren Leuten in den Hecksalon abziehen, damit ich Sie nicht erfrieren lasse. Wir sind die liebsten Mitmenschen! `Nun zu!´, Kamerad Kapitän – oder bereits nur noch Matrose!?«

Gedemütigt gehe ich zu meiner Mannschaft und den Passagieren zurück. Als ich an meinem Sitzplatz bin, fehlen aber die meisten Personen. Ich denke deshalb: »Sie sind wahrscheinlich schon alle im Hecksalon.«

Matrose Herkules antwortet mir sogleich, dass sie wegen der Eiseskälte hinunter in den Hecksalon spaziert seien; in den Bugsalon wage sich erstmal keiner mehr. Und auf seine Frage wegen des Spitals, sage ich nur, dass Kapitän Blumer pünktlich laut Fahrplan in Romanshorn sein möchte und es unserem Jungen `den Umständen entsprechend´ gut ginge, mehr nicht! Ich weiß, das ist eben so. Wir wären doch besser mit unserem Beiboot ans Ufer gerudert, anstatt mit diesen Verbrechern hier an Bord mitfahren zu müssen – zur Schlachtbank im Gasthaus *Anker*. In einem Rettungsboot sitzen keine Mörder und Diebe! –

Gemeinsam kann diese Welt so gemein sein...

»Wir werden bald das Ufer sehen können. Leichte Wellen hat das Wasser, das zeigt uns `Wind´ an, und der Nebel wird langsam fortgeweht.«

»Als Maschinist weißt du ja viel Seemännisches?!«

»Nein, das weiß doch jeder hier am Bodensee, weil es jedes Jahr einige Wochen diesen Nebel gibt. Du bist ja nicht von hier! Und wie kommst du dann zu uns als Schiffsmagd?«

»Ja, weißt du, ich bin Witwe. Meine Ehegatte war ein guter Lehrer an der höheren Schule in Friedrichshafen, aber sein Herz schlug mehr für die edlen Ziele der Frankfurter März-Revolution, die Demokratie! Und diese Denkweisen verbreitete er ohne Scheu auch an seiner Schule. Das musste doch eines Tages zu seiner Entlassung kommen, nicht!? Man hätte ihn ja auch ins Gefängnis stecken können, für immer! Ein Tochter haben wir, die Arme! Ich muss mich nun mehr seit sieben Jahren und 68 Tagen mit ihr ganz allein durchs Leben schlagen! Mein Mann hat unsere Verarmung nicht verkraftet. Eines Sonntags Morgen hat er sich am höchsten Baum in seinem Schulhof erhängt.«

»Furchtbar! Aber eure Tochter ist ja bald erwachsen, nicht wahr!? Dann finden sich bessere Wege zum Broterwerb! Und jetzt dieser Sack? Was wohl darin sein könnte!«

»Gold oder Geld natürlich! Ein junger, reicher Kornhändler! Sonst hätte er ihn nicht während der ganzen Fahrt an seiner Seite haben wollen! Er wollte `mit diesem Schatz seinen Schatz´ erwerben, sagte er. Das war also sein Brautgeld, mit dem er zu Hause heiraten wollte. Die *Jura* sei das Schiff seiner Träume gewesen, weil er endlich `mit ihr in den Hafen der Ehe fahren´ könnte. Ein bestes Geschäft habe er machen können. Jude war er.«

»Woher weißt du das so genau als Schiffsmagd?«

»Ich habe allen fünf Passagieren zusammen mit dem Schiffsjungen mehrmals heiße Getränke gebracht und sie dabei höflich gefragt, wohin sie reisen und wie es ihnen denn so ginge. Beinahe ihr halbes Leben haben sie mir erzählt.«

»Erstaunlich! Wir müssen ihm den Geldsack bringen!«

»Bist du verrückt oder dumm? Er braucht ihn nicht. Seine Großfamilie wird sich überglücklich freuen, dass er den Untergang der *Jura* überlebt hat. Sie werden ihm die geforderte Geldsumme spenden, damit er heiraten kann. So einfach wird das sein! Es wird.«

»Fahren wir noch geradeaus? Du achtest ja nicht mehr auf unsere Wellenspur! Ist sie gerade?«

»Muss ich nicht mehr! Ich sehe Land, die ersten Bäume des Schweizer Ufers! Wir werden selbst bald dort sein!«

»Und wie war der neue Schiffsjunge? Taugte er was? Ist er nicht Schweizer, *Andreas* heißt er, nicht?«

»Dieser Junge taugt gar nichts, nein! Er hat einen Fahrgast vor den anderen auf den Mund geküsst!«

»Einen Fahrgast? Nicht möglich!«

»Na, das junge Mädchen, eine Putzmacherin, auch Schweizerin! Sie haben sich ineinander verliebt, so auf den ersten Blick der Jugend, verstehst du!? Aber sie werden dreimal nicht zusammenfinden: Jetzt träumt er von der Brücke der großen Schiffe der Weltmeere und sie von blumigen Damenhüten und deren Welt der feinen Leute. Er ist schwer verletzt, ich habe es gesehen, der Kapitän hat ihn von Bord getragen, den toten Wachmatrosen aber nicht! Sie wird ihren Geliebten deshalb wochenlang nicht wiedersehen! Und dann wird er bestimmt Pfarrer aus Angst vor der See und aus Dank gegenüber unserem Herrgott, weil er den Untergang der *Jura* überlebt hat. Ein kleiner Pfarrer, irgendwo in unseren Landen! Und sie selbst? Sie wird mit dem reichen Kornhändler fahren, zu seinem am Blutsturz erkrankten Vater als Pflegerin und später als Kinder- und Hausmädchen der ganzen Familie. Stimmt das etwa nicht?! Ich habe dem jungen Juden gleich von ihr und ihrem Können als Pflegerin berichtet, er müsste sie nur `in seinen Sack packen´!«

»Wenn du meinst! Und wer war noch so an Bord?«

»Der Unglückssteuermann zum Beispiel. Er hat einen zehnjährigen Sohn, auch sie werden sich dreimal nicht finden: Der Sohn liebt den Vater, weil er ihn zur Schule schickt, damit er sehr gut Lesen, Schreiben und Rechnen lernen soll. Er hat Angst vor dem großen Wasser, dem riesigen Bodensee! Deshalb will er nicht Schiffsjunge und Kapitän werden, was der Vater aber möchte! Nein, er wird Lindauer Kaufmann werden, aber im Herzen mit großem Fernweh wie sein Vater.

Daher wird er eines Tages auswandern; sie werden sich nur noch aus der Ferne lieben können.«

»Seltsame Geschichten erzählst du da, Schiffsmagd!«

»Eine besondere ist aber diejenige, die vor nicht einmal zwei Stunden im Hafen von Romanshorn geschah. Zwei ältere Nonnen verließen die *Jura* und sprachen plötzlich einen wartenden, neuen Fahrgast an; diesen Schweizer *Andreas Stäheli*, wie ich später an Bord erfuhr. Sie standen nicht so weit entfernt von mir, so dass ich ihr kurzes Gespräch mithören konnte.

Die ältere Nonne warf ihm vor, dass er sich nicht zu seiner Liebe, also zu ihr, vor vielen Jahren stellte, aber nun etwas von ihm wollte – ein heiliges Buch!

Ja, auch sie haben sich dreimal nicht gefunden: Er habe ´aus wichtigeren Familiengründen´, wären seine Worte gewesen, eine andere Frau geheiratet, da liebte sie ihn noch wegen ihrer gemeinsamen Träume. Aber wenig später aus tiefster Enttäuschung über ihn sei sie ja ins Kloster St. Katharinental gegangen, wo sie ihn in ihren Träumen als gütigen Vater und Ehegatten weiterhin lieben musste. Und dort auf der Wartestelle im Hafen, da beschimpfte er sie boshaft wegen dieses wertvollen Buches. Sie weinte und brach zusammen. Die zweite Nonne kniete vor ihr und sagte laut zu sich selbst, dass sie tot sei – in einem einzigen Augenblick! Dieser Mann ist an Bord gegangen, ohne einen Blick zurück. Nun liebt sie ihn aus der Ferne des Jenseits, verstehst du?«

»Sind wir bald am Ufer? Mir sind sie zu schauerlich, deine Märchen! Da sind die zu Weihnachten schöner.«

»Wenn du nicht rückwärts sitzend rudern müsstest, würdest auch du das Land sehen können. Und wenn du nicht rückwärts schauen würdest, würdest auch du das Leben sehen, du furchtsames Bürschchen!«

»Man merkt schon, dass du einen gescheiten Lehrer zum Mann hattest, auch wenn man wirklich nicht alles verstehen kann, was du sagst! Übrigens hörst du es hier auch irgendwo Piepsen? Das muss auf diesem Boot sein – oder kommt das aus dem Nebel zu uns?«

»Unsinn! Das ist dein 'kleiner Mann im Ohr', der da piepst! Hoffentlich wirst du mir nicht noch verrückt auf diesem Kahn! Freu´ dich lieber! Es ist nicht mehr weit und kein anderes Boot weit und breit zu sehen! Niemand wird uns stören, an Land zu gehen – mit diesem Sack, verstehst du!? Am Ufer öffnen wir ihn, zählen und teilen das Geld, einverstanden?«

»Wenn darin überhaupt Geld ist, das wünscht du dir ja nur, du Schwarzwälder Märchentante!«

»Bist du immer so vernichtend eingestellt?! Verlass´ dich einfach auf mich! Alles, was ich denken möchte, geschieht auch, weil ich alles voraussagen kann! – Ich lenke dich ab: Das lustigste Paar auf eurer *Jura seit* vielen Monaten ist – !«

»Was? Ein Paar seit Monaten an Bord? Das wüsste ich! Unsinn!«

»Ja, du bist fast immer unter Deck gewesen, bist aber blind wie ein Maulwurf in seiner unterirdischen Höhle , wenn es um die Liebe geht, lieber Maschinist Jakob!«

»Ach was! Wer ist dieses Paar, liebe Schiffsmagd?«

»Euer Heinrich Rupflin, der eine Heizer, mit wem, das darfst du raten, mein Lieber!«

»Der ist doch verheiratet mit seinem Bruder Martin!«

»Dieser Martin ist tot! Die *Stadt Zürich* hat ihn auf dem Vorderdeck zu Tode gequetscht. Nein, mit Greta, eurer Wirtschafterin, du Dummkopf!«

»Margareth und Heinrich sollen ein Liebespaar sein? Eine ehemalige Nonne mit einem ehemaligen Soldaten? Was für ein schlechter Witz!«

»Du weißt sehr wenig, Jakob, über euer Gretchen! Ich habe es gesehen, wie er sie in der Kombüse besuchte und – wie er sie dort zum Abschied küsste, ohne dass sie sich gewehrt hätte! Begreifst du jetzt? Sie rief ihm nur nach: `Heinrich, mir graut`s vor dir!´ Ich ahnte aber nur erst, weshalb: Sie ist das brave Engelchen und er das freche Teufelchen, wenn du das verstehst?!«

»Mäuse! Schau! Hier laufen Mäuse auf dem Boot herum – und die piepsen! Ich habe doch keinen Zwerg im Ohr! Wie sollte das auch sein können?! Ein Zwerg.«

»Ja, natürlich, kein Zwerg, du Riese! Sieh dich um! Sie riechen das Land hinter dir und freuen sich! Wir sind da! Da vorne sind die Hafenmauern! Du musst aber einige Meter entfernt schnell ins Schilf fahren, bis der Kahn auf der Erde des Ufers strandet! Los! Mit viel mehr Kraft, Jakob! Es darf uns niemand entdecken! Der Nebel hat sich schon zu sehr gelichtet.«

»Du bist gut! `Schnell ins Schilf fahren!´ Ich selbst bin doch keine Dampfmaschine!«

»Also, wenn uns am Ufer jemand aufhält, sagst du, dass wir uns im Nebel verfahren haben! Wir seien nur wenige Meter am Ufer entlang gefahren, um nach Enten und Schwänen Ausschau zu halten. Wegen der Kälte und des Eises! Diese armen, armen Tiere!«

»Und wenn er die Mäuse von unserem Boot springen sieht, dann glaubt das sicher jeder Dummkopf, weil ich behaupten werde, dass wir sie von Zuhause mit auf den Bootsausflug genommen haben, nicht wahr!?«

»Ja, du hellster Leuchtturm vom Bodensee!«

Gemeinsam kann diese Welt so gemein sein...

»Und Sie sind also der unfähige Steuermann hier auf dem Raddampfer gewesen?«, fragt mich beleidigend der fein gekleidete Schweizer ältere Mann, »Wegen Ihres Versagens wären wir alle beinahe ertrunken!«

Wir Geretteten sitzen mittlerweile wegen der Kälte an Bord unten im ofengewärmten Hecksalon Erster Klasse zusammen mit sehr wenigen Passagieren der *Stadt Zürich*. `Gemeinsam´ sollen wir über das Erlebte reden, das sei sehr wichtig und gesund, meinte der Schweizer und redete mir sogleich Schuldgefühle ein.

»Ja, zu dumm, den Kurs zu rudern! Man muss dich sofort kiel..., du Gadaladalälla!«, stimmt ein finsterer Geselle gegen mich hinzu. Ein Bregenzer, wie aus diesem letzten Wort ja zu erschließen ist! Und der Schwarzwälder muss auch noch etwas zu mir sagen: »Dafür gibt es keine Entschuldigung!«

Aber ich entgegne ihnen: »Wie kommen Sie darauf, dass ich unseren vorgeschriebenen Kurs nicht halten konnte? Nur weil unsere *Jura* das kleinere und ältere Schiff war?! Oder was?«

Unser Kapitän mit unserem Matrosen Herkules kam in diesen Augenblicken die Hecksalontreppe zu uns hinunter und mischte sich ein:

»Aber bitte, meine Herren!? Unser Rudergänger ist mit Sicherheit auf der richtigen Route gefahren, ähnlich wie damals der von der *Ludwig*, als auch die *Stadt Zürich* den Unfall verursachte. Aber damals wurde nicht nach der Unglücksursache geforscht. Der heftige Sturm hatte allen genügt! Nur mein Kollege, *Kapitän Gerber*, der Steuermann Lanz und der Wachmatrose Riesch konnten sich mit dem Beiboot gegen höchste Wellenberge nach stundenlangem Kampf an das entfernte Rorschacher Ufer retten. Und als letzten Überlebenden fand man am nächsten Morgen einen erschöpften Hund im Gebüsch. Mehr als ein Dutzend Menschen starben – und ein Haufen Vieh. Und seit diesen fast genau drei Jahren erzählt man überall das Gerücht, dass unser Steuermann Andreas Gloggengiesser der damalige Rudergänger der *Ludwig* gewesen wäre und dass er die Alleinschuld am Unglück zu tragen habe. Ich kann es wohl noch tausendmal predigen, dass das ʼerstunken und erlogenʼ ist! Der Ärmste glaubt es seit Monaten schon selbst, er beichtete mir, dass er Alpträume davon habe, dass bösartige Fratzen ihn immer wieder nächtlich quälen würden, dass diese üble Nachrede nicht enden wolle. Ja, und manchmal träume er sogar davon, dass er sich in den Hund verwandelt hätte, um sich auch an Land retten zu können. Ein verfluchter Hund sei er! – Ich offenbare Ihnen diese tragische Geschichte, damit Sie wegen unseres Unglückes nicht noch mehr Unglück wegen neuer Gemeinheiten entfachen! Ist das klar, meine Damen und Herren!?«

»Musste das sein?«, frage ich unseren Kapitän Motz gekränkt.

»Ja, das musste es! Hier und jetzt! Wann sonst?! Ein Warten mit dem Predigen unserer Wahrheit, nur das würde uns zu Duldern der Gemeinheiten machen, nur das würde uns schuldig machen, an unserem und deinem Leben, mein lieber Andreas!«, erwiderte er mir gebieterisch, »Wir sind aber alle unschuldig!«

»Herr Kapitän, soll ich noch jemandem auf sein gemeines Maul hauen?«, mit diesen Worten beendet unser Matrose Herkules die Predigt. Unser Kapitän winkt ihm ab.

Da watschelt ein grinsender Matrose der *Stadt Zürich* zu uns die Treppe hinunter und meint, sagen zu müssen: »Na, ihr verblödeter Haufen! Ich soll euch vom Kapitän ausrichten lassen, dass wir noch eine gute halbe Stunde fahren, bis wir in Romanshorn anlegen. Und euer Schiffsjunge ist noch immer ohnmächtig, wenn er verstirbt, werden wir ihn nicht an Land nehmen, sondern in den nebeligen See werfen. Das war`s!«

Er dreht sich weiter grinsend um, will die Treppe hinaufgehen, aber da packt ihn unser Herkules mit einer Hand von hinten am Kragen, mit der anderen am Hosenboden – und läuft ihn tragend hinauf an Deck. Keine Schreie – bis es plötzlich laut heißt: »Mann über Bord!«, »Mann über Bord!«, »Mann über Bord!«. Nur der erste Satz stammte eindeutig aus Herkules´ Mund.

Wir verharren schweigend unter Deck und warten ab. Nach einigen Minuten, in denen die *Stadt Zürich* wendete und bremste, schritt ein fröhlicher Herkules wieder die Salontreppe zu uns hinab, neben ihm der stolze schwarze Schiffskater der *Jura*, das Stobärle.

»Keine unnötige Aufregung, bitte!«, meint er zu uns, »Da ist vorhin ein Matrose der *Stadt Zürich* wegen der rutschigen Planken von Deck ins nebelige Wasser gestürzt, aber ich habe das zufällig gesehen und sofort gerufen. Gleich habe ich ihm eine Leine aus dem Kasten hinterhergeworfen, deshalb konnte ich ihn gemeinsam mit den Matrosen retten. Sie bedankten sich bei mir alle erstaunlich brav – nur er, dieser undankbare Widerling, sagte zitternd vor nasser Kälte keinen Ton. Da beruhigte ich ihn noch abschließend freundlich lächelnd mit der Warnung: Wenn er auch nur einen falschen Mucks von sich geben würde, müsste er selbst an Land schwimmen, denn niemand wird dann ein zweites Mal `Mann über Bord´ rufen!«

Unser Kapitän mahnt ihn nur: »Das ist genug, Matrose Herkules! Hoffentlich denken sich der liebenswerte Kapitän und seine Mannschaft nicht noch mehr Gemeinheiten gegen uns aus! Nur eine gute Tat möchte ich noch von dir, weil du das so gut ausführen kannst: Du wirst den Steuermann sofort nach dem Anlegen im Hafen von Romanshorn mit einem Kinnschlag und einem blauen Auge von Bord prügeln und ohne Hilferufe sogleich danach mithelfen ihn zu retten. Erkläre ihm aber vorher, dass dies `liebe Grüße von der *Jura*´ seien, dass ihn lebenslang weitere heimsuchen würden, wenn er auch nur eine einzige weitere Gemeinheit gegen uns unternehmen würde! Mach`s kürzer als ich! Und wir drei gehen an Deck. Wir sehen nach unserem Schiffsjungen und gucken uns die richtige Stelle für den baldigen Sturz des Steuermanns aus – und schnappen frische Luft. Das haben wir drei gerade sehr nötig, nicht wahr? Nun zu!« Das Stobärli faucht uns zweimal ausgedehnt an und rennt dann die Stufen vor den Beiden hinauf.

Nach dieser Aufforderung verschwinden sie alle drei nach oben an Deck. Vermutlich sagte er das alles laut, damit er jedem hier unten klarmachte, dass er allein unser `gottgesandter König´ ist – und das sich da besser niemand mehr einmischen sollte.

Wir sitzen erstmal schweigend auf unseren Plätzen.

Nach einigen stillen Minuten entschuldigt sich der Uhrenhändler behutsam bei mir und stellt sich vor: »Entschuldigung, Herr Steuermann! Wir sind sicher alle etwas durcheinander. Wir sollten uns gemeinsam freuen, dass wir gerettet sind. Danke. Mein Name ist *Konrad Straub*, Uhrmacher und Uhrenhändler« Er reicht mir zögerlich die Hand – und ich nehme sie an.

Der Schweizer brummt nur zu mir herüber: »*Andreas Stäheli*, Kaufmann und ehemaliger Politiker Thurgaus. Das war nicht überdacht – von mir. Entschuldigung!« Ich nickte ihm freundlich zu.

Nur der Vorarlberger bringt keinen Ton heraus. »Na und Sie? Haben Sie gar nichts zu sagen, Sie grober Holzklotz?«, greift ihn unsere Greta an. »Gut, dann ist er eben kein Gadaladalälla! *Huber, – Martin*, so nennt man mich«, mehr entfleucht seinem Mund dazu nicht. Auch ihm nicke ich freundlich zu, mehr aber ebenfalls nicht. Greta schüttelt nur den Kopf – über uns beide und ermahnt uns alle sehr laut, damit auch unsere beiden weiter weg sitzenden Matrosen und unsere beiden Heizer ihre Worte hören können: »So und jetzt lasst uns gemeinsam ein stilles ´Vaterunser´ für unseren tödlich verunglückten Wachmatrosen Martin und unseren verletzten Schiffsjungen Andreas beten!«

Wir sehen Greta ernsthaft an, verneigen uns im Sitzen, falten unsere Hände und beginnen gemeinsam schweigend nach unserem Glauben zu beten: »Vater unser, der du bist im Himmel. Dein Reich komme...«

Anschließend sagt niemand auch nur ein Wort in den Salon. Wir trauern um den Toten und hoffen auf die Genesung des Ohnmächtigen.

»Verzeihung!«, durchbricht ein weiterer Fahrgast die Stille, »Ich bin Jude, *Joseph Oettinger* heiße ich. Ich habe mit Ihnen gebetet. Ich hoffe, das ist Ihnen allen Recht so. Danke.«

»Und ich... «, ergänzt schnell ein junges Mädchen, auch ein Fahrgast, »ich... Es tut mir leid. Ich kann noch nicht so gut beten, aber ich habe inniglich an beide Männer gedacht. Genügt das?«

»Wie heißen Sie denn?«, frage ich sie lächelnd.

Sofort antwortet Herr Straub für sie: »*Wilhelmine Kreusin*, eine Schweizerin, eine ganz hervorragende Putzmacherin und ein belesenes junges Fräulein!«

Und ich meine dazu nur: »Selbstverständlich ʽgenügt dasʼ, Fräulein Wilhelmine Kreusin. Wir wollten nur gemeinsam an beide Verunfallte denken. Das hilft uns in unserer Trauer und soll unseren Herrgott gnädig stimmen.«

Wilhelmine senkt ihren Kopf und schluchzt. »War ich soeben gemein zu Ihnen? Das wollte ich wirklich nicht, Fräulein...«, sage ich sogleich – und Herr Straub beruhigt mich: »Nein, nein. Das geht ihr sehr, sehr nahe, besonders der Unfall des Schiffsjungen! Sie hätten sich beide ja erst vor wenigen Stunden im Rorschacher Hafen kennengelernt, während sie auf die Ankunft der *Jura* warteten, hat sie mir erzählt. Verstehen Sie?«

»Ach so. Oh je. Ja, ich verstehe. Wir alle suchen ja gerade etwas Trost, Fräulein. Sollen wir auch wieder einige Minuten an Deck gehen, um frische Luft zu schnappen? Etwas Bewegung? Was meinen Sie?«, frage ich vorsichtig in die trauernde Runde.

Sie schweigen alle. Jeder ist in eigenen Gedanken vertieft. Die Schaufelräder rauschen vor sich hin, wie wenn sie das Leben aller seien, das nicht geräuschlos, sondern mit viel Lärm vergeht. Die Zeit verstreicht –

Nach einiger Zeit setze ich mich doch näher zu Herrn Straub und Fräulein Wilhelmine Kreusin. Sie erzählen mir von sich, ihren Wahrheiten und ihren Träumen, als ob ich ihr Beichtpfarrer sei. Und von dem alten Buch des ʽvon Thümmelʼ, das sie auf der Fahrt auf der *Jura* gemeinsam gelesen hätten, und dass sie beide diese Geschichte mit anderen Augen gesehen hätten: Ein älterer Mann und ein junges Mädchen eben. Und sie berichten mir von unserem Schiffsjungen, der sie so besonders gut und oft bedient und sich mit ihnen einige Male kurz unterhalten habe, von dessen Geschichte mit seinen Lebensträumen – und von dessen ʽklugen Onkel Sebaldʼ aus Rorschach, wie der Junge ihn genannt habe. Deshalb beten wir wieder kurz schweigend für ihn, denn es erreicht uns noch immer keine Meldung, dass er aus seiner Ohnmacht erwacht sei. Es ist eine Tragödie. Und weil wir keine Worte mehr finden, schweigen auch wir wieder –

Auf einmal möchte uns alle unser Heizer Benedikt Wagner etwas aufmuntern. Er erzählt laut von seinem Namensvetter *Richard Wagner*, dem Dirigenten und Komponisten aus dem fernen Sachsen, der, wie er auf wundersame Wege erfahren konnte, in diesem Jahr in München mit Hilfe des neuen bayerischen Königs ein revolutionäres Musikdrama uraufführen möchte. Es gäbe in dem gesamten etwa vierstündigen Werk erst in der Schlussmusik sich harmonisch entspannend auflösende Akkorde. Ein großes Wunderwerk sei es.

Herr Stäheli meint nur darüber, dass sich das doch niemand anhören könne oder wolle – und wer könne solch eine Musik denn spielen!? Eine schreckliche Vorstellung würde das werden, die armen Münchner! Unser Benedikt will nicht streiten, deshalb sagt er nur noch, dass das Thema des neuen Musiktheaterstückes die mittelalterliche Sage von ʿTristan und Isoldeʾ sei, von deren im Leben nicht lebbaren gemeinsamen Liebe. Das Leben könne gemeinsam auch sehr gemein sein, ergänzt er. Die Lösung sei der gemeinsame Liebestod. »Welch eine große Tragödie – wie all die antik griechischen unserer Kultur!«, schwärmt er uns vor und beginnt wie so oft von dem verfluchten ʿFliegenden Holländerʾ und seiner Liebessehnsucht zu singen. Das tröstet mich jedoch nicht, sondern es schauert mich, weil ich an unseren Kapitän denke, ob denn der bayerische Lindauer auch verflucht oder ob es eher das Schweizer Dampfschiff *Stadt Zürich* sei. Es ist der dritte Unfall dieses Schiffes, in dem wir gerade mitfahren. Wenn das nicht ganz schön unheimlich ist?!

Und ob das alles immer nur Zufall war! Eines Tages wird jemand unserer Nachfahren alle Rätsel lösen können, ich werde ihn daran erinnern, indem ich als Toter vom Himmel vor seine Füße fallen werde, um ihn persönlich daran zu erinnern. Und wenn er der Rätsel Lösungen gefunden haben wird, dann werde auch ich erlöst sein – ja, ganz wie der Kapitän des `Fliegenden Holländers´ unseres Benedikt Wagner.

Ich glaube, dass ich träume, das bewirkt nur dieser schauerliche Gesang hier unten im Schiffsbauch! Daher bitte auch ich sofort unseren Gesangshelden Benedikt damit aufzuhören. Ein bisschen ist er nun beleidigt, er meine es nur gut mit uns. Aber wir schweigen lieber alle wieder und warten auf die Ankunft in Romanshorn, um endlich mit unseren Füßen wieder sicheres Land betreten zu können. Und das versteht er dann doch. Die Zeit verstreicht –

Wir schweigen wieder alle. Jeder ist in seinen Gedanken der Trauer oder der Enttäuschung vertieft. Die Schaufelräder rauschen vor sich hin, wie wenn sie das Leben aller seien, das nicht geräuschlos, sondern mit viel Lärm vergehen muss, weil das Schicksal es so und eben nicht anders haben möchte –

Nach kurzer Zeit bringt uns die Schiffswirtschafterin mit ihrer Serviererin wieder warme Getränke. Das freut uns alle tatsächlich sehr – und bald darauf ist die heißersehnte Signalglocke zu hören: Die *Stadt Zürich* fährt in den Romanshorner Hafen ein. Wir packen unsere Sachen und gehen gemeinsam hinauf an Deck.

Der Nebel hat sich fast verzogen. Die Sonne strahlt ganz ohne Wärme und ein kalter Wind bläst uns in die Gesichter. Da stehen wir nun und sehen aus wie begossene Pudel, auch das Stobärli in Gretas Arm. Neben mir auch unsere beiden Heizer und das *Wiesele*. Vor mir unsere fünf Passagiere. Nur unser Matrose Herkules und unser Kapitän Martin Motz sehen noch achtern einige Meter vor dem Steuermann dem Anlegemanöver dieses größeren Schiffes genau zu.

Die Matrosen der *Stadt Zürich* arbeiten Hand und Hand und beginnen plötzlich gemeinsam zu singen: »Es war einmal ein Kapitän mit Namen Martin *Rotz*. Er redete den Namen schön, da nannten wir ihn *Kotz*. Das Meckermaul, es schimpft sehr fest dem Namen nicht zum *Trotz*. Der dumme Hund gibt sich den Rest, er bellt: ›Ich heiße *Motz*!‹« Und sie lachen schon währenddessen, diese Schandmäuler! Und wir? Wir wollen nur alle so schnell wie möglich hinunter von diesem ›Schiff der Gemeinheit‹, fühle nicht nur ich.

»Mann über Bord!« schreit da unser Matrose Herkules vom Heckdeck. Unser Kapitän läuft zu uns vor und meint: »Alles in Ordnung! Der Steuermann ist schon wieder gerettet! Herkules hat ihn an der Leine und zieht ihn hoch! Also rasch von Bord! Wir sollen in das Gasthaus *Anker* gehen und dort warten, bis ein Vertreter der Schiffsgesellschaft und ein Landjäger uns alle zum Unfall befragen werden, befahl mir Kapitän Blumer. Sag' es allen weiter, Andreas! Lass uns von diesem ›Schiff des Teufels‹ verschwinden! Nun zu!«

Am 12. Februar 1864

3 - Zurück in Romanshorn. In Eiseskälte.

Wieder an Land. Noch vor 12 Uhr.

Hauptsache ist, der Schuldige ist nicht schuldig... Genau so wird im Namen des Herrn entschieden.

Der Lindauer Raddampfer *Jura*. Dreieinhalb Stunden Personenbeförderung aus dem Lindauer Hafen. Von der Insel Lindau im Bayerischen Süden des Bodensees entlang des Schweizer Ufers über die Orte Rorschach und Romanshorn bis zur badischen Stadt Konstanz, aber dann vor der letzten Ankunft, da verlief die Fahrt gar nicht mehr nach Fahrplan...

Es war einmal ein Freitagmittag *im Jahr 1864 der 12. Februar*. Gegen 11 Uhr trafen die beiden Raddampfer frontal aufeinander. Meine *Jura* sank in wenigen Minuten, seine *Stadt Zürich* hat fast keine Schäden davongetragen und brachte uns alle hierher in den Hafen von Romanshorn zurück. Natürlich ist das sehr peinlich – als Kapitän eines bekannten Dampfschiffes ohne sein Dampfschiff in den Hafen des Ablegens rückkehren zu müssen. In wenigen Stunden wird sich das verdammte Unglück herumgesprochen haben und ich werde zum Gespött aller Leute werden! Schön ist das ja nicht. Jedoch verhindern kann ich es auch nicht. Und nun sitzen wir alle, fast alle, hier im Gasthaus *Anker* an mehreren zusammengerückten Tischen und warten auf die Personen, die uns zum Fall befragen wollen. Wir sind gespannt und zugleich erschöpft.

Jeder hat eine andere Miene der leicht verärgerten Traurigkeit aufgesetzt. Zu Witzen ist auch mir nicht zumute. Wenigstens bestellen wir Getränke und etwas Leichtes zu essen. Auf der *Stadt Zürich* hat man uns ja bereits dazu eingeladen. Großen Hunger kann daher niemand mehr haben! Die geräumige Gaststube füllt sich mit anderen Gästen, die uns vielleicht stören könnten, weil doch die Angelegenheit zunächst noch nicht für die Öffentlichkeit bestimmt ist. Oder?! Na, ja.

Was unsere Versicherungen wohl zu dem riesigen Schaden sagen werden?! Die Seidentücher und die Baumwolle, das Eisen und das Getreide! Die gute *Jura* selbst am Grund – und was noch immer sonst dazu?! Ich wollte ja nie diese ewige Fracht an Bord haben! Lieber noch mehr Passagiere und dafür viel mehr Rettungsboote an den Seiten das Schiffes! Das habe ich sicherlich schon hundertmal bei den Vertretern der Gesellschaft gewünscht! Hundertmal! Aber auf mich – Da treten sie ein, die `Herren des Oberkommandos´, mit ihrem Kapitän Jakob Blumer von der *Stadt Zürich* und setzen sich zu uns mit den Worten:

»Mahlzeit! Ich bin der örtliche Vertreter der Schweizer Nordostbahn AG, der Inhaberin des Dampfschiffes *Stadt Zürich*. Der Lindauer Schifffahrtsgesellschaft ist bereits vom Unglück telegrafiert worden, man ist auf dem Weg hierher. Und der Landjäger neben mir zählt als Vertreter unseres Landes Thurgau. Wir werden jetzt die ersten Untersuchungen zum Unfallhergang durchführen. Gibt es von Ihnen bereits Fragen? Nein!«

Dieser Vertreter grinst ständig dämlich vor sich hin, während er seine Unterlagen auf den Tisch auspackt, wahrscheinlich um mitzuschreiben. Und der Landjäger gleicht ohne seiner schmutzigen Uniformmütze einem verkleideten, stark betrunkenen Gefängnishäftling, der das auch sicherlich schon einmal gewesen war! Ein Graus diese zwei Kerle! Lieber Himmel hilf! – Ich glaube, er will die Befragung beginnen. Nun zu!

»Zunächst alle Passagiere der *Jura* der Reihe nach! Wie heißen Sie und woher kommen Sie? Langsam und deutlich zum Mitschreiben beantworten! Der Erste?«

»*Andreas Stäheli* aus Basel.«

»Ich weiß. Wir kennen uns ja. Gut. Der Nächste!«

»*Konrad Straub* aus Neukirch.«

»Hausierer von Bahnhäusle-Uhren! `Kuckuck´! Oder?«

»Ja und auch Uhrmachermeister, auch bis letztes Jahr an der Schule für Uhrmacher in…«

»Danke, genug! Der Nächste!«

»*Joseph Oettinger* aus Mannheim. Kornhändler. Ich musste meinen Geldsack mit dreitausend Franken im Hecksalon zurücklassen, um mein Leben zu retten! Was könnte man da – ?«

»Auch reiche Leute sind nichts Besseres bei einem Seeunglück! Uns geht das eindeutig nach unseren Geschäftsbedingungen nichts an! Tauchunternehmen könnten Sie beschäftigen. Versuchen Sie es! Darüber könnten wir Ihnen sehr gute Auskunft geben. Für die Vermittlung und Vertragsverhandlungen berechnen wir – Sie sagten 3´000 Franken Verlust – folglich die so üblichen 20 Prozent, das sind dann mit Steuern für uns einfacherweise nur 800 Franken. Einverstanden? Wenn *ja*, dann fertigen wir anschließend noch hier an Ort und Stelle Ihren rechtssicheren Vertrag an. Damit Sie sich auf uns verlassen können! Denken Sie darüber nach! – Gut. Der Nächste! Und wer sind Sie?«

»*Huber, Martin* aus Br... äh ...genz – aus Brenz und Wirt äh – besser: Landwirt!«

»Wo soll das denn sein, dieses `Brenz´!?«

»Etwas nördlich von Ulm noch in Württemberg gelegen mit einem Schloss! Brenz an der Brenz!«

»Aha, unser `Kuckuckspacker´ aus dem Schwarzwald, danke! Natürlich ist *er* auch in dieser gottverlassenen Gegend bereits gewesen! – Gut, der Nächste!«

Wir erwähnen wie vereinbart nichts zu diesem `Huber Martin´. Das macht diesen sicherlich stutzig. Vielleicht auch nicht, dumm wie er ist!? Wir werden es sehen!

»`Der Nächste´ ist das junge Fräulein hier!«, werfe ich ein, damit die Befragung weitergeht, »Bitte sprechen Sie!«

»*Wilhelmine Kreusin* aus Arbon. Gute Putzmacherin. Plötzlich krachte es. Der eiserne Ofen im Salon der Zweiten Klasse stürzte um und die Kajütenfenster wurden eines nach dem anderen eingedrückt. Wir griffen nach unseren Sachen und liefen die Treppe hinauf, wo uns dieser Matrose hier entgegenkam, um uns vom sinkenden Schiff auf das andere hinüber zu helfen. Wir waren gerettet. Gott sei Dank!«

»Was macht ein bestgekleidetes Mädchen an einem Freitag Vormittag auf einem Fährschiff?! Ist das nicht dein Arbeitstag als eine junge Putzmacherin?!«, fragt der grimmige Landjäger das etwas furchtsame Mädchen und wittert wie ein hungriges Wildschwein wahrscheinlich etwas Verborgenes.

»Stimmt! Können Sie uns das erklären, Fräulein?«

»Sie möchte zu ihrem Vater nach Leipzig reisen, ihrem leiblichen, den sie dort erstmals im Leben zu Gesicht bekommen sollte, so hat sie es mir erklärt!«

»So?! Und wieder der landstreichende Waldmensch! *Er* weiß ja sehr viel! Aber *er* hat hier nur zu reden, wenn *er* gefragt wird! Nur dann! Das weiß *er* ab jetzt auch noch dazu! Nicht wahr?!«, erwidert der sehr freundliche Landjäger und zieht zugleich ein paar Blatt Papier aus seiner Uniformtasche. »Wir suchen da nämlich ein junges Mädchen seit heute morgen. Das Telegramm kam aus Rorschach zu uns. Mutter und Meisterin sind in großer Sorge, heißt es! Da ist doch Arbon nicht weit weg oder täusche ich mich, junge Frau?! Wie heißt du denn? Weißt du es jetzt noch?!«

»Wil – hel – mine«, spricht sie und senkt den Kopf. »Sieh mich gefälligst an, wenn wir mit dir zu reden haben, Fräulein Minna!«, faucht der Landjäger und setzt seine Dienstmütze gerade. »Hiermit bist du Weibsperson arretiert! Du heißt *Minna Kunz* und wirst mir nach dieser Sitzung zur Wache folgen! Bei einem Fluchtversuch werden wir deshalb ohne weitere Worte vom Dienstgewehr Gebrauch machen, verstanden?!« Minna nickt nur noch und weint vor sich hin. Herr Straub reicht ihr sein Taschentuch. Beide schweigen nun besser.

»Sie ist aber doch bestimmt nicht als Verbrecherin von zu Hause geflohen. Ihren entfernten Vater wollte sie besuchen, wie sie es erzählte! Wir glauben ihr!«, muss ich mich da einmischen.

»Herr Kapitän! Entschuldigung! Das müssen Sie mir überlassen! Wir haben nämlich täglich mit Lügnern und Betrügern zu tun! Wir entlarven jeden Verbrecher! Verstehen Sie?! Deshalb sitze ich als thurgauische Obrigkeit auch heute mit an diesem Tisch der Untersuchung Ihres eigenen Vorfalls!«, beißt der widerliche Uniformträger nun auch noch mich. »Und jetzt möchte ich auch hören, wer die Mannschaft ist. Fahren Sie fort, Herr Vertreter!«

»Gut. Die Besatzung der *Jura* als Nächstes. Wer fängt an?«

»Kapitän *Martin Motz* aus Lindau.«

»Sie habe ich längst aufgeschrieben. Der Nächste!«

»*Andreas Gloggengiesser* aus Lindau. Steuermann und Rudergänger.«

»Aha! Sie sind der Glückliche! Waren Sie nicht auch der Rudergänger auf dem Vorgänger der *Jura*? Wie hieß das alte, klapprige Holzdampfschiffchen noch gleich? *Hedwig* oder so, stimmt`s! Ihre Gesellschaft in Lindau wird ja eine wahre Freude mit Ihnen haben! Das nächste Dampferchen versenkt! Vielleicht sollten Sie längst Brille tragen oder Ihren ach so schwierigen Beruf an den Nagel hängen und auch Obstbauer werden! Aber was sage ich, uns geht das nichts an, wer die *Jura* und deren Fracht bezahlen muss!« Wir halten uns bewusst zurück, das hatten wir auf der *Stadt Zürich* bei der eisigen Fahrt hierher beschlossen. Hoffentlich hält Andreas durch.

»Ach, hören Sie, werter Herr!«, spricht er nun leider doch, »Ich habe als Junge schon mit einem Kompass und Karte wie andere mit einem Ball geübt! Daher weiß ich, dass ich auch im Nebel haargenau auf Kurs gerudert habe. Das war ja nicht der erste dichte Nebel auf Fahrt! Und darüber hinaus, bei uns wohnt ein zehnjähriger Sohn! Wenn Sie es möchten, beweise ich Ihnen, dass ich ihm jederzeit einen Lindauer Apfel mit einer Armbrust vom Kopf schießen kann. Sie wissen ja sicherlich, für welchen Kerl mein zweiter Pfeil sein wird, nachdem ich den Apfel getroffen habe!«

»Was soll das bedeuten? Spielen Sie sich hier nicht als unser *Wilhelm Tell* auf, Sie unverschämter bayerischer Bootversenker!«

»Besser den Nächsten aufschreiben, Herr Vertreter!«, beruhigt der Schweizer Landjäger. »Gar nichts tun! – «

Und der Landjäger spricht weiter: »Und lassen Sie sich nicht von kriminellen Induvidu..., also diesen Indiduven, von solchen lächerlichen Figuren ja nicht herausfordern! Niemals! Solche erwarten zu Hause in Lindau keine Strafe! Oder so! Sie sind ja mit sich selbst genug gestraft worden, so sagt man das dort, weiß ich, als wenn das genüge, wegen deren Klugheit!«

»Dummheit!«, muss ihn umgehend freundschaftlich der Vertreter der Nordostbahn AG verbessern.

»Jawohl! Auch wegen der natürlich! – Der Nächste!«

»*Herkules Imhof*, Matrose, auch Schweizer, hier vom Ort Romanshorn!«

»Sehr gut! Sicher der beste Mann auf der *Jura!* Warum sind Sie nicht der Rudergänger für den Steuermann wegen des dichten Nebels gewesen?«

»Der Kapitän wollte mich zur persönlichen Sicherung der Passagiere Zweiter Klasse haben. Deshalb konnte ich sofort nach dem Unfall die Rettung der vier Gäste aus dem Bugsalon durchführen.«

»So, so. Sehr gut, na dann, danke! Der Nächste!«

»*Georg Renz*, Matrose, aus Konstanz.«

»Und wo waren Sie beim Zusammenstoß, junger Mann?«

»Auf Befehl des Kapitäns in der Nähe der Treppe zum Hecksalon. Ich hatte den einen Herrn von dort unten zum Vordeck zu retten.«

»Und dessen Geldsack? Warum haben Sie ihn beide denn dann nicht mitgenommen?«

»Ich hatte Befehl, den Mann zu retten. Und wir beide konnten in der Aufregung leider nicht einschätzen wie schnell unsere *Jura* sinken würde. Wir hatten keine Zeit weiter nachzudenken. Ich griff ihn bei der Hand, wir sind ja fast im gleichen Alter, und wir liefen, so schnell wir konnten, hoch an Deck und durch Nebel Vorschiffs, wo man uns erwartete und weiterhalf.«

»Gut, gut. Na dann auch: Danke. Der Nächste!« Ich melde mich dazwischen: »Der Nächste, das wäre jetzt der verstorbene Wachmatrose *Martin Rupflin*, sein Bruder ist unser Heizer *Heinrich Rupflin*. Beide Lindauer; sie wohnen aber wegen ihres Berufs zur Zeit in Rorschach, sagen sie. Beide sind hervorragende Schwimmer, sehr stark und schnell! Auch ihrer Pflicht bewusst wie meine gesamte Mannschaft! Deshalb war Martin unser Wachmatrose. Zum größten Unglück ist aber die *Stadt Zürich* frontal in das Vordeck gestoßen. Ihr starker Bug und die berstenden Planken unserer *Jura* erdrückten ihn augenblicklich und klemmten ihn so sehr ein, dass seine Rettung für uns unmöglich war. Ich verabschiedete mich rasch von seinem Leichnam bei ihm kniend mit einem Stoßgebet im Namen aller – und der Bodensee ist daraufhin sein Grab geworden.«

»Bedauerlich! Sehr bedauerlich. Auch mein herzliches Beileid, Kapitän! Auch wir werden die Angehörigen benachrichtigen, auch wenn ja sein Bruder hier anwesend ist. Unser Beileid! – Der Nächste!«

»Ja, der Nächste ist jetzt unser frischer Schiffsjunge!«, sage wieder ich. »Sein erster Tag auf einem Schiff war es heute. Er ist nicht tödlich verunglückt! Armbruch und Kopfverletzung! Ich habe ihn ohnmächtig liegend in der Nähe der Schiffsglocke gefunden und an Bord der *Stadt Zürich* hinübergetragen. Er war von mir zum selbstständigen Wechsel des Alarmläutens eingeteilt. Drei Mann, damit ab Kesswil immer geläutet werden konnte, weil wir ab diesem Ort das Ufer wegen des Nebels nicht mehr sehen konnten. Leider ist er trotz aller Bemühungen auf der *Stadt Zürich* noch immer nicht erwacht. Erst 16 Jahre alt, ein guter Junge und fleißiger Seemann aus der Gegend von Rorschach mit einem Onkel mütterlicherseits in der Verwaltung von Rorschach. Wissen Sie, was gerade mit ihm ist?«

»Sein Name?«

»Ja, ich vergaß. *Andreas Buschor*.«

»Wissen Sie über seinen Verbleib Bescheid, Herr Landjäger?«

»Der verletzte Schiffsjunge in Ohnmacht? Jawohl! Er wurde mit einem Fuhrwerk ins Kantonsspital nach Münsterlingen gefahren.«

»Herr Landjäger, hätte dort denn die *Stadt Zürich* nicht bereits auf der Rückfahrt nach hierher anlegen müssen?«, frage ich ihn wütend.

»Das weiß ich nicht. Das ist Seerecht. Da fragen Sie besser Kapitän Blumer von der *Stadt Zürich*!«

»Was soll das denn bitte, meine Herren!? Wir sind nicht hier wegen eines Armbruches! Unser Kapitän wird schon gewusst haben, weshalb er die Rückfahrt zu uns nicht unterbrochen hat, dafür ist er ja zum Kapitän ausgebildet! Also weiter! Der Nächste!«

Wir haben darüber zu schweigen, verstehen wir.

»Heizer *Benedikt Wagner*, im edlen Elternhaus der Ehegattin in Wasserburg wohnend.«

»Aha. Sehr gut! ʽEdelʼ zu Hause und Kohlenschaufler an Bord! Schwachsinnig! Lieber gleich der Nächste!«

Schnell mischte ich mich wieder ein: »Die Nächste der Besatzung ist unsere Schiffswirtschafterin Frau *Margareth Sodner*, Schweizerin und auch vorzügliche bayerisch-schwäbische Köchin.«

»So, so. Sind Sie diese Köchin? Als Schweizerin warum nicht auf einem unserer modernen Schiffe?«

»*Greta* nennt man mich, weil ich ʽdie gute Seeleʼ unserer *Jura* bin. In meiner Kombüse gibt es nur das Beste für die Mannschaft und die Passagiere! Nicht so wie auf den Schweizer Schiffen! Einige Tage arbeitete ich auf verschiedenen als Schiffsmagd. Mir wurde schon schlecht beim Anblick des billigen Fraßes auf den Tellern. Sogar das gute Brot war schimmelig und von Mäusen angenagt. Schande für uns Schweizer!«

»Ja, was fällt dir denn ein, du – Greta!? Ich hätte gute Lust, dich vor allen Leuten hier in der Gaststube zu züchtigen! Schandmaul! Los, Landjäger, übernehmen

Sie das sogleich!« Der Landjäger macht aber gar nichts, als er sieht, dass unser Matrose Herkules sich vor Greta hinstellt und freundlich winkend zu ihm hinübergrinst.

»Ja also, Herr Vertreter! Da müssen Sie diese Frau erst polizeilich anzeigen. Alles auf dem Dienstweg, sonst können wir gar nichts unternehmen! Nichts!«

»Gut! Dann zeige ich hier bei Ihnen persönlich diese unsägliche Weibsperson augenblicklich der Straftat des Landesverrats an. Brauchen Sie das schriftlich von mir?«

»Des Landesverrates? Weil sie sagte, dass das Essen auf den Ihren eigenen Schweizer Passagierschiffen eine Schande für die Schweizer sei? Haben Sie dort schon einmal selbst gegessen, Herr Vertreter?«

»Nein, warum? Ist das nötig, um dieses ungehörige Weibsbild schnell angemessen bestrafen zu können?!«

»Na, weil das stimmt! Jedem wird davon schlecht! Das hat sich nicht nur bei uns in Romanshorn längst herumgesprochen, Herr Vertreter! Das billigste Zeug wird da verkauft! Wenn da sogar ein Richter über Ihre ernstgemeinte Anzeige urteilen soll, würde er doch bestimmt das Essen auf mehreren Ihrer Schiffe kosten müssen. Wollen Sie, dass sich ein Schweizer Richter wegen Ihnen in Lebensgefahr begibt? Vergiftung!«

»Du bist ja gar nicht so dumm wie der Herr Vertreter aussieht, Landjäger!«, spricht unser Herkules und geht lächelnd zur Tür hinaus, nur um kurz frische Luft zu schnappen. »Bei deinem Vorgesetzten werde ich dich deshalb demnächst hier beim Sonntagsessen an unserem Stammtisch besonders loben! Sehr guter Mann, du solltest befördert werden, Landjäger!«

»Danke! Endlich ein Seemann, der das erkennt! Danke für das Lob! Auf meine Beförderung warte ich schon viel zu lange, weil ich einfach zu bescheiden sei, sagt mein eigenes lästiges Weib seit Jahren allen ihren Bekannten bei uns zu Hause in Frauenfeld.«

»Der Herr Matrose hat uns gerade schwer beleidigt, Herr Landjäger! Ist Ihnen das gar nicht aufgefallen?«

»Wieso? Ich erinnere mich doch genau. Er hat nur laut gesagt, dass ich nicht so dumm aussehe wie Sie, Herr Vertreter. Da fühle ich mich wirklich nicht beleidigt.«

»Nein, aber nein, er meinte, dass Sie nicht so dumm sind wie ich aussehe. Ich sehe aber nicht dumm aus! »

»Na, darüber kann man aber doch streiten! Fragen wir einfach die Verdächtigen hier, Herr Vertreter, wie dumm Sie aussehen!«

»Welche Verdächtigen denn? Und das wollen Sie diese Leute fragen? Ob ich dumm aussehe?!«

»Ob der Matrose uns belogen hat, als er behauptete, dass Sie nicht so dumm aussehen wie ich bin! Oder?!«

»Aber Sie Dummschädel! Andersherum! Bitte!«

»Von Ihnen lasse ich mich nicht beleidigen, ich bin eine Amtsperson Thurgaus! Schon vergessen?! Ein zweites Mal und Sie werden arretiert, verstanden?!« Unser Matrose Herkules kommt wieder zur Tür herein und spricht die Beiden an: »Und? Wissen die beiden Herren jetzt, wer von Ihnen klüger ist als der andere aussieht?!« Und er setzt sich lächelnd auf seinen Platz.

»Matrose! Das ist doch eindeutig. Ich sehe nicht nur klüger aus, sondern bin es ja kraft meines Amtes von höchster Stelle in unserer Regierungsstadt St. Gallen bestätigt und angeordnet!«, verkündet der Landjäger.

»Ich weiß zwar nicht, was das alles heißen soll, aber deshalb sind wir nicht hier, Herr Landjäger!«

»Da sehen Sie nun selbst, dass Sie viel weniger wissen wie ich! Und vergesslich sind Sie zudem noch? Wir sind hier wegen der Untersuchung eines Unfalls mit einem Ihrer Schiffe. Erinnern Sie sich wieder? Den Nächsten sollten Sie vielleicht endlich fragen. Wir verschwenden nur Zeit wegen Ihnen! Es wäre längst Mittagspause, das merke ich an meinem hungrigen Bauch!«

»Sehr richtig, Herr Landjäger!«, nehme ich mir das Wort. »Die beiden Nächsten und zugleich die letzten Personen der Besatzung sind der verschwundene Maschinist *Jakob Steffenauer*, ein Schweizer, bei uns gemeldet aus dem nicht weit entfernten Dorf Wängi, und die *ebenfalls verschwundene Schiffsmagd* nur für das Wochenende, deren Namen und Herkunftsort wir deshalb nicht wissen. Sie ist aber nicht wie geplant in

Konstanz, sondern schon in Romanshorn zugestiegen, und sollte auch übermorgen dort wieder ihren Dienst beenden. Warum sie bereits hier an Bord kam, weiß ich nicht. Sie hat dann schon gearbeitet, obwohl es nicht so vereinbart war, weil das auf der *Jura* so nicht üblich ist. Sehr entgegenkommend – aber beide sind verschwunden! Bei der Rettung bemerkten wir das bereits, aber im dichten Nebel sahen wir nur bis Mittschiffs zurück. Wir vermuteten, dass beide das Boot am Heck verwenden konnten, um ans Ufer zu rudern. Sie werden sich wahrscheinlich bald bei uns melden. Wenn nicht, dann sind sie wohl ertrunken. Ich weiß das leider nicht, meine Herren!«

»Sie geben also zu, Herr Kapitän, bei der Rettung nicht genügend auf Ihren Maschinisten und Ihre Schiffsmagd aufgepasst zu haben?«

»Nein! Selbstverständlich habe ich dabei genügend aufgepasst! Unseren Maschinisten erkannte ich vor unseren beiden Heizern, unserem Steuermann und unseren beiden Matrosen, als sie mit Gepäck und den Passagieren auf dem Bug gingen. Er war noch kurz bei mir, der Schiffsmagd und Frau Sodner. Ich schickte sie alle schnell weiter und holte unseren ohnmächtigen Schiffsjungen. Natürlich sah man fast nichts an Bord, der Nebel war ganz einfach viel zu dicht! Zuletzt sprang ich noch einmal zurück, um die Schiffskasse zu holen. Kurz bevor die *Stadt Zürich* rückwärts aus der *Jura* herausfuhr, ließ ich mir bestätigen, dass niemand mehr auf unserer *Jura* sei, und wir verabschiedeten uns gemeinsam von ihr, während sie bereits versank.«

»Gut. Bedauerlich! So. Dann stehen jetzt die Namen aller Passagiere und der Besatzung der *Jura* in meinen Unterlagen. Sehr gut. Oder haben wir doch noch eine Person vergessen?«

Von unserer Seite gibt es keine Antwort mehr.

»Dann weiter! Unser Raddampfschiff *Stadt Zürich*, seit wenigen Jahren das schnellste und schönste Passagierschiff auf dem Bodensee! Zunächst die Passagiere während der Unglücksfahrt! Das waren sicher so einige Leute, aber deren Namen benötigen wir ja nicht. Und als Besatzung ist hier anwesend – «.

»Entschuldigung, wenn ich unterbrechen muss! Aber warum haben Sie dann die Passagiere von der *Jura* schriftlich aufgenommen, Herr Vertreter?«

»Ja das ist doch wohl glasklar, Herr Landjäger! Weil unsere Gesellschaft auf diese Weise feststellen kann, wer zum Zeitpunkt des Unfalls nicht ertrunken ist und deshalb keine finanziellen Forderungen an uns stellen kann. Wir hätten auch die beiden Verunglückten und beiden Vermissten aufschreiben können, weil sie ja je nach Schuldspruch Entschädigungen von uns fordern könnten.«

»Der Tote, der ohnmächtige Junge und die beiden Verschwundenen fordern also Geld von Ihnen?«

»Könnten sie, wenn unser Schiff den Unfall eindeutig verursacht hätte. Hat es aber nicht, nicht wahr, Herr Kapitän Blumer?! Folgerichtig können sie es nicht!«

»Aber aufgeschrieben haben Sie diese Leute. Und was wäre, wenn sich noch mehr Verschwundene bei Ihnen melden und Geld fordern? Wir suchen viele!«

»Dann hätten sie sich doch gerade bei der Befragung gemeldet und Forderungen gestellt!«

»Die Verschwundenen? Ich glaube, wir sollten jetzt dringend etwas Feines von der Speisekarte und etwas Trinkbares bestellen. Vielleicht geht es Ihnen dann wieder besser! Ihr Hirn lässt nach, Herr Vertreter!«

»Unsinn! Das bewirken doch nur Ihre recht seltsamen Fragen! Davon muss man ja ganz blöd werden, Herr Landjäger!«

»Na, da haben wir es ja wieder! Ich sehe tatsächlich klüger aus wie sie soeben verblödet sind. Sie haben es bestätigt! Und ich hätte jetzt gerne eine Portion – «.

»Wie bitte? Jetzt wird noch nicht gegessen! Wir sind gerade bei den entscheidenden Befragungen der wichtigen Besatzungsmitglieder unseres Schiffes!«

»Ach so. Dann warte ich, aber wenn ich umfalle – «.

»Kapitän Jakob Blumer, Sie fuhren wie täglich genau in Richtung Romanshorn auf Ihrem vorgeschriebenen Kurs der *Jura* entgegen. Der starke Wind drängte die *Jura* jedoch von ihrem vorgeschriebenen Kurs ab. Und der Steuermann der *Jura* war wegen des dichten Nebels gar nicht in der Lage seinen Kompass richtig abzulesen. Weil das so der Wahrheit entspricht, liegt alle Schuld bei den Verantwortlichen der *Jura*.«

»Darf ich ihm ein blaues Auge schlagen, Kapitän!«, fragt augenblicklich unser Matrose Herkules in die Runde.

»Wem denn, Matrose?«

»Diesem dummen Herrn Vertreter, Herr Landjäger!«

»Dafür kann er doch nichts. Er ist doch selbst genug damit bestraft, verstehen Sie es jetzt, Matrose?!«

»Wie bitte? Wie war das? Eine Bedrohung und Sie schreiten nicht ein, Sie dämlicher Holzkopf von einem Landjäger!? Ein saudummes Individuum sind Sie!«

»Was? Na, das regeln wir gleich: Wir drehen uns jetzt alle sofort weg und Sie dürfen, Matrose!« Gesagt, getan! Wir hören nur einen recht dumpfen Schlag, ein bisschen Krach und, als wir uns wieder alle zusammen zurückdrehen, meint der klügste Landjäger: »Herr Vertreter! Mein Beileid, dass Sie vom Stuhl gefallen sind und sich dabei Ihr Auge angeschlagen haben. Das ist bestimmt nur eine vorübergehende Schwäche wegen Ihres Hungers und Durstes, nicht wahr!?«

»Ich werde mich bei Ihrem Vorgesetzten über Sie beschweren. Die wichtigen Zeugen habe ich ja auch: Unseren Kapitän Blumer, seinen Steuermann und den Wachmatrosen hier! Alle drei unsere braven Leute!«

»Sie haben auch nur zufällig gesehen, dass Sie dumm hingestürzt sind, denn alle drei sind meine Freunde, es lässt sich auch in Zukunft nicht vermeiden, dass wir uns in irgendeinem Hafen begegnen werden. Klar!?«, besänftigt unser Matrose Herkules die Gemüter.

»`Dumm hingestürzt´ – das ist ja gut!«, lacht dazu der Landjäger dreckig, »Sehr dumm sogar, weil ja noch viel dümmer wie ich aussehe!« Da lacht er weiter.

»Äh, will noch jemand etwas Wichtiges sagen?«

»Selbstredend, Herr Vertreter! Mich möchten Sie ja anscheinend vergessen! Ich bin aber der Wachmatrose der *Stadt Zürich:* Gottlieb Waidmann!«

»Und was haben Sie zu berichten, Wachmatrose?«

»Ich habe ein paar Minuten vor der Kollision die Warnglocke der *Jura* gehört und unserem Kapitän `Schiff voraus!´ zugeschrien, aber es erfolgte kein Kommando `Rückwärts´ oder `Beidrehen´! Nichts!«

»Was meinen Sie dazu, Herr Kapitän Blumer?«

»Selbstverständlich habe ich die Kommandos sofort gegeben, aber doch nach Achtern zum Steuermann!«

»Sehr gut! Also wir erkennen da kein Verschulden unserer Besatzung, aber – auch nicht der anderen! Und Schluss! Wir ziehen ab! Die Arretierte nehmen Sie mit, Herr Landjäger! Kommen Sie, Dienst ist Dienst!«

Hoffentlich gibt es bei uns da draußen wenigstens eine Handvoll Leute, die so Manches der Geschichte nicht einfach glauben, sondern bewusst hinterfragen. Sie könnten nicht nur meine eigene Ehrenrettung sein. Danke, lieber Vater im Himmel, Danke!

Am 20. Juli 1864

In Onkel Sebalds Büro. Kurz nach 16 Uhr.

Immunität? Goliath muss nicht sterben... Das war mein Fragewort schlafloser Nächte nach dem Unfall.

Der Lindauer Raddampfer *Jura*. Etwas mehr als eine Stunde Personen- und Frachtbeförderung aus dem Romanshorner Hafen am Ufer des Bodensees entlang bis zur badischen Stadt Konstanz und später wieder zurück. Aber es fuhr auch täglich der Schweizer Raddampfer *Stadt Zürich,* das schnellere und größere Personenschiff in der Gegenrichtung die Route kreuzend zur selben Zeit, das verlief nach Plan – oder nach einem anderen – einem geheimen...

Es war einmal endlich *unser* Freitagmorgen *im Jahr 1864 der 20. Juli,* an welchem ich, der Onkel mütterlicherseits des Schiffsjungen Andreas Buschor, die ganze Geschichte des Unglücks der Kollision der *Jura* mit der *Stadt Zürich* aus den mir zugänglich gemachten Unterlagen zusammenschreiben kann. Immerhin wäre mein braver Neffe damals beinahe auch tödlich verunglückt. Ein furchtbarer Gedanke!

Am 12. Februar 1864 vor fünf Monaten ereignete sich der Unfall offiziell betrachtet folgendermaßen:

Im schweizerischen Romanshorn legte der Dampfer *Jura* um 9 Uhr 55 mit einer schweren Ladung ab: Nach Fahrplan war die tägliche Abfahrt pünktlich um 10 Uhr. Die Mannschaft änderte sich dabei kaum.

Unter `Wetter´ im Bordbuch vermerkte der Kapitän Martin Motz »Nebel«. Der bis Romanshorn wehende Südwind flaute ab.

Ab dem schweizerischen Kesswil verschlechterte der Dunst über dem See die Sicht deutlich. Das Ufer war vom Schiff aus nicht mehr zu sehen.

Da die Kreuzung der Fahrten mit dem vom Norden kommenden Dampfschiff *Stadt Zürich* bevorstand, wurde fortwährend die Schiffsglocke auf dem Vordeck mit dem Alarmsignal geschlagen. Die *Stadt Zürich* verließ den Hafen des badischen Konstanz etwa um 10 Uhr 30 und auch ihre Schiffsglocke auf dem Vordeck wurde vorschriftsmäßig geläutet.

Auf ihrer geplanten Route erhob sich bereits Nebel auf dem See. So schildert der Steuermann der *Stadt Zürich*, Ciprian Strehler, das Wetter am Unfalltag: »Morgens lag auf dem See ein so starker Nebel, dass wir schon beim Wegfahren von Konstanz vom Damm aus den Leuchtturm nicht sehen konnten. Als wir auf den See hinausgekommen sind, war der Nebel noch dichter, so dass ich von meinem Platz beim Steuerruder aus die auf der Spitze des Schiffs befindlichen Personen zeitweise nicht mehr beobachten konnte.«

Auf der Höhe vom schweizerischen Bottighofen etwa um 10 Uhr 50, folglich nach etwa 20 Minuten Fahrt der Stadt Zürich und etwa 55 Minuten Fahrt der Jura, sollte das Kreuzen der Route geschehen.

Die Besatzung der *Jura* hörte die Glocke der entgegenkommenden *Stadt Zürich*. Der Kapitän der *Jura* erteilte das Kommando `Rückwärts!`.

Die Alarmglocke der *Jura* wurde auf der *Stadt Zürich* anscheinend nicht gehört, denn die *Stadt Zürich* stieß ungebremst mit der *Jura* frontal zusammen und riss ein großes Loch in den vorderen Teil des Bugs. Hierin befand sich der Salon der Passagiere Zweiter Klasse.

Der am Bugspriet der *Jura* Wache haltende und die Alarmglocke läutende Matrose Martin Rupflin wurde bei der Kollision sofort getötet. Mein Neffe, der Schiffsjunge Andreas Buschor, der sich ebenfalls auf dem Vorderdeck aufhielt, stürzte rücklings, erlitt einen Armbruch und eine leichte Kopfverletzung.

Der Kapitän Martin Motz ordnete nach dem Zusammenstoß die sofortige Evakuierung seiner *Jura* an. Die Matrosen wurden mit der Rettung des Gepäcks beauftragt, der Kapitän kümmerte sich um meinen bewusstlosen Neffen und verließ als Letzter mit der Schiffskasse seine *Jura*. Jener tödlich verunglückte Wachmatrose wurde wegen der Zeitnot auf dem bereits sinkenden Schiff zurückgelassen.

Nach der Evakuierung auf die *Stadt Zürich* fuhr dieser Dampfer rückwärts aus dem Rumpf der *Jura,* die daraufhin sank. Insgesamt dauerte es von der Kollision bis zum Untergang nur wenige Minuten: Es ist die Rede von drei bis vier Minuten, sagen wir besser, höchstens fünf Minuten.

Die Mannschaft und die Reisenden der *Jura* wurden mit der *Stadt Zürich* nach deren Fahrplan in das schweizerische Romanshorn nach etwa 50 Minuten Fahrt zurückgebracht. Erst auf dieser Fahrt wurde entdeckt, dass der Maschinist Jakob Steffenauer und die Schiffsmagd, deren Namen unbekannt ist, nicht an Bord der *Stadt Zürich* waren. Man hoffte, dass die Beiden sich mit dem Beiboot am Heck der *Jura* im dichten Nebel ans Schweizer Ufer retten konnten. Weil sie sich aber nie mehr meldeten und das Boot später am Ufer im Schilf gefunden wurde, geht man davon aus, dass sie doch ertrunken sein könnten.

Bei den folgenden Untersuchungen der Schweizer und der Bayerischen Behörden wegen möglicher fahrlässiger Tötung des Wachmatrosen Martin Rupflin wurde Folgendes zusätzlich berichtet:

Der Wachmatrose auf dem Vordeck der *Stadt Zürich* Gottlieb Waidmann gab an, dass er etwa drei Minuten vor dem Zusammenstoß eine Alarmglocke vernahm und dies sofort seinem Kapitän Jakob Blumer meldete, der es aber unterließ, ein Kommando zu geben.

Beide Kapitäne erklärten, pünktlich auf ihrer planmäßigen Route gefahren zu sein. Tatsächlich sei die *Jura* jedoch wegen des Nordostwinds von ihrem vorgesehenen Weg abgewichen und deshalb auf die Route der *Stadt Zürich* geraten. Außerdem hatte die Jura einige Minuten Verspätung, weil sie mehr auf Deck geladen hatte als üblich.

Meine Anmerkungen dazu sind erstens, dass nur etwa eine Woche nach diesem Unglück die Zeitung *Bayerischer Kurier* vermeldete, das es nun schon gelungen sei, die genaue Unglücksstelle auf dem See ausfindig zu machen. Das Wrack liege in einer Tiefe von 143 Fuß und zwar genau auf dem von ihm eingehaltenen Kurs! Und zweitens, dass bei Wind kein dichter Nebel auf dem See möglich gewesen wäre.

Weiterhin steht wohl Folgendes fest:

Die Besatzung der *Jura* handelte aber nicht fahrlässig. Der Nebel verhinderte schlichtweg das Feststellen des richtigen Kurses. Ob die *Jura* zum Zeitpunkt der Kollision bereits rückwärts fuhr oder den befohlenen Richtungswechsel erst noch vollziehen musste, blieb bis zum Abschluss der Untersuchungen unklar. Beide Besatzungen widersprachen sich in diesem Punkt.

Auf der Seite der Schweizer wurden die Ermittlungen bereits Ende Juni 1864 eingestellt. Ein offensichtlich Unschuldiger, nämlich der Steuermann der *Stadt Zürich* Ciprian Strehler wurde jedoch seltsamerweise entlassen.

Auf der Seite der Bayern wurde das Verfahren wenig später Anfang Juli auch eingestellt: Beide Kapitäne mit ihren Besatzungen hielten sich an jenem Nebeltag an die Vorsichtsmaßnahmen. Also wurde auch das Verfahren wegen der möglichen fahrlässigen Tötung des Wachmatrosen beendet. Es gab daher auch keine rechtlichen Folgen für die Mannschaft der *Jura*.

Ein großer Teil der wertvollen Fracht der *Jura* konnte von hinzugezogenen Frachtschleppern doch noch geborgen werden, denn viele weiße Seidentuch- und Baumwollballen trieben glücklicherweise längere Zeit an der Oberfläche des Sees. Das Eisen in den Kisten, die vielen Post- und Getreidesäcke und ein schwerer Geldsack mit dreitausend Franken eines Kornhändlers aus Mannheim sind selbstredend untergegangen.

Auf durchaus weitere mögliche Ursachen des Unfalls, zum Beispiel die Beeinflussung des Kompasses, der ja beim Fahren durch den Nebel notwendig war, durch die große Eisenladung an Bord oder sogar eine vorsätzliche Versenkungsabsicht der der Schweizer Nordostbahn-Gesellschaft durchaus konkurrierenden bayerischen *Jura,* was ja in der Küche der Gerüchte aufgrund anderer Unfälle mit der *Stadt Zürich* brodelte, gibt es keine ernstzunehmenden Hinweise.

Also nennt seit jenen Tagen betont der bayerische Volksmund den Raddampfer *Stadt Zürich* nur noch das *Teufelsschiff* des Bodensees.

Entscheidend als Unfallursachen sind doch noch mangelnde Sicherheitsbestimmungen gewesen: Die mangelhafte Beleuchtung auf den Schiffen, das schwierige Wahrnehmen der Schiffsglocke bei mit höchster Kraft arbeitenden Schaufelrädern und der zu geringe Abstand zweier Schiffe bei sich kreuzenden Routen. Das muss geändert werden, heißt es.

Der Kapitän Jakob Blumer der Schweizer kündigte nur ein wenige Tage nach der Entlassung seines

Steuermanns völlig überraschend selbst, was am 13. Juli verkündet wurde.

Die Bergung des Wracks der *Jura* wird nicht angestrebt, vermutlich weil das Schiff selbst den modernen Ansprüchen nicht mehr genügen würde, denn die Mehrheit der Fahrgäste Zweiter Klasse möchte viel lieber oben auf Deck platz nehmen, statt schwerste Fracht über ihrem Kopf transportiert zu wissen. Außerdem werden immer mehr Schienen der Eisenbahn verlegt, da wird eine gefährliche Nebelfahrt auf dem Bodensee aus beruflichen Gründen bald nicht mehr nötig sein. Ganz abgesehen davon, dass die Bergung eines über vierzig Meter langen Schiffes aus dieser Tiefe kein billiger Spaß werden würde.

Trotz allem werden sich die Versicherungen der beiden Schiffsgesellschaften irgendwann schlichtend geeinigt haben. Vielleicht könnte ja die sicherlich reichere Schweizer Nordostbahn AG der Bayerischen Dampfschiffgesellschaft AG zwei Lastenschlepper als gewisse Entschädigung für den Verlust des Schiffes schenken. Jedoch weiß ich nicht, ob sich Ludwig der Zweite als neuer König von Bayern seit diesem März zu dieser vielleicht sogar politischen Sachlage der Schifffahrt auf dem Bodensee geäußert hat oder noch äußern will. Was wäre denn hier eine Gerechtigkeit?! Herrscht hier rechtliche Immunität der Schweizer Nordostbahn? Goliath muss offenbar nicht sterben – Das war mein Fragesatz schlafloser Nächte nach dem Unfall auch als Schweizer, denn ich empfinde die Fahrlässigkeit in den Ermittlungen als ungeheuerlich.

Am 17. August 1864

Ja, kommen Sie nur herein zu mir, Schwester...
Das sagte *Andreas Stäheli* freundlich, als er eine schwarz gekleidete Nonne in sein Haus eintreten ließ.

Das Unglück des Lindauer Raddampfers *Jura* geschah nun fast genau vor sechs Monaten. Er dankte noch immer an jedem zwölften Tag eines Monats unserem Herrgott dafür, dass er jenen raschen Untergang im Nebel überlebt hat, denn seinen runden, seinen siebzigsten Geburtstag am ersten Dezember würde er noch liebend gerne erleben dürfen, so erklärte er es uns freundlich, als wir vor wenigen Stunden zu ihm gekommen sind; wir bewaffneten Landjäger aus der Wache aus Romanshorn und aus Amriswil.

Es ist einmal ein sommerlicher Mittwoch *im Jahr 1864 der 17. August* im kleinen Dorf Sommeri bei Romanshorn, in welchem Johann Andreas Stäheli wieder als älterer Witwer in seinem Elternhaus wohnt. Er war ein bekannter Herr, hat Theologie studiert und war in unserer thurgauischen Hauptstadt St. Gallen viele Jahre wichtiger Regierungsrat mit verschiedenen aufeinanderfolgenden Aufgaben: Die Finanzen, da musste er sich auch um den Verkauf der katholischen Klöster kümmern, er verhinderte das immer ein wenig zum Ärger der Reformierten in Zürich, wussten wir von unseren eigenen katholischen Pfarrern. Und auch die Justiz und unsere Polizei. Da regelte Stäheli die

Bestimmungen für unseren Berufsstand sicherlich auch sehr gut. Wahrscheinlich hatte er noch mehr mitzubestimmen als wir Kleinen wissen können.

Und eines Tages etwa vor zwei Wochen erhielten wir einen seltsamen Brief mit unbekanntem Absender von weit her aus der badischen Hauptstadt Karlsruhe: »Der Politiker Andreas Stäheli, wohnhaft in Sommeri, ist in höchster Lebensgefahr! Am 17. August wird er von mindestens einer ihm unbekannten Person zu Hause besucht werden, nur um ihn im Auftrag zu ermorden. Schützen Sie ihn mit aller staatlichen Macht davor! Danke!«

Wir meldeten uns bei den Behörden in Karlsruhe, ob sie einen Verdacht hätten, wer diesen Brief verfasst haben und wer als Mörder Stähelis auftreten könnte. Aber sie wussten gar nichts zu berichten. Wir waren deshalb auf uns allein gestellt, besuchten Stäheli, und planten mit ihm, ihn an diesem Tag aus seinem Haus zu seinem Schutz in ein entferntes Gasthaus zu begleiten und den Verbrecher dann in seinem Haus zu fassen. Stäheli lehnte das jedoch ab. Es sei einfacher, wenn er im Haus bliebe und wir ihn beobachten und dann zuschlagen würden. Jetzt wissen wir, dass das ein unverzeihlicher Fehler war.

Zu zweit kamen wir heute morgen aus Romanshorn und noch zwei uns bekannte Kameraden aus Amriswil nach Sommeri. Wir fanden das große Landhaus am Ende einer Seitenstraße vor. Die Straße führte weiter als Weg an Obstbaumfeldern bis in den Wald hinein. In anderer Richtung zurück zur Hauptstraße des Dorfes. Die besten Schützen postierten sich im Gebüsch am Waldrand und auf einem Jagdhochsitz versteckt, so dass sie mit ihren Gewehren den halben Weg zurück bis zum Landhaus erreichen konnten. Ein Landjäger setzte sich hinter dem Gartenzaun ins Gebüsch eines Hauses gegenüber der Mündung der Nebenstraße in die Dorfstraße. Seine Sicht auf Stähelis Haus war also hervorragend. Im Haus zu wachen, das hielten wir für unsinnig, es war einfach zu unübersichtlich wegen der zwei Stockwerke und einem Dachstadel noch darüber. Und ich entledigte mich folglich meiner Uniform, tarnte mich als Stähelis Sekretär und nahm am Schreibtisch im Arbeitszimmer mit der Bibliothek neben dem Wohnzimmer Platz. Andreas Stäheli war einverstanden, so dass unser Warten begann.

Etwa 8 Uhr 30 war es, als eine Bauersfrau mit einer Milchkanne auf der Straße in die Abzweigung ging. Ein Landjäger sprang hervor, bedrohte und fragte sie, wohin sie wolle und begleitete sie zu uns beiden ans Haus. Er rief mich zur Haustür, so dass nun diese Frau, die wirklich nur frische Milch lieferte, wusste, wer wir waren, und Stäheli ihr auch noch offenbarte, dass wir ihn heute bewachen mussten. Ich verbot ihm daher, beim nächsten Besuch unsere gute Tarnung wieder auffliegen zu lassen. Auf der Straße kamen ein paar Fuhrwerke vorbei, auch einmal ein einzelner Bauer mit einem Pferd an der Hand.

Nichts Auffälliges die nächste Zeit! Nichts!

Der nächste Besuch etwa um 9 Uhr waren zwei junge Männer; zur Schule gingen sie wohl nicht mehr. Stäheli öffnete ihnen die Tür und erst im Flur und danach in der Küche am Gesindetisch sprachen sie über ein Sommerdorffest, fast eine halbe Stunde lang. Wo und was verstand ich nicht so richtig, aber es verhielt sich alles sehr harmlos. Er gab ihnen noch irgendetwas Essbares mit auf ihren Weg. Das sei ein sehr überraschender Besuch gewesen, die Milchfrau natürlich nicht, das hätte er nur vergessen uns zu sagen, meinte Stäheli lächelnd.

Die folgende Stunde brachte uns nur Langeweile. Gar nichts geschah auf den Wegen oder am Waldrand. Nur zwischen den Obstbäumen auf den Feldern arbeiteten einige Leute, berichteten mir später die Kameraden.

Doch etwa um 10 Uhr 40 spazierte eine schwarz gekleidete, verschleierte Nonne des Weges über die Dorfstraße und bog ab – zu Stähelis Haus. Sie klopfte kräftig an der Haustür und rief: »Guten Morgen, Herr Regierungsrat! Es wird heute ein schöner Tag mit Sonne!« Mit so einer Kraft, dachte ich, `ein Mann!´ Stäheli sah zum Fenster hinaus, öffnete ihr daraufhin überrascht und die Nonne begrüßte ihn: »Andreas Stäheli! Ich bin die Schwester Columba. Erkennen Sie mich wieder?« Er zögerte mit seinen Worten und meinte: »Aha, natürlich! Schwester Columba vom Winter in Romanshorn. Ja, kommen Sie nur herein zu mir, Schwester!« Er führte sie sofort ins Wohnzimmer, damit sie nicht wahrnehmen konnte, dass die Tür zu mir einen kleinen Spalt geöffnet war.

Der Fußmarsch hierher sei nicht so sehr beschwerlich gewesen, aber die Sonne hätte ihr Durst bereitet. Stäheli bot ihr Wasser aus der Küche an, das hole er schnell, aber sie wollte doch etwas Feineres zur Feier des Besuchs. »Welche Feier?«, fragte er ein bisschen verwirrt. Die Nonne antwortete kurz: »Sie haben doch das gewisse Buch endlich hier zu Hause oder?«

»Oh, nein! Nein, bitte kommen Sie!«, erwiderte er augenblicklich lauter, aber ich begriff diesen Hilferuf nicht, nicht wegen eines Buches, und niemand sollte da bitte kommen?! Das sagt man doch einfach so.

Stäheli sprach weiter: »Ja, lassen Sie mich in meinen Weinkeller gehen. Ich hole uns einen edlen Tropfen! Selbst erzeugt!« »Das ist genau das Richtige für heute! Lassen Sie uns gemeinsam gehen und das Beste für uns aussuchen!«, erwiderte die Nonne und beide gingen sie durch den Flur zum Keller hinunter. Stäheli äußerte noch laut: »Wir gehen beide in den Keller!« Aber das wusste ich doch, dachte ich, Wein holen, ja! Na und? Ich konnte warten.

Nichts tat sich. – Still blieb es einige Minuten, bis plötzlich nur die Schritte einer Person zu hören waren. Sie rannten durch den Flur und verließen das Haus. Ich sah nicht, wer das war, aber lief mit dem Gewehr zum Keller hinab und fand Stäheli unten an der Treppe seines Weinkellers auf dem Bauch liegend. Tot war er.

Sofort rannte ich zur Haustür hinaus und schoss in die Luft, dann schrie ich mehrmals »Haltet die Nonne! Die Mörderin!« und erblickte sie auf dem Weg zum Wald.

Sie hob sich mit beiden Händen ihr Gewand zum Laufen hoch und darunter waren – hellbraune Unterschenkel zu sehen! Das war eine Männerhose!

Der Kamerad im Gebüsch rief ihr nur ein einziges Mal von vorne zu: »Halt! Stehenbleiben! Landjäger! Halt!« Sie blieb aber nicht stehen, sondern änderte ihre Richtung genau zum Hochsitz am Waldrand, weil sie vielleicht dort einen besseren Fluchtweg zwischen den Bäumen erwartete. Hinter mir hörte ich die eilenden Schritte meines anderen Kameraden, während ich auch zum Wald hinrannte.

Da rief noch einmal der jetzt am Feldrand stehende Landjäger mit seinem Gewehr im Anschlag: »Halt! Stehenbleiben! Landjäger! Halt!« Und weil die Nonne nicht hören wollte, war es unabwendbar. Er schoss und traf ihr seitlich in den Rücken. Kein Schrei! Und noch bevor sie zusammenbrechen sollte, knallte der zweite Schuss aus dem Jagdhochsitz und traf geradeaus in ihre Brust. Sie fiel nicht nach hinten, sondern sank auf die Knie, als wenn sie noch ein letztes Mal beten wollte, ihr Kopf kippte nach hinten, der Rumpf kurz danach nach vorne auf die Erde.

Als wir vier zur Stelle waren, traten auch ein paar Bauersleute erschrocken aus den Feldern hervor und versuchten zu uns herzusehen; sie haben die beiden Schüsse gehört. – Die Nonne war tot. – Aber...

Mit sechs Händen drehten wir die Leiche vorsichtig um und nahmen die Haube mit dem Schleier ab. Wir glaubten unseren Augen nicht! – Sie war ein Mann!

Ein grobes Gesicht und ein starker Körperbau traten zum Vorschein. Ich fragte meinen Kameraden lieber nicht, ob er das bereits an der Straßeneinmündung beobachtet haben könnte, denn ich wies ihn ja an, jede Person zum Landhaus vorgehen zu lassen.

Bei der Durchsuchung seiner Kleidung fanden wir leider nichts, keine Ausweispapiere, nichts. Allerdings eine mögliche Waffe, ein gebrauchtes Klappmesser, der Korkenzieher war abgebrochen.

Ein Kamerad aus Amriswil sagte den Bauern, dass wir ein Fuhrwerk bräuchten, um die Nonne mitzunehmen. Und wir Landjäger aus Romanshorn marschierten zurück zum Landhaus. Stäheli lag noch unten vor der Treppe seines Weinkellers, in dem er selbst Wein herstellte, sahen wir sogleich, weil ich vergessen habe, die Tür wieder zu schließen.

Wir konnten an Stäheli keine Verwundung feststellen, weder eine Stich- noch eine Schusswunde, auch keine Würgespuren am Hals. Er musste folglich die Treppe hinuntergestoßen worden sein, sagte ich zu meinem Kameraden. Dafür läge er aber völlig falsch am Boden, entgegnete er. Stäheli sei nämlich aus dem Keller zurückgegangen. Ganz einfach sei der Tathergang:

Stäheli vergaß in Todesangst vor der falschen Nonne seine brennende Kerze mitzunehmen, so erkannte er nicht, dass der gärende Wein die Luft aus dem Keller verdickt hatte. Er wurde ohnmächtig und er erstickte, so dass sich der Verbrecher seine mörderischen Hände nicht mehr ʻschmutzig zu machenʼ brauchte –

Am 5. August 1878

Am Kirchturm in Furtwangen. Vor 11 Uhr.

Keinem wird er mehr seine Kuckucksuhren... Das wollte *Heinrich* wahrscheinlich, denn es sei ja niemand für den Tod seines Bruders bestraft worden. Niemand!

Ein bescheidenes Städtchen in Baden: Furtwangen im Schwarzwald. Aber bekannt wegen der Quelle der Donau und der ersten Uhrmacherschule mit dieser Holzräderuhr mit einem Kuckucksruf. Und im Ortsteil Neukirch wohne er, dort habe er ihn endlich gefunden.

Es ist einmal der *5. August im Jahr 1878;* es sei *sein* Montagmorgen gewesen, vierzehn Jahre nach dem Versinken des Raddampfers *Jura* im Nebel in den Bodensee. Es schiene bei ihm in Rorschach auch seit einigen Tagen die Sonne nicht mehr, nur Dauerregen! Damals seien sein Bruder und er Mitte 30 Jahre jung gewesen, heute sei er ja Ende 40. Sie seien recht glücklich mit ihren Berufen an Bord gewesen, aber der tragische Unfall sollte das zerstören.

Es gibt kein Grab seines Bruders an Land in ihrer Heimatstadt Lindau. Ihre Eltern seien aus großem Gram daran bereits verstorben. Auf ihren Grabstein habe er seines Bruders Namen ebenfalls eingravieren lassen, so als ob er aus der Tiefe des Sees geborgen und dort bei ihnen beerdigt worden sei. Und eines Tages würde er ihnen folgen, das wenigstens sei für ihn gewiss – gewesen.

»Das erzählte mir dieser Fremde vor einigen Minuten noch, Hochwürden.«

»Dem Gärtner einer Kirche?! Der fremde Mann hatte wohl sein Herz auf der Zunge, nicht wahr?«

»Ja, er hat mir noch mehr berichtet: Nach dem Unfall auf dem Bodensee habe er als Heizer an Bord nicht mehr weiterarbeiten können, andere Stellen seien besetzt gewesen. Doch er habe rasch bei der Schweizer Eisenbahn die ähnliche Arbeit in einer Lokomotive gefunden. Die Strecken wären immer mehr ausgebaut, so dass ihn das Bahn fahren in so einige Landschaften und Orte gebracht habe. Auch das habe ihm wieder ein wenig Freude bereitet.«

»Und das konntest du dir alles merken?!«

»Aber ja, Hochwürden, ich rede ja nicht viel, aber lese um so mehr, jeden Tag! Das wissen Sie doch! Das übt mein Gedächtnis! Und er hat noch mehr gesagt: Er habe vor wenigen Wochen einen Brief ohne Absender erhalten. Damals auf dem Schiff hätten zwei Gäste den zögernden Kapitän aus unbekanntem Grund überredet, seinen Bruder als Wachmatrosen vorne an den todbringenden Platz im Nebel zu stellen. Einer der beiden sei Herr Straub gewesen, *Konrad Straub*, der Uhrmacher aus Neukirch, Hochwürden!«

»Warum denn er!? Herr Konrad Straub? Ist das nicht so einer von den neuen Altkatholiken? Sollen wir das glauben? Obwohl? Wer weiß, was er in seinem Leben schon so alles Schlechte angestellt hat, nicht wahr?!«

»Er sei ja auch ein Lehrer an unserer berühmten Uhrmacherschule gewesen und als man sie schloss, habe er wieder als Packer für unsere Kuckucksuhren bis tief in der Schweiz auf Wanderschaft hausiert. Für die neuen Bahnstrecken dort habe man ja viel neue Bahnhäusle-Uhren gebraucht. So sei das Dampfschiff `das Schiff seiner Träume´ gewesen, weil er zahlreiche beste Aufträge mit nach Hause gebracht habe. Und deshalb – oder so ähnlich – habe *Heinrich Rupflin*, mit diesem Namen hat der Fremde sich sogar vorhin bei mir vorgestellt, Herrn Straub besuchen wollen, der ja aus der Gegend um Egnach nördlich von Rorschach, eben seine eigene Wohn- und Arbeitsstadt, stammen würde. Hier vor unserer Kirche St. Cyriak hätten sie sich schriftlich verabredet, genau für heute morgen um 11 Uhr Glockenschlag. Überpünktlich kamen beide Herren allerdings zu uns, redeten kurz miteinander und stiegen `zum Kirchturm hinauf, um einen schönen Rundblick zu haben´, meinte der Fremde zu mir.«

»Na ja, alles recht seltsam! Meinst du nicht auch? Und dieser Fremde hat nun Herrn Straub vom Kirchturm hinuntergestoßen – von über fünfzig Metern hoch?!«

»Gewiss! Wir beide sahen es doch! Oder nicht? Dieser Heinrich sagte noch, dass niemand für den Tod seines Bruders bestraft worden sei! Mit so – hat er gewiss…«

»Aus Rache!? In unserem Gotteshaus?! Mein Gott!«

»Unser Herrgott strafte ihn doch sogleich: Stürzte er nicht vor uns fliehend treppabwärts? Er brach sich das Genick! Und nun ruhen beide vor uns, Hochwürden!«

Am 21. August 1900

4 - Nach Konstanz hin. Doch endlich.

Die Kirche St. Franz von Sales in Kandern. Ohne Uhr.

*L*öwen morden nicht, glaubte ich, der Dorfpfarrer... bis ich diese beichtende Stimme hören musste.

...und ich mich an die Geschichte meines klugen Onkels Sebald erinnerte, an *die gute Bastet,* jene antik ägyptische Katzengöttin, die sich in *die böse Sachmet* verwandeln musste. Als *Timotheus* fühlte ich mich, als den Gottesfürchtigen, aber trotzdem Wagenden...

Es war einmal ein grausamer Dienstagmorgen *im Jahr 1900 der 21. August.* Es war der 333. Geburtstag des Namenspatrons unseres katholischen Gotteshauses.

»Guten Morgen, Herr Pfarrer! Es wird heute kein schöner Tag mit Sonne! Nicht wahr!?«, fragte mich eine weiblich kreischende Stimme ungehörig, als sie zu mir in den Beichtstuhl eintrat. Deshalb erwiderte ich mahnend: »Was soll das, meine Tochter? Du bist doch zur heiligen Beichte gekommen oder nicht!?«

»Ich weiß, mein ehrwürdiger Vater. Verzeiht mir, denn ich bin eine Fremde. Ich komme absichtlich zum Geburtstag des Heiligen Franz von Sales, des Patrons des Buches, also der vielen Schriftsteller, der einst unter den reformierten Schweizer Calvinisten leidende Fürstbischof von Genf. Sein eigenes wertvolles Buch *Anleitung zum frommen Leben* las ich bereits als junges Mädchen und wollte seinem Orden, den frommen Schwestern der Salesianerinnen, beitreten, aber mein Vater erlaubte es nicht. Wir entstammen ja dem ach so armen Holzarbeiterdorf Schiltach im tiefen Schwarzwald. Dort sollte ich einen reichen Sohn heiraten, so wie unser Gottvater wollte. Ja, ich war ihm zu willen und heiratete einen Mann aus einer Familie, mit der wir bereits verwandtschaftlich verbunden waren. Gott hab´ ihn selig, er ist bereits verstorben, denn ich habe auch gerade meinen 76. Geburtstag feiern dürfen; auch ich bin *Löwin*, nicht nur im Sternzeichen, sondern auch in meinem Dasein für unseren Herrgott! Aber er schenkte uns nur eine widerspenstige Tochter, die wir deshalb nach Übersee auswandern ließen, denn der salesianische Wahlspruch ist ja Gottes Wort `Sie sollen Frucht tragen, ein jedes nach seiner Art!´ aus dem ersten Buch Mose der Bibel unseres Gottvaters! Ist es nicht so!? Und drei persönliche Dinge trieben mich in euer Gotteshaus, mein ehrwürdiger Vater, weil sie mich mit dieser sinnlosen Kirche fest verbinden:

Zuerst die Verbindung zu meinem Gatten, auch wenn er zeitlebens ein Versager war. Dann auf dem Turm der Kirche das Pyramidendach mit der Erdkugel und dem christlichen Kreuz als Spitze. Und zuletzt die Abgeschiedenheit eurer Kirche von der großen Welt, denn nur hier kann ich es wagen zu beichten. Danke.

Ich bekreuzige mich jetzt und begrüße Sie artig: `Im Namen des Vaters und des Sohnes und des heiligen Geistes. Amen.´«

Ich, sprachlos auch wegen ihrer Worte, – welch´ offenherzige Worte einer Großmutter, dachte ich –, grüßte zurück: »Gott, der unser Herz erleuchtet, schenke dir wahre Erkenntnis deiner Sünden und seiner Barmherzigkeit.« Mit `Amen´ antwortete sie gehörig, da donnerte es draußen ohrenbetäubend und es begann in Strömen zu regnen. Doch vorher sah ich keinen Blitz! Es war wohl alles noch zu weit weg –

»Herr im Himmel, nur du allein weißt, was mir als Mädchen schon alles angetan wurde. Warum hast du niemals eingegriffen? Nicht als der grobe Vater mir immer wieder seine körperliche Liebe antat! Nicht als er die weinende Mutter immer und immer wieder halb totgeschlagen hat! Nicht als ich flehentlich ins Kloster ziehen wollte! Nicht als ich an einen reichen Mann verkauft wurde, um ihm Söhne zu gebären! Nicht, als ich ihm nur eine Tochter schenken konnte! Nicht, obwohl ich doch ihm zuliebe gegen diese gottlosen reformierten Schweizer ankämpfte! Nicht als ich unser wertvollstes Buch, *das gotische Graduale* aus dem altehrwürdigen Klosterstift St. Katharinental für den Heiligen Vater in Rom retten wollte, nicht, als ich...«

Da unterbrach ich sie: »Liebe Tochter, die Wege des Herrn sind wunderbar, wie du weißt. Warum wirfst du ihm seine Wege für dich vor? – Weil du selbst gelitten hast und noch immer leidest. Aber kannst du Gottes Weisheit wissen?! Sie gilt doch nicht nur für dich allein! Nein, sie muss für alle uns Gläubige die Wahrheit sein können! Geh´ in dich, meine Tochter, und bekenne jetzt deine Sünden, damit dir vergeben werden kann!« Und da fuhr ein Blitz durch ein Fenster, es donnerte sogleich und der Himmel verdunkelte sich zur Nacht!

»Ich vergaß mich, ja, vergaß mich, Verzeihung, mein unsägliches Leid! Ihr ahnt es nicht!«, sah sie wohl ein, »Ich werde bekennen, so viel ich nur kann! Deshalb bin ich ja in die göttliche Obhut Ihrer Kirche der kleinen Gemeinsamkeit so weit gereist! Amen! – Ich bekenne zutiefst, so ist meine Geschichte der Vergeltung:

Um die unergründliche Weisheit unseres Gottvaters zu den Menschen zu bringen, brauchte ich Geld, viel Geld. Ich zeigte mich daher einverstanden bei meinem Vater, seinen für mich auserkorenen einfältigen Mann, einen hochgebildeten, beruflich weitgereisten Herrn zu ehelichen. Architekt war er, nicht nur das! Er diente unserem Land Baden, wo er nur konnte. Ich stiftete ihn tagtäglich dazu an, indem ich ihn beriet, wo ich nur konnte, denn für seine jahrzehntelangen amtlichen Genehmigungen irgendwelcher Vorhaben strich ich nebenher viel Geld ein. Er war ja nur ein Dummkopf, er ahnte nichts davon. Ein geschäftlicher Versager!

Er wusste nicht, dass viele Unternehmer dafür gutes Geld bezahlen, wenn sie staatliche Aufträge über private Umwege erhalten. Ja, ich verwirklichte seine Träume, indem ich ihm nur zu Verträgen mit bestzahlenden Unternehmern riet. Der Großherzog bedankte sich immer sehr bei ihm für die hervorragenden Bauwerke, aber niemals bei mir, diese beiden dummen Esel! Ja, der Großherzog, er ist doch einer der wahren Schuldigen für das Entfernen der Menschen von unserem Gottvater! Und auch der so sehr verblendete *König Wilhelm von Württemberg*! Durchwegs verhinderte er es, dass sein mutiges Volk in einen gerechten Krieg ziehen durfte, der Versager! Eine lebenslange Geliebte hatte er, überall in höheren Kreisen bekannt, eine liederliche Schauspielerin von seinem Stuttgarter Hoftheater namens *Amalie von Stubenrauch*, statt seine Ehe nach Gottes Willen zu führen. Ich musste etwas Großes gegen ihn unternehmen, musste ich doch! Sein Stolz war die gute Geldquelle der beiden Schaufelraddampfer für den Querverkehr auf dem Bodensee 'Friedrichshafen-Romanshorn-Rorschach': *Kronprinz* und *Königin von Württemberg* hießen sie.

Der erste war auch das erste Schiff der Schweizer Escher-Werft. Ja, der Architekt *Hans Caspar Escher*, beruflich ein älterer Bekannter meines Gatten, gründete mit dem Juden *Salomon von Wyss* in Zürich eine Baumwollspinnerei, die genau im Jahr 1860 aufgrund ihres wachsenden Reichtums in den Maschinenbau umstieg. Mit einem Juden! Können Sie sich so etwas Ekeliges denn vorstellen, ehrwürdiger Vater! Diese jämmerlichen Juden, die doch in gemeinsamer Sache mit den Heiden aus Rom unseren Herrn ans Kreuz schlugen! Ich musste endlich etwas Einschneidendes tun! Diese Juden überwuchern uns!

Im Jahr 1855 baute die Escher-Werft das stärkste Dampfschiff für den Bodensee namens *Stadt Zürich* für die Schweizer Nordostbahn, die *Alfred Escher* mit Bankiers und Aktionären gehörte. Mir musste es also nur gelingen, dass die *Stadt Zürich* die *Königin von Württemberg* in einem Unglücksfall versenkte. Weil mein Ehegatte immer auf seinen Baustellen oder in seinem Büro seines Amtes verweilte, konnte ich viel verreisen. Ich schrieb an den frischen Kapitän *Jakob Blumer* der *Stadt Zürich* einen geschäftlichen Brief: Im Gedächtnis an die berühmte Versammlung vom 17. Januar 1836 im Gasthaus *Krone* in Rorschach, als man entschied, die Eisenbahnstrecke von St. Gallen nach Rorschach mit einem dortigen Eisenbahn-Hafen zu bauen, trafen wir uns ebenda im Januar 1860. Er war ein Deutscher, der die raffgierigen Schweizer zwar nicht mochte, aber auch nicht die Bayern, die Württemberger und Badener. Erst recht nicht die Bregenzer Österreicher, meinte er. Was für ein entzückender Zeitgenosse, nicht wahr?!

Aber auch er besaß seinen Traum! Er wollte eines Tages, wenn er genug Geld dafür gespart hätte, in die Hauptstadt des riesigen Reiches der Zaren, nach St. Petersburg, den an die Weltmeere angeschlossenen Großhafen, wie so viele Norddeutsche auswandern und dort in die Schifffahrt einsteigen. Ich verkleidete mit als armer Jüngling, log dort im Gasthaus, ich sei noch immer im jugendlichen Stimmbruch wegen einer Halsverletzung, und überzeugte ihn schnell und auch seinen mitgebrachten Freund und Kameraden, seinen deutschen Steuermann *Ciprian Strehler*, von meinem Vorhaben: Sie bräuchten nur den Raddampfer *Königin von Württemberg* zu versenken, dann bekämen beide das Geld für ihre Träume – von mir überreicht.

Einverstanden zeigten sie sich, aber sie zögerten und zögerten auf dem Bodensee. Es musste ja wie ein Schicksalsschlag auf alle Beteiligte und die Behörden wirken. Meine Geduld war zu Ende. Ich kaufte mir einen dummen Mordgesellen, einen Räuber und als Hafenarbeiter schuftenden Tagelöhner namens *Martin Huber* aus Bregenz, dem gar nichts heilig war, außer sein Traum von der Auswanderung in die USA nach Übersee. Ich versprach ihm viel Geld und die Mittätigkeit meines Verwandten in Schiltach, er war dort als bekannter Auswanderungsagent tätig, was Martin zuerst noch schriftlich bestätigt haben wollte. Er freute sich dann über die gesiegelte Urkunde, was für ein gottverlassener Einfaltspinsel er doch war!

Im März 1860 wohnten wir in Rorschach. Am 10. März war es endlich so weit: Die *Stadt Zürich* fuhr wieder nach Friedrichshafen über den Obersee und wir waren als Fahrgäste an Bord. Wir besuchten den Kapitän und ich erklärte ihm sein Schicksal: Entweder rammt sein starkes Dampfschiff heute wie unlängst vereinbart vor Friedrichshafen das Württembergische oder mein Geselle Martin würde dafür sorgen, dass sein Schiff heute ohne seinen Kapitän das andere Ufer erreichen würde. Das geputzte Messer winkte ihm bereits.

So geschah der Unfall; die *Königin von Württemberg* wurde leider nur schwer beschädigt. Deshalb erhielten sie weniger Geld von mir, diese beiden Versager!

Das nächste Schiff musste die bayerische *Ludwig* sein, befahl ich dem Kapitän; auch die Lindauer schworen immer mehr unserem richtigen Gottesglauben ab, nicht wahr, ehrwürdiger Vater! Aber wieder zögerten sie, so dass ein Jahr verging. Wir wollten es auch nicht zu auffällig geschehen lassen. Also fast genau ein Jahr später, am 11. März 1861, als ich mit Huber wieder im März diesmal in Romanshorn wohnte, stiegen wir als Passagiere an Bord der *Stadt Zürich* und mahnten den Kapitän wieder mit Martins blinkenden Klappmesser. Ein gottgegebener Schneesturm herrschte in der abendlichen Dunkelheit. Der geplante Unfall glückte, die *Ludwig* versank. Ein Freudentag, auch wenn er mich damals sehr viel Geld kosten sollte. Niemand schöpfte Verdacht, denn wir alle an Bord der *Stadt Zürich* bemerkten den leidigen Zusammenstoß nicht einmal, behaupteten wir demütig. Der Kapitän und sein Steuermann waren ihr Geld endlich wert!«

»Halt ein! Sind bei jenem Unglück nicht sehr viele Menschen ertrunken? Und du bereust folglich deine damit verbundenen Taten, meine Tochter?!«

»Ertrunkene wünschte ich mir doch keineswegs, nur die Vernichtung des Schiffes! Und wir beide wissen doch, wenn ich meinen damaligen Wunsch bereue und mit einem Rosenkranzgebet büße, dass dies unserem Herrgott vollends zur Genüge gereicht, nicht wahr, mein Vater!?«

»Hast du keine Furcht vor dem heiligen Fegefeuer?«

»Habt Ihr es denn, Hochwürden, als studierter Mann der Kirche? Glaubt Ihr im Ernst an diesen Kinderkram? Nein! Das kann nicht sein! Oder? – Lassen Sie mich weiter bekennen, damit ich der Vergebung würdig bin; denn es gibt noch so vieles Großes in meinem vom Schöpfer geschenkten langen Leben, Herr Pfarrer!«

»So, so. Aha.«

»Es wurden dann Signalwarnungen der Schiffsglocke und Bordlampen eingeführt. Es wurde uns schwerer gemacht, doch wir ließen nicht ab. Für die *Ludwig* wurde die zehnjährige *Jura* gekauft, alle natürlich von der Werft Escher gebaut, das passte mir gar nicht, dass sie durch mich immer reicher wurde. Allerdings blühten durch die zahlreichen Aufträge nicht nur der wachsenden Escher-Eisenbahn auch die heimlichen Zahlungen an meinen Ehegatten, was er jedoch noch immer nicht wusste, der Esel. Vom Bahnhofsgebäude in Konstanz träumte er, denn es sollte zwei Jahre später nach dem Vorbild des *Palazzo Vecchio* der Familie Medici in Florenz eröffnet werden. Ich schwärmte ihm vor: `Was für eine gottergebene Familie war das damals! Recht tust du daran, ihr auch dein Denkmal hier in deinem großherzoglichen Land zu setzen!´ So beschäftigte ich diesen Schafskopf bestens weiter.

Ich wusste, dass dies sein erstes großes und wichtiges Gebäude würde. Wenn er diesen Bau hervorragend bestehen würde, würde man ihm noch größere und teurere Gebäudepläne antragen. Vielleicht erblüht er dann doch zur Größe und Macht!? Also unterstützte ich ihn in jenen Jahren, wie ich nur konnte.

Erst zu Weihnachten 1863 fragte ich brieflich den Kapitän, wie es denn seinem Auswanderungstraum so ginge. Er hätte zu viel des Geldes ausgegeben, weil ihm noch der Mut fehlte, nach Russland zu ziehen.

`Was für ein Versager!´, dachte ich wieder wütend, aber ich brauchte ihn ja noch einmal. Wir trafen uns diesmal insgeheim im bekannten Gasthaus *Anker* in Romanshorn. Wieder wir drei, denn wieder ohne den Huber. Als Kaufmann war ich verkleidet, spielte den Apotheker Haußmann, erwähnte jedoch nichts mehr zu meiner Frauenstimme. Die Geldsumme für ihn und seinen Kameraden erhöhte ich, um die *Jura* zu versenken. Meine Gedanken waren diesmal dazu, der Schweizer Eisenbahngesellschaft doch zu helfen! Würde sie weiterhin reicher werden, denn sie gerieten gerade in größere finanzielle Schieflage wegen der dümmlich geldgierigen Missachtung des so wichtigen Unterhalts ihrer vielen eigenen Bahneinrichtungen, berichtete mir mein braver Gatte, würden auch mehr Bauaufträge für die Bahnverbindungen entstehen. Der Schiffsverkehr auf dem Bodensee würde überflüssig werden müssen oder für alle Beteiligten in verschiedener Weise zu gefährlich! – Die *Jura* musste deshalb als Nächstes und schnell vom Obersee verschwinden, dachte ich sofort.

Mein gekaufter Kapitän zögerte aber wieder; es sei nicht so einfach wie ich mir das vorstellen würde, schrieb er mir Ende Januar. Daher musste ich wieder an Bord, aber diesmal nicht auf der *Stadt Zürich* als Fahrgast, sondern auf der kleineren *Jura*. Ich plante, als kurzzeitige Schiffsmagd anzuheuern, Huber wieder als Fahrgast mitzunehmen und an Bord den Kapitän mit dem Tod zu bedrohen, wenn er nicht versuchen würde, die *Stadt Zürich* fest zu rammen. Dass das gefährlich für mich selbst war, wusste ich, deshalb wollte ich als eine der zuerst zu rettenden Frauen beim Beiboot sein, wenn das Schiff sinkt.

Am 21. Februar 1864 verlief dann alles nach Plan. Ich wurde als Schiffsmagd aufgenommen. Huber sollte wie vereinbart den Kapitän mit seinem blitzenden Messer bedrohen und wir warteten auf den dichten Nebel und die uns entgegenkommende *Stadt Zürich*.

Doch es ereignete sich etwas Unvorhergesehenes: Zu Gast der Ersten Klasse war ein junger Kornhändler, ein Jude aus Mannheim. Er hatte einen Sack bei sich, den er nicht für den Frachtraum im Heck hergeben wollte, es musste also etwas Wertvolles darinnen sein. Daher beauftragte ich Huber, wenn der Nebel dicht genug geworden sei, diesen Juden leise zu beseitigen und den Sack ins Beiboot zu werfen. Das ist diesem Trottel aber nicht gelungen, weil der Jude, gerade als Huber angreifen wollte, auf dem Plumpsklo saß und der stärkste Matrose den Sack im Hecksalon bewachte. Es kam zur kurzen Schlägerei, die der Kapitän unauffällig beendete, er kannte ja ein paar Zusammenhänge. Schade! Schlafen Sie schon, ehrwürdiger Vater? Ich höre nichts mehr von Ihnen, Herr Pfarrer?«

»Nein, oh, nein, meine Tochter! Es ist alles in Ordnung! In bester! Ich vernehme deine Worte und bete um deine Erhörung! Bekenne ruhig weiter, bitte!«

»Gut! Und schließlich war es so weit: Der Nebel wurde immer dichter und gegen 11 Uhr vormittags stießen die beiden Schiffe wie gewünscht frontal zusammen!

Der Kapitän befahl die Rettung der Passagiere und seiner Mannschaft hinüber auf das unzerstörbar wirkende Schiff *Stadt Zürich*, nicht auf das hinten am Heck hängende Beiboot, wohin ich schlich. Ich hatte nur den wertvollen Sack unter mir im Kopf, gerade da rempelte mich der Maschinist mit Augenklappe an, der aus seinem Raum im Unterdeck herauflief. Blitzschnell beauftragte ich ihn, den Sack aus dem Heck zu holen und mit mir mit dem Beiboot ans Ufer zu rudern, weil alle anderen vorne auf die *Stadt Zürich* liefen. Er begriff gar nicht in der Aufregung, wie ihm geschah. Mit nur einem Auge im dichten Nebel sah er auch nicht genug, um mir nicht zu folgen. Nach sehr wenigen Augenblicken stand er neben mir, warf den Geldsack ins Ruderboot und half mir, es ins Wasser hinabzulassen, während die *Jura* bereits versank.

Der schwarze Kater der dicken Schiffswirtschafterin hatte sich in meinen Röcken verkrallt, er fauchte, knurrte und versuchte, mich ins Bein zu beißen, dieses Stinktier! Es dauerte – Gott sei Dank – nicht lange, ihn endlich von mir auf die Planken abzuschütteln. Aber ich sah rotes Blut an meiner Hand, nachdem ich meine Wade abgetastet hatte, das Mistvieh! Was sollte das?!

Nur immer nach Backbord im rechten Winkel zur Jura vor uns geradeaus durch den mittäglichen Nebel mussten wir rudern, einige hundert Meter war das Schweizer Ufer ja nur entfernt und vielleicht nur die Hälfte lag im dichten Nebel, die andere hatten wir in dieser Winterkälte uns wärmenden Sonnenschein. Wir hatten ja viel Zeit, niemand folgte uns beiden. Als wir im Schilf an Land kamen, ließen wir das Boot einfach dort liegen und sahen endlich in den Sack: Münzen! Es mussten hunderte sein! In unserem Versteck zählten wir sie gemeinsam, genau sechshundert schöne Fünf-Franken-Stücke waren es. Ich hatte keine Angst vor ihm, denn er war ein sehr gottesfürchtiger Mann, was ich beim gemeinsamen Rudern durch seine Stoßgebete erfahren konnte. Also erklärte ich ihm, dass so viel Geld bestimmt versichert sei, dass es auch niemand jemals suchen würde, weil es mit der *Jura* untergegangen sein muss, dass wir es also ohne Sorge teilen könnten, noch dazu, weil wir uns beide auch nicht kennen würden.

Wir gingen des Weges entlang, bis er an einem Haus nach einem starken Beutel fragte. Wir teilten das Geld, seine Hälfte würde er als Schweizer Katholik zur Auswanderung in den Vorharz verwenden. Dort sei er schon gewesen, da gäbe es die ersten großartigen Dampfmaschinen auf den Feldern und da müsste er einige Zeit aus Neugier arbeiten. Und wie er sich darauf freute. Er dankte mir die Hände schüttelnd und dankte unserem Herrgott im Himmel wieder mit einem Stoßgebet – und wir trennten uns, obwohl wir uns nicht nur sehr gut verstanden, sondern sogar irgendwie mochten, fühlten wir beide. Schade um uns.

Wir beide wurden später als `ertrunken´ gemeldet; der gottgerechte Unfall als zufälliges Unglück wegen des dichten Nebels bewertet. Von dem versunkenen Geldsack und dem ans Schweizer Ufer angetriebenen

Beiboot sprach niemand mehr. Irgendwie freute mich das aber nicht, noch wusste ich nicht weshalb!

Ich zahlte wenige Tage später in Konstanz den guten Kapitän Blumer und seinen Steuermann Strehler wie vereinbart aus. Offiziell wurde Strehler von seiner Gesellschaft entlassen, gewiss wollte auch er das so, um als Opfer der Geschichte verschwinden zu können. Und der Kapitän kündigte ein paar Tage danach von selbst, damit er mit seinem zusätzlichen Lohn gut gerüstet auswandern konnte. Beide sind heute auch schon sicherlich verstorben. – Der Lauf dieser Dinge!

Aber die Geschichte hat noch lange kein Ende! Nein, ehrwürdiger Pfarrer! Sie kennen *das wunderschöne Graduale von St. Katharinental*?! Es muss wieder in katholische Hände kommen! Es muss, koste es, was es wolle! Dieser Möchtegern *Andreas Stäheli*, zwar half er, in seinem späteren Leben noch mehr den Schaden durch die gottlosen Schweizer von unseren Klöstern zu vermindern, aber als junger Mann gelang es im Jahr 1820 nur, das wertvolle Graduale an einen Freund seines späteren Schwiegervaters nach Konstanz zu verkaufen: Dieser war dort bekannter Antiquar und kaufte es für sein unsinniges Museum ab. Es war zwar gerettet, aber in den Händen eines Betrachters, nicht eines Verwenders! Die gregorianischen Gesänge darinnen müssen doch zur Ehre Gottes gesungen werden, nicht nur als Neumen ausgestellt sein! Um Himmels willen, schrie ich! – Dieser dumme Stäheli!

Aber er verhalf mir immerhin zum Wissen über jenen schändlichen Schiffsjungen der *Jura*. Jaha! Hat er doch damals im Bugsalon ein unschuldiges Mädchen vor den Männern dort unten geküsst! Das weiß ich von diesem Stäheli, hat er es mir doch als ein `recht nettes Geschichtchen auf einem Bodenseeschiff´ erzählen müssen, der lüsterne, alte Esel! Unerhört! Nicht wahr, Hochwürden? So behandelt man keine junge Frau in der Öffentlichkeit! Hochwürden?«

»So – ja. Ich bin bei Ihnen, ganz bei Ihnen, liebe Tochter! Ich bete – für ihn, – diesen Verführten!«

»Für wen?«

»Nein, ich meine, für die beiden verführten Männer!«

»Ja, dann auch für dieses arme Mädchen, dessen Unschuld der Junge geraubt hat, Hochwürden!«

»Unschuld? Ach so, ja. Ich bete für alle drei Seelen, dass sie nicht verloren seien: Gottvater im Himmel, vergib den drei Sündern, denn sie wussten nicht, was sie taten! Amen!«

»Amen. Ja, Herr Pfarrer. Und ich werde ihn noch finden, dass verspreche ich Ihnen! Und dann wird er den Tag verfluchen, an dem er geboren worden ist. Das schwöre ich, so wahr mir Gott helfe!«

»Aber – versündige dich nicht, meine – «!

»Niemals! Hochwürden! Es wird sich einer finden, der Gottes Gerechtigkeit an ihm widerfahren lassen wird!«

»Hast du denn bereits jemanden gefunden?«

»Nein, vergebt mir, Hochwürden! Nein, leider immer noch nicht! Aber auch sein Tag wird kommen!«

»Dann lass es ruhen, wenn unser Herrgott dir dies Zeichen gegeben hat, teure Tochter!«

»Hochwürden?! Nein, es wird sich einer finden! *Gottes Mühle mahlt langsam, aber sie mahlt mit aller Macht!*«

»Aber? – Nein, bekenne weiter, Tochter des Herrn!«

»Stäheli hat mir verraten, dass der verletzte Junge im Kantonsspital in Münsterlingen untergebracht wurde. Auch ein ehemaliges Kloster unseres Herrn, dass die niederträchtigen Schweizer vernichten konnten, Herr Pfarrer! Ich besuchte es, fand eine Gehilfin unseres Herrn, eine dort noch wohnende ältere Nonne, die mich von früheren Zeiten her kannte. Wir suchten in den Jahresbüchern des Spitals den Namen des Jungen und wir entdeckten, dass er – Ach, Hochwürden, mein Mund ist am Vertrocknen! Dieses viele Holz hier um mich herum! Haben Sie ein Glas Wasser für mich?«

»Was? Wasser?«

»Ob Sie etwas Wasser zum Trinken für mich haben, meine Stimme, Hochwürden? Holz und Stoffe!«

»Ja, so, ja, ja. Es müsste eine Flasche und Gläser unter deinem Sitz stehen. Aber was entdecktet ihr beiden?«

»Das ist aber sehr aufmerksam von Ihrem Küster! Ein Beichtstuhl mit Getränk. Sehr lobenswert! Danke.«

»Ich werde ihn loben. Danke. Das Wasser schmeckt so gesund wie in einem Spital, nicht?«

»Ach ja, ʼSpitalʼ! Stäheli wusste von dem Jungen, weil er als Theologe häufig Gast bei Priesterweihen in den Kirchen beiwohnte und sich mit den neuen Pfarrern auch unterhielt, sagte er. Und Sie werden es nicht glauben, aber dieser gotteslästerliche Knabe sei tatsächlich Priester unseres allmächtigen Herrn geworden, Hochwürden! Lustig, was sagt man dazu!«

»Bekreuzigen wir uns! Ja, am besten gleich dreimal! Im Namen des Vaters, des Sohnes und des Heiligen Geistes. Amen! Weißt du, wie er heißt, wo er – ?«

»Im Spitalbuch, darin stand ganz eindeutig – Hatschi, hatschi!«

»Wie bitte? Was?«

»Oh, bestimmt das kalte Wasser! In meinem Alter ist das nicht mehr so einfach. Da muss man ja niesen, nicht wahr?! – Oder zieht ein gar kalter Wind durch diese alte Kirche, Herr Pfarrer?«

»Niesen. Nein, es könnte aber ein Fenster geöffnet sein. Unsere kleine Kirche ist nicht alt! Sie ist vor... Aber wir sind hier mitten in einer heiligen Beichte, meine Tochter, nicht in einer Erklärung der Geschichte dieser Kirche des Herrn!«

»Ich weiß, ich weiß. Ich bin deshalb hier oder weshalb denn sonst!? Ich könnte mich nicht erinnern, dass ich aus einem anderen Grund zu diesem Dorf gereist bin. Nein! Es gibt da keinen anderen, Hochwürden! Oder?«

»Meinst du. Gut. Weißt du, in welchem Gotteshaus er derzeit seinen Dienst verrichtet?«

»Ja, natürlich, Herr Pfarrer! Welch eine seltsame Frage! Er ist ja ein gutgläubiger, grundanständiger Katholik; er muss Ihnen ähneln, Herr Pfarrer! Daher in einem der Unseren! Aber ist das sehr wesentlich für meine eigene Beichte? – Doch nicht, Hochwürden!«

»Ja, das stimmt. Ich vergaß mich. Wohl ein noch müder Tag heute. Der Herr vergebe mir!«

»Er war nicht in dem Gotteshaus in Furtwangen im Schwarzwald. Einer der damaligen Reisenden auf der *Jura* war nämlich ein Uhrmacher namens *Konrad Straub* aus dem dortigen Neukirch. Ich erfuhr alle Namen sehr leicht, als ich sie mit Speis´ und Trank zu bedienen hatte. Es waren ja nur fünf Passagiere! Aber dieser Kuckucksuhr-Händler erkannte an meiner nicht verstellten Sprache, dass ich eben aus Schiltach nicht weit entfernt nördlich von seinem Dorf stammte. Er mochte mich deshalb auf den ersten Blick, berührte meine Hand, als ich ihm ein Glas und einen Teller überreichen musste. Er würde mich demnächst zu Hause im Schwarzwald besuchen, dieser Holzschädel! Er war verheiratet, sagte er, aber das mache nichts aus, flüsterte er mir zu. Da musste ich irgendwann das Richtige tun! War es nicht nur gehorsam gegenüber unserem Herrn, Hochwürden? Ich schrieb dem Bruder des verunglückten Wachmatrosen eines Tages einen

Brief ohne Absender, dass jener Straub in Neukirch der Mittäter am Tod seines Bruders sei. Er hätte gemeinsam mit einem zweiten Gast des Bugsalons den einfältigen Kapitän Motz davon überzeugt, dass in diesem besonders dichten Nebel nur sein mutiger Bruder infrage käme, als Wachmatrose zu postieren.«

»Und das hat er dann geglaubt?«

»Aber ja, sehr geehrter Herr Pfarrer! *Rache ist nicht nur süß, sondern sie macht ebenso blind wie die Liebe!* Das müssen gerade Sie doch wissen! Nicht wahr?«

»Warum gerade ich?«

»Na, als seelsorgender Gottesmann wissen Sie doch um alle tiefen Abgründe Ihrer Gemeindekinder, nicht wahr?! Die Menschen glauben alles, was sie wollen! – Und sie halten alles für Lüge, was sie nicht glauben wollen, wenn sie es nicht verstehen! Ihr kleiner Verstand versinkt in ihren zu großen Gefühlen wie ein kleines Schiff im zu großen See!«

»Amen. Oder besser kein `Amen´! So sollte es nicht geschehen. Du verwirrst mich, ehrwürdige Mutter!«

»Wie? Hochwürden! Ich bin es nur, eine beichtende Schwester unseres Glaubens! Hochwürden?«

»Ja. Ach so, ja! Was ist? Ist es das Ende?«

»Bald. Der Bruder des toten Matrosen besuchte Straub in der neuen Kirche Furtwangens und richtete ihn. Anschließend richtete diesen unser Herr selbst.«

»Was war denn geschehen, meine Schwester?«

»Es sprach sich in wenigen Tagen vielerorts herum: Ein Fremder habe mit Straub den neuen Kirchturm bestiegen, um ihn von dort oben hinabzustoßen. Der Gärtner und der Pfarrer seien die einzigen Zeugen. Und als diese den Täter fangen wollten, sei er bereits tot vor ihren Füßen gelegen – unten am Ende der Kirchturmtreppe. Er sei auf seiner Flucht zu schnell hinuntergerannt und tödlich auf seinen Hals gestürzt. Danke, lieber Gott!«

»Der Herr sei mit beiden Verführten, Amen!«

»Amen.«

»Bist du am Ende deines Bekenntnisses?«

»Aber nicht doch! Was denken Sie?! – Das Graduale, Hochwürden! Das haben wir noch nicht erledigt!«

»Ach so.«

»Ich habe mich mit diesem fast 80-jährigen Stäheli brieflich abgesprochen, dass er auch genau am 12. Februar mit der *Jura* nach Konstanz zu fahren hat, um von dort das wertvolle Graduale für den Vatikan zurückzukaufen. Und ich schrieb ihm, dass ein gewisser Martin Huber nicht nur als Fahrgast, sondern auch als Konstanzer Begleiter mitfahren würde, damit er ihm das Buch dann übergeben könne. Käme er nicht an Bord, würde mein Schatten ihn trotzdem finden. Mein Schatten wäre begabt im geräuschlosen Morden und Verstecken jeder Leiche. Und Stäheli sollte eine Nonne aus Katharinental mitnehmen, eine, die das echte Graduale kennen würde. Er war zahm und gehorchte aus Angst um sein bisschen Leben. Also sah ich im Hafen Romanshorns als Schiffsmagd verkleidet, wie zwei Nonnen mit Stäheli redeten. Ich schlich mich mit einer Gemüsekiste in den Händen an sie heran, bis ich neben ihnen stand – mit Blick auf die ankommende *Jura*. Die ältere Nonne beschimpfte ihn wegen ihrer Liebe seit ihrer Jugend zu ihm, er verlachte und verspottete sie. Herrlich! Er musste ihr erklären, dass das Graduale für den Vatikan sei, sie aber wollte es für ihr Kloster wiederhaben. – Er schimpfte sie, dass das Kloster eh bald geschlossen und alle Nonnen mit ihnen beiden verjagt würden. Zutiefst beleidigte er sie, sie war so verletzt, dass sie zusammenbrach, während sie sich an ihr Herz fasste. Stäheli ging zur Anlegestelle, die jüngere Nonne kümmerte sich um die vor ihr Liegende, – sie war tot!

Ich spazierte auch zum anlegenden Schiff, als ob ich nichts wahrgenommen hätte. Schön, nicht wahr, Herr Pfarrer?!«

»Bist du am Ende deines Bekenntnisses?«

»Nur eine Tat vielleicht noch, Hochwürden! Meinem Ehegatten war ich gewiss immer eine gottesfürchtige Ehefrau, wenn Sie wissen, was ich damit meine. Auch wenn sein letztes erbautes Gebäude eine Kirche der evangelischen Protestanten war, deren Kirche in Müllheim, nicht wegen dieses Verrats an unserem wahren Glauben verachtete ich ihn. Der beauftragte Bauunternehmer, von mir erwählt, spendete mir Geld.

 Ich hasste ihn nur, weil er ein ewiger Versager war. Weil ich die berühmte *Gesche Gottfried* verehrte und weil auch wir immer wieder Mäuse in unserem Haus in Karlsruhe hatten, mischte auch ich einige Male feine `Mäusebutter´ für meinen lieben Ehegatten. So fand er schleichend seine ewige Ruhe. Gott hab´ ihn selig! – Aber unserem Landesvater, dem *Großherzog von Baden*, ist nicht zu verzeihen, dass er Gottlose wie die verräterischen Juden uns Gläubigen rundum im Staat gleichgestellt hat. Und dazu gehört auch dieser leidige und immer noch lebende Oberbaudirektor unseres Landes *Josef Durm*, der ihnen eine neue, mächtige Synagoge in unserer Stadt errichtet hat. Eines schönen Tages wird beide auch noch der Teufel holen, dafür werde ich noch sorgen, bevor ich ins Paradies fahren werde. Ich werde sie vor ein irdisches Gericht bringen, damit ihnen nur Gottvater für ihre Schandtaten vergeben wird, wir aber nicht! – Das schwört Ihnen heute, hier und jetzt Ihre beichtende, gehorsame Glaubensschwester, Hochwürden! Das ist mein Ende.«

 »Getreue Schwester, so spreche jetzt dein Reuegebet, damit unser Vater es erhöre. Amen!«

 »Vater im Himmel, nur du weißt meinen Weg! Nur du weißt um meine Demut und Güte. Nur du weißt um meinen festen Glauben an die Worte deiner Heiligen Kirche. Und du weißt, dass ich nicht an der Bosheit der

Menschen verzage, sondern sie alle in deinem Sinne meide, um nicht in Versuchung zu geraten. Ich bereue, dass ich deine Wahrheit nicht noch mehr vor deinen Kindern verkündet habe. Ich werde es tun! Amen.«

»Deus, Pater misericordiarum. Qui per mortem et resurrectionem Filii sui Christi mundum sibi reconciliavit et Spiritum Sanctum effudit in remissionem peccatorum, per ministerium Ecclesiae indulgentiam tibi tribuat et pacem. Et ego te absolvo a peccatis tuis in nomine Patris et Filii et Spiritus Sancti. Amen.«

»Amen, ehrwürdiger Vater!«

»Meine liebe Tochter, du bist losgesprochen, also spreche mir die diese Sätze nach: ʼDanket dem Herrn, denn er ist gütig. Sein Erbarmen währt ewig.ʼ«

»Dankt dem Herrn, denn er ist gütig. Sein Erbarmen währt ewig.«

»Der Herr hat dir die Sünden vergeben. Geh hin in Frieden! – Du darfst den Beichtstuhl nun verlassen, damit ich dein Antlitz nicht zu Gesicht bekomme. Erst wenn du unser Gotteshaus längst verlassen hast und wieder deiner Wege gehst, dann werde auch ich dem Beichtstuhl entsteigen. Ich werde nun noch beten. Für dich, für uns! Lebe wohl – im Namen unseres Herrn!«

Ich wartete auf ihre hörbaren Schritte und das Geräusch des Öffnens und Schließens der Kirchentür. Schweißgebadet war ich wegen ihrer Bekenntnisse.

Zuerst musste ich noch einmal ins Deutsche übersetzt jene lateinischen Worte für mich selbst beten:

'Gott, Vater der Barmherzigkeit, der durch den Tod und die Auferstehung seines Sohnes Christus die Welt mit sich versöhnt und den Heiligen Geist zur Vergebung der Sünden gesandt hat! Durch das Amt der Heiligen Kirche möge er dir Gnade und Frieden schenken. Auch ich spreche dich los von deinen Sünden im Namen des Vaters und des Sohnes und des heiligen Geistes. Amen.'

Ich, der ohnmächtige Dorfpfarrer, sollte sie von ihren unglaublichen Sünden lossprechen können? Und auch noch von ihren weiteren geplanten?! Ich konnte das nicht von Herzen, meine Lippen bewegten sich nur und äußerten einfach den jahrzehntelang eingeübten Spruch! Ich brachte es nicht über mein eigenes Herz!

Ich war meines Amtes unwürdig geworden – in dieser Stunde des Bösen. Den Spruch sagte ich zwar, aber ich sprach sie nicht los. Nein. Niemals hätte ich das gekonnt, konnte ich es. So musste ich die ganze Sache verdrängen, aber ich schrieb mir Stichworte ihrer Beichte mit. Das war ich gewohnt, um ein passendes Reuegebet zu hören, um dem Beichtenden und Bereuenden die passende Buße zu verkünden.

Aber hier war ich nicht in der Lage zu denken. Und als sie mir erzählte, dass sie mich auch noch suchen würde, mich, denn damals hilflosen Schiffsjungen der *Jura*, da wurde mir angst und bange. Sie offenbarte mir nicht, was sie von mir wusste, als ob sie mich quälen wollte, sie es haben wollte, dass ich ab sofort Tag und Nacht an meine Ermordung denken sollte...

Was sollte ich tun? Sie an die Behörden melden? Mit meinem Wissen über sie, hätte man sie leicht finden können. Aber waren ihren Taten in irgendeinerweise angemessen irdisch zu bestrafen? Ich bin kein Anwalt, kein Richter! Und will kein Henker sein! Das darf ich nicht, denn ich bin ein Priester unseres Herrn, der den bereuenden Sündern auf dem Weg der Vergebung des Herrn mit seinem Herzen helfen soll. Das bin ich. Nur das! Ein christlicher Geistlicher, doch nur deshalb ein `Hochwürden´! Die sündhaften Gläubigen dürfen doch keine Angst vor mir haben, sondern sie müssen uns Priestern ihr Vertrauen schenken können, uns ihr Herz zu öffnen, damit wir Geweihte für sie beten können. Ja, für sie! – Aber das will sie doch nur, dass es mich in meiner Seele zerreißt!? Wie lange überlebe ich das?! –

Heute ist einmal ein `besonderer´ Dienstagmittag, *im Jahr 1906 der 21. August*. Es ist der 339. Geburtstag des Namenspatrons unseres katholischen Gotteshaus.

Mitte August erhielt ich einen Brief der tiefen Trauer eines langjährigen Freundes aus der Abtei Mariawald in der Eifel. Es ist das einzige deutsche Männerkloster der Trappisten, der Mönche mit einem strengeren Ordensalltag als dem der Benediktiner. Er schrieb mir sehr tränenreich vom Ertrinkungstod des Abtes *Bonifaz Natter* der Benediktinerabtei von Buckfast in Buckfastleigh, einem beschaulichen Ort in der englischen Grafschaft Devon nordöstlich von

Plymouth gelegen. Dieser Mann war einst einer seiner geistlichen Lehrer für sein eigenes Mönchsleben im Sinne der von ihm für sich geänderten Ordensregel des Heiligen Benedikts `Bete in menschlicher Demut und arbeite mit deinen tierischen Händen und lese mit deiner göttlichen Vernunft!´. Er habe zu früh seine Eltern verloren, seine Mutter im Kindbett und seinen Vater durch einen gewalttätigen Streit in Trunkenheit, so dass jener englische Abt auch ein Vaterersatz für ihn geworden sei. Von größter Traurigkeit wegen des Unfalls vom 4. August sei er erfüllt:

Dieses Zeitungsblatt fügte er seinem langen Brief zu: `Unterhaltungsblatt und Anzeiger für den Kreis Schleiden und Umgebung´ vom 8. August.

Darin stand es geschrieben: Am *4. August 1906* fuhr das italienische Dampfschiff *Sirio* mit hunderten Auswanderern an Bord während seiner Überfahrt von Genua nach Buenos Aires gegen Abend augenblicklich auf das Riff Bajo de Fuera an der Insel Hormigas bei der Küstenstadt Cartanega. Wegen der bekannten, gefährlichen Riffe galt die Vorschrift, diese Insel sehr weiträumig zu umfahren, aber der Kapitän Giuseppe Piccone wusste es offenbar mit `voller Kraft voraus´ besser. Das große Dampfschiff zerbrach rasch, die Dampfkessel explodierten, die Ertrinkenden kämpften gegeneinander um ihr Leben, als spanische Boote zu Hilfe kamen. Hunderte Menschen ertranken, auch der Erzbischof José de Camargo Barros von Sao Paolo und eben jener verehrte Abt. Und der sich rätselhaft verhaltende Kapitän überlebte, erhielt eine Haftstrafe.

Dieser Untergang der *Sirio* sei das größte Unglück der italienischen Dampfschifffahrt.

Ich antwortete meinem trauernden Freund mit meiner Anteilnahme und lud ihn zu gemeinsamen Gebet so fern voneinander zu einem bestimmten Zeitpunkt ein. Das Unglück sprach sich einige Tage später dann doch auch in unserer Gegend herum.

Für mich jedoch bedeutete es eine weitere Wende in meinem Leben, denn meine Gewissensbisse wurden übermächtig. Wollte ich doch einst als 16-jähriger Schweizer grüner Junge gegen den Willen meiner Eltern ein Seemann zumindest auf dem Bodensee werden, überlebte den Untergang der *Jura* an meinem ersten Arbeitstag an Bord, fand im Schrecken einen neuen Sinn in meinem Leben, bei welchem mir mein kluger Onkel wiederum half, so weit er nur eben konnte, so erhielt ich die Gnade der Priesterweihe und sehr bald schon ein eigenes Pfarramt, hier in der naturverbundenen Gemeinde Kandern.

An eine Anekdote mit meinem Onkel erinnere ich mich sehr gerne: Er unterstütze mich in lateinischen Übersetzungen, wenn ich manchmal zu Besuch bei ihm sein durfte. Eines Tages lasen wir aus Cäsars `Kommentaren zum Gallischen Krieg´ und hielten bei dem lateinischen Wort *ingens* inne. Ich wusste, dass *gens* so viel wie *Art, Stamm, Familie* heißt, aber übersetzte *ingens*, eigentlich nur das Gegenteil des Wortes *gens*, wie es unser Lehrer aufgeschrieben hat, mit *ungeheuerlich*. Deshalb hatte Cäsar in jenem Satz eben *ein ungeheuerliches Heer.* Mein Onkel lachte und sagte: »Nein, das war nicht ungeheuerlich, sondern einfach nur *ingens*, eben *nicht der gewohnten Art entsprechend.* Was heißt das, Andreas?«

Ich wusste keine Antwort, so dass er mir erklärte, das seien Mannschaften bereits mit Söldnern aus fremden Stämmen gewesen, vielleicht sogar aus anderen von den Römern eroberten Mittelmeerstaaten. Griechen, germanische Kelten, wer weiß was alles! Da musste ich erwidern, dass unser Lateinlehrer genau diese Übersetzung mit *ungeheuerlich* haben möchte. Das sei ja wirklich ungeheuerlich, tobte mein Onkel lächelnd.

Und er beruhigte sich sogleich wieder mit einer seiner Lebensweisheiten: »*Wer die Macht besitzt, besitzt das Recht, die Wahrheit zu bestimmen!* Das musst du dir merken, Andreas!« Deshalb hieße für uns beide *ingens* selbstredend *ungeheuerlich*. So sollte ich es schreiben.

Und meine Jugendliebe, jene *Wilhelmine* von der *Jura* hatte ich zu vergessen. Den steinigen Weg zum priesterlichen Amt für eine christliche Gemeinde sollte ich beschreiten. So tat ich alles. Und nun sind so viele Jahre verstrichen, so viele Taufen und Hochzeiten und Beerdigungen und kirchliche Festtage mit meiner Hilfe vollzogen worden, dass es mir eine wahre Freude ist, so vielen Menschen ein Helfer im Namen des Herrn sein zu dürfen und sein Wort zu verkünden.

Aber dieses fürchterliche Unglück, wieder durch die Gedankenlosigkeit eines Kapitäns verursacht, lässt mich grübeln. Ob es wirklich nur ein zufälliger Unfall war? Oder ist die Seele des Kapitäns doch nur gekauft gewesen? Gibt es doch unbekannte Mächtige, die sich das Recht nehmen dürfen, Menschen töten zu wollen?

Und da kreischt sie wieder in meinem Ohr, diese hohe weibliche Stimme der ungeheuerlichen Frau, damals vor genau sechs Jahren im Beichtstuhl! Es ist nicht auszuhalten! – Auch in zahllosen Träumen quälte sie mich bis zum heutigen Tag. Das muss ein Ende haben!

Noch heute werde ich ihre Beichte, die ich in einem Brief aufgeschrieben habe, den Behörden in Karlsruhe zuschicken. Nein, nicht anonym, sondern bei vollsten geistigen Kräften mit meinem eigenen Namen! – Und ich werde mein Priesteramt zum heutigen Tag niederlegen, weil ich das heilige Beichtgeheimnis brechen musste. – Ich, der winzige *Andreas Buschor*, kann der bösen Frau zwar verzeihen, muss aber die Menschen vor ihren weiteren Taten warnen! Ich bete, dass der Herrgott uns beiden vergeben wird.

Und ich werde meine Wilhelmine suchen! Vielleicht ist es doch noch nicht zu spät in unserem Leben!

Als Erstes werde ich ihre Familie in Arbon finden müssen; vielleicht über das Ladengeschäft einer Putzmacherin. – Vielleicht muss ich sie suchen lassen, des Verdachtes einer Straftat bezichtigen, damit man sie behördlich sucht. – Mit allen Mitteln werde ich ihre Spuren in der ganzen Welt ab dem heutigen Tag verfolgen, bis ich sie in meine Arme schließen kann, erneut küssen und niemals mehr loslassen werde, meine Wilhelmine!

Am 3. Oktober 1906

In der Cassiopeia Therme in Badenweiler. 14 Uhr.

Mit so einer Anzeige zur Goldenen Hochzeit... auch noch mit Bild in der Zeitung... »Das ist doch unfassbar unverschämt!«, muss doch wohl jeder Bürger mit einem anständigen Charakter denken, der dies Geschehene erfahren hat! Oder?

Die Goldene Hochzeit unseres Großherzogpaares Friedrich und Louise von Baden in unserer Hauptstadt Karlsruhe: Sie feierten diesen außergewöhnlichen Tag ihrer Ehe, den *20. September 1906*, im Beisein des Kaisers Wilhelm des Zweiten und der Kaiserin Auguste Viktoria. Alles, was Rang und Namen hat, wollte und sollte auch anwesend sein. Karlsruhe gestaltete ein Freudenfest für alle Bürger – und der Großherzog erließ als öffentliches Dankeschön eine umfassende Amnestie, eine sofortige Freilassung aus der Haft und teils auch eine Wiedergutmachung, zum Beispiel für die führenden Köpfe der Märzrevolution.

Und deshalb fühle sich die etwa 80-jährige Frau Leonhard, diese unbekannte Witwe des ehemaligen Vorstandes unserer staatlichen Baudirektion, »in ihrer römisch-katholisch religiösen Gesinnung entwürdigt«, hieß es in unserer Zeitung, und habe wegen seiner Amnestie und auch seiner öffentlichen Gleichstellung aller Bürger im Land des Jahres 1862, sogar auch der Juden, unseren sehr verehrten Großherzog Friedrich 'wegen Landesverrats bei der Polizei in Karlsruhe angezeigt'. Das sei kein Witz! Und wegen der großen öffentlichen Tragweite dieser Anzeige sei in der Zeitung auch ein Portrait der Dame abgebildet: Eine Radierung ihres hochbegabten Großneffen Werner Leonhard, der gerade sein Kunststudium in Karlsruhe beginnen und daher bei ihr wohnen dürfe.

Und am vergangenen Mittwochmorgen *im Jahr 1906 dem 3. Oktober*, einen deshalb denkwürdigen Tag, entdeckte ich diese Geschichte in der Tageszeitung und glaubte, mich, den 71-jährigen Kurgast hier auf der erholsamen Ruheliege der Therme in Badenweiler, hätte wie aus heiterem Himmel schließlich doch noch der Schlag getroffen:

Dieses Portrait verwirrte mich, denn ich erkannte das Gesicht sofort wieder. Lange ist es her, sehr lange! Es muss der Januar des Jahres 1863 gewesen sein. Ich war noch 25 Jahre jung, wohnte seit wenigen Jahren doch wieder in unserem Elternhaus in Egnach am herrlichen Bodensee und nicht mehr bei meinen umgezogenen Eltern bei Furtwangen im tiefsten Schwarzwald und durfte einige Zeit in Rorschach im Gasthaus *Krone* als Serviererin arbeiten. Viele fremde Herren mit unterschiedlichsten Persönlichkeiten lernte ich dort kennen. – Und eben in jenem Januar fiel nicht nur mir beim Abendessen der arme, junge Mann auf. Er saß mit finsterer Miene beim bekannten Kapitän Blumer und dessen Steuermann am Tisch. Sie fuhren den damaligen schnellsten Raddampfer auf dem See, die *Stadt Zürich*. Da wurde es von den Bayern noch nicht das *Teufelsschiff* genannt.

Auch die Wirtsleute waren neugierig, wer der arme Mann bei den bekannten Männern gewesen sein könnte, vielleicht ein neuer angeheuerter Matrose, aber wir fanden nichts heraus. Nur zwei merkwürdige Besonderheiten hatte der Junge: Er lächelte und lachte tatsächlich niemals, egal, welche Witze die anderen ihm erzählten. Und er redete mit einer kreischenden, hohen Stimme wie eine widerliche Frau. Dafür entschuldigte er sich, er wäre noch immer im Stimmbruch gewesen. Komisch erschien das eher!

Und jetzt dieses Portrait in der Zeitung! Wenn man das Drumherum verdeckt und nur das Gesicht betrachtet, – dann läuft es mir eiskalt den Rücken herab: Der Ausdruck wie ein Mann! Wie jener Mann!

Diese schauerliche Entdeckung schrieb ich sofort meiner älteren Freundin nach Konstanz. Ich will wissen, was sie dazu sagen kann und was ich machen sollte?! Dieses Gesicht regt mich aber auf. Scheußlich!

Frau *Maria Magdalene Stäheli* aus Amriswil, die jüngere in Basel eingeheiratete Cousine des bekannten Politikers Andreas Stäheli aus Sommeri, der bei einem rätselhaften Gärgas-Unfall in seinem Landhaus verstorben war, als ein als schwarze Nonne verkleideter unbekannter Mann aus seinem Haus flüchtete. Wir haben uns damals kennengelernt, weil sich unsere großen Familien bereits kannten und sie alle möglichen Leute zu ihrem 60. Geburtstag zu sich nach Basel eingeladen hatte. Ein wundervolles Fest! Und dort erzählte ich ihr von dem seltsamen Mord an meinem Vater in Furtwangen, wie ein ehemaliger Heizer der versunkenen *Jura* meinen Vater aus Rache vom Kirchturm gestoßen hat und danach selbst mit der Hilfe der Treppe in den Tod stürzte. Wir erkannten aber keine Verbindung von der *Jura* zum Tod ihres Cousins. Jetzt lebt sie mit ihren stolzen 87 Jahren in ihrem geliebten Konstanz im St. Marienhaus. Ein Stockwerk mit Zimmern für ältere, alleinstehende Frauen richtete man dort versuchsweise ein. Eine gehobene Dienstbotin blieb sie ihr Leben lang, für ehrsame Familien, die sich bei ihr immer erkenntlich zeigten. Kein böses Wort verliert sie über ihre ehemaligen Arbeitgeber! Sie ist auch eine kluge Frau, noch immer! Ich mag sie sehr. Und heute müsste ihre Antwort zu mir kommen, ein Brief zu diesem Portrait und meiner schockierenden Erinnerung an jenen Mann! Oder jene Frau?

Und heute habe ich nur einen einzigen Brief erhalten, aber absichtlich noch nicht geöffnet, sondern sogleich in meine Tasche gesteckt, damit ich ihn jetzt in aller Ruhe lesen kann. Ich bin sehr gespannt:

»Liebe *Anna Elisabeth Straub*, beste Freundin, herzlichen Dank für deine besten Wünsche zu meiner Gesundheit! Auch meine Wenigkeit hofft sehr, dass die medizinischen Wirkungen deiner Gesundheitskur in Badenweiler deine Lebensgeister noch lange Zeit zu Hause immer wieder jeden Morgen möglichst laut wecken werden!

Dein Brief veranlasste mich sofort, mir diese Zeitung zu besorgen und genau nachlesen zu wollen, was du mir geschildert hast. Und – oh Schreck! Stell´ dir vor! Auch ich kenne dieses Gesicht! Es war wie ein kalter Blitzschlag in mir.

Es ist kaum zu glauben, aber ich erinnerte mich umgehend: Es war am Tag der Heiligen Drei Könige des Jahres 1864 in Romanshorn im Gasthaus *Anker.* Nachdem wir jenes Weihnachten in Basel bei meinen Schwiegereltern verbracht haben, reisten wir nach Silvester zu meinem Cousin nach Sommeri. Seine Gattin Anna Maria musste da gerade wieder einmal bei ihren erkrankten Eltern in Konstanz helfen. Also waren wir fünf Personen zur Feier des Tages im Gasthaus: Mein Ehegatte Friedrich, unsere beiden etwa 17 Jahre alten Söhne und mein Cousin Andreas.

Und gerade als wir überlegten, ob wir heute vielleicht doch noch mit dem großen Raddampfer *Stadt Zürich* nach Konstanz hinüberfahren sollten, erkannte Friedrich an einem Nebentisch den Kapitän Blumer der *Zürich*, dessen Steuermann und einen fremden Herrn. Wir traten ihnen zu zweit näher, um sie Genaueres zu fragen, unbemerkt folgten uns unsere beiden neugierigen Jungen. Wir stellten uns vor und auch der fein gekleidete Herr:

Er sei auf der Reise von Zürich nach Stuttgart, der Apotheker *Julius Haußmann* mit Erkältung, so dass ´sich seine honorige Stimme leider in hohes Kreischen verwandelt´ habe. Hinter uns lachten die Burschen und erwarteten ihre ordentlichen Wangenschläge von Friedrich. Eigenartig erschien uns das allerdings auch zu sein. Aber des Rätsels Lösung konnte ich ein paar Monate später erfahren. Wir lasen zu Hause in Basel, dass der vielen Leuten bekannte Apotheker *Julius Haußmann* eine *Demokratische Volkspartei* zusammen mit mindestens zwei anderen Deutschen in Stuttgart gegründet hätte. Ein Photo von ihm war abgebildet. Er trägt einen wuscheligen Schnauzbart und kann sicher auch lachen, was der damalige Herr am Nebentisch jedoch niemals gekonnt hat. Und einen Bart trug dieser nicht, ganz bestimmt nicht!

Alles so wie mit deinem damaligen Unbekannten! Erschreckend! Ja! Es scheint folglich so, als ob beide Männer diese Frau aus Karlsruhe gewesen war. Ein paar Jahre dazwischen, an verschiedenen Orten, aber dieselben Männer – und die verkleidete Frau! Da sind wir uns beide vollkommen sicher! Vollkommen! Aber was hat das alles zu bedeuten?! Ich weiß es nicht.

Also überlegte ich einige Zeit bei einem Spaziergang am Ufer des Bodensees. Ich sah selbstverständlich auch in die Richtung jenes Unglücks der *Stadt Zürich* mit der *Jura* – und erinnerte mich dabei an meinen Cousin Andreas aus Sommeri, der damals ja auch ein Passagier auf der *Jura* war, als er gerade von einem Besuch von uns aus Basel wieder einmal nach Konstanz zu seiner Gattin und seinen Schwiegereltern fahren wollte. Ich glaube, er war schon fast 70 Jahre alt damals; ein paar Jahre älter als dein verblichener Vater zu der Zeit seiner Ermordung. Furchtbar ist das Ganze!

Liebste Freundin, ich bin zu dem aus meiner Sicht vernünftigen Entschluss gekommen, unsere beiden Briefe abzuschreiben und mit den beiden Originalen zur Polizei in Konstanz zu gehen. Meine Abschriften sollen sie dort behalten und erkunden, welche Beziehung diese verkleidete Frau damals in Rorschach und in Romanshorn zum Kapitän der *Stadt Zürich* und dessen Steuermann gehabt haben könnte. Man kann sie ja persönlich zu Hause in Karlsruhe fragen! – Oder nicht? Wenn die Polizei es wollte, dann könnte sie es sicherlich, auch wenn da mögliche Straftaten verjährt sein könnten, weil sie ja so einige Jahre zurückliegen. Unseren Großherzog des Landesverrates anzeigen, eine komische Alte! Dass sie sich nicht schämt?!

Das heißt nicht, dass ich auf unsere Entdeckung verborgener Verbrechen warte, aber unsere weibliche Neugier treibt uns wohl, unsere Rätsel mit deren Gemeinsamkeiten gelöst zu sehen! Da ich nicht weiß, ob man uns beiden alten Damen Glauben schenken wird, bleibt die ganze Sache also vorerst offen. Ich melde mich bei dir, wenn ich Neues erfahren habe. Weiterhin einen besten Kuraufenthalt in Badenweiler, wünscht dir deine Maria Magdalena Stäheli aus dem ebenfalls sehr schönen Konstanz!«

Sie kennt diese Frau der Radierung also auch! Das wäre mir niemals in den Sinn gekommen! Wenn das nicht ein eigentümliches Rätsel ist! Und sie hat damit ganz recht, unsere Briefe auch der Polizei zu geben. Wer weiß denn, was hinter all dem stecken könnte! Und jetzt heißt es: »Warten, na ja, Kuren mit Geduld!«

Am 3. Dezember 1906

Im Justizgebäude in Karlsruhe. Genau 10 Uhr.

Niemand darf zusehen, wenn das Haupt fällt...
So wollten es die Richter des Schwurgerichts.

Begonnen hat es mit dem Brief der 87-jährigen Maria Magdalene Stäheli, der Cousine des verstorbenen Andreas Stäheli, eines bekannten Politikers Thurgaus. Als Zeugin wurde sie nicht geladen, sondern an ihrer Statt die 71-jährige, also jüngere Frau Anna Elisabeth Straub, Tochter des ermordeten Uhrmachers Konrad Straub aus Neukirch im Schwarzwald, der damals auf der *Jura* ebenso wie Herr Stäheli mitgefahren ist. Frau Stäheli hat sie als Freundin nämlich in ihrem Brief als weitere Zeugin ihrer wichtigen Beobachtung erwähnt. Daher las Frau Straub als geladene Zeugin den Brief der beiden Freundinnen den Geschworenen und dem Gericht, dem Staatsanwalt, Anwalt und Publikum vor.

Darin stand, dass sie beide zu verschiedenen Zeiten vor Jahrzehnten an verschiedenen Orten in zwei Gasthöfen einen sehr rätselhaften Mann mit hoher kreischender Stimme im Gespräch mit dem Kapitän und dem Steuermann des Schweizer Raddampfers *Stadt Zürich* beobachtet hätten. Die Inhalte beider Gespräche wären ihnen unbekannt. Sie wüssten daher nicht, was damals tatsächlich vorgefallen wäre. Und erst heute vor einigen Tagen hätten sie jenes Gesicht in der Zeitung in einer Radierung als das Gesicht einer alten Frau, die sie persönlich nicht kennen würden, eindeutig wiedererkannt! Das würden sie beide sogar beschwören, da staunten die drei Richter.

Nichts wusste ich davon, ich war ja wegen meines eigenen Briefs an die Behörden geladen worden. Den Zusammenhang der Briefe erkannte ich in der Aufregung vor Gericht nicht so schnell. Erst als ich die schreckliche Beichte der Schandtaten und Meinungen jener unbekannten Frau vor den Anwesenden verlesen musste, fielen auch mir die Schuppen von den Augen.

Der Brief der beiden Frauen war die Bestätigung der gebeichteten Handlungen. Sie bewiesen die Zeiten und die Orte, die Täterin leugnete nichts und bestand selbst auf der Wahrheit aller Aussagen.

Mein Brief diente als zweiter Hinweis für die Polizei in Karlsruhe ihre Ermittlungen aufzunehmen. Dass unsere beiden Briefe fast zeitgleich geschrieben und verschickt wurden, das musste gottgegeben oder zufällig sein. Schnell war die Täterin erkannt und persönlich gefunden.

Im Verhör wurde ihr ihre Beichte bereits vorgelesen, sie gestand alles zur Überraschung der Beamten, ergänzte und berichtete sogar noch mehr darüber hinaus und zeigte sich sehr stolz auf all ihre Schandtaten, erwähnte man bei der Verhandlung. So lag es bereits nach einigen Minuten auf der Hand, dass sie aus der Untersuchungshaft keinesfalls mehr entlassen wurde. Als ich sie wiedersah, erkannte auch ich augenblicklich das Gesicht jener Schiffsmagd wieder, es schauderte mich und ich hoffte bald von ihm befreit zu werden. Nur noch wenige Tage wurde über viele Hintergründe nachgedacht, öffentlich und auch nicht öffentlich, bis der alles entscheidende Tag anbrach:

Heute war endlich einmal auch *sein* Montagmorgen, *der 3. Dezember im Jahr 1906*; denn heute wird das Urteil verkündet, auf das so viele Menschen warteten, ohne dass sie irgendetwas davon ahnten. Unglaublich!

Und in Berlin veröffentlichte heute morgen die Zeitung *Welt am Montag* einen *Aufruf zur Sammlung für Wilhelm Voigt, Hauptmann von Köpenick außer Dienst*. Die Spenden aller Art sollen dem verarmten Mann dienen, »der durch polizeiliche Verfolgung von Neuem zu einem Verbrecher werden musste.« Seine Geschichte wurde schnell berühmt, weil es so vielen einfachen Menschen wie ihm ebenso erging, aber er eine vernunftlose behördliche und militärische Obrigkeitshörigkeit geschickt unterwanderte und daher kurzzeitig zur Freude vieler Bürger zum Gespött besonders des preußischen Landes machte.

Einige Male besuchte ich bis heute den Gerichtssaal, weil mich der Prozess und das Urteil über einen anderen Menschen ausnahmsweise selbst betreffen.

Und der vor etwa 25 Jahren verstorbene Steuermann der *Jura* vom Bodensee, Andreas Gloggengiesser, war genau heute im Jahr 1820 geboren. Selbstverständlich würde auch er das Urteil erfahren wollen, er sei ja bereits der Rudergänger auf dem Raddampfer *Ludwig* gewesen, der drei Jahre vorher schon versenkt worden war – mit einigen Toten, für deren Ertrinken er sein Leben lang Schuld empfunden hätte. Und genau deshalb ist heute auch *sein* ˋTag der Gerechtigkeitˊ.

Wir Zuschauer sitzen bereits auf unseren Plätzen. Brave Gesichter, doch wenige! Wahrscheinlich nur ein paar mitschreibende Zeitungsleute darunter, denn der

Prozess ist nicht mehr von großer Bedeutung für die Karlsruher Öffentlichkeit. Die Taten der angeklagten Schiffsmagd liegen eben lange zurück, 82 Jahre alt sei sie heute, ihre Mittäter sind bereits verstorben und das Unglück der *Jura* war ja im Jahr 1864, da war sie also 40 Jahre jung. – Ich war gerade 16, ja, lange war das her. Mein erster Tag als Schiffsjunge auf der...

Es treten die zwölf Geschworenen ein. Laut der Uhr im Saal brauchten sie kaum mehr als eine Stunde für ihre gemeinsame Beratung. Ich habe da mehr Zeit vermutet, aber weil diese seltsame Angeklagte die ihr vorgeworfenen Untaten offenherzig gestand, welche sie ja zum Teil erst selbst im Laufe des Verfahrens dem Gericht erklärte, überlegten sie wohl nicht so lange. Es ist ja irgendwie alles eindeutig und klar. Jetzt wird die Angeklagte hereingeführt. Mit ihren kurz geschorenen Haaren sieht sie noch viel mehr aus wie ein alter Mann, das dachte ich bereits am ersten Prozesstag. Ihr Gesicht ist aus Stein, die Augen ihres Blickes beim Vorübergehen erkennen uns nicht. Wir sind das schweigende Publikum der Gerichtsbarkeit, nicht das ihre, das sie immer suchte, das weiß sie, sie gilt für uns als ʻlange schon verstorbenʼ.

Und schon werden wir alle laut aufgefordert, uns hochachtungsvoll zu erheben, weil die drei Richter zu ihrer Tür hereinkommen, der oberste Richter dann die Verhandlung eröffnet und danach wieder alle im Schwurgerichtssaal zusammen Platz nehmen dürfen.

Der Richter verliest das Urteil der Geschworenen: In allen Anklagepunkten erklären sie einstimmig die alte Frau für schuldig. Sie als anständige Bürger unseres

Landes seien wegen der unglaublichen lebenslangen Bosheit der Angeklagten entsetzt gewesen, fügt der Richter noch etwas unwillig hinzu, aber er machte es.

Aufgrund der besonderen Schwere der Straftaten erklärt der oberste Richter, würde er in voriger Absprache mit seinen beiden Kollegen nun seine Vorgehensweise ein wenig abändern. Wir sind alle erstaunt, er fragt die Angeklagte recht langsam und deutlich, obwohl er weiß, dass sie trotz ihres hohen Alters noch alles hören kann und auch versteht:

»Angeklagte! Die Geschworenen halten Sie bei allen Ihre Taten einstimmig für schuldig. Das Urteil im Sinne unseres Gesetzes sieht deshalb die Todesstrafe mit dem Fallbeil auf dem Schafott vor. Aber aufgrund Ihrer besonderen Böswilligkeit entschlossen wir uns, Sie wählen zu lassen: Möchten Sie das Fallbeil oder die lebenslange Todeszelle? – Hören Sie?«

Die Angeklagte erwidert stolz: »Eure Meinungen sind mir gleichgültig. Unser Gottvater wird euch für euer Schandurteil richten! Schenkt mir das Fallbeil auf dem Schafott vor unserem Volk, damit wir Gläubige sehen, dass es bald Gerechtigkeit auf Erden geben wird! Der römisch-katholische Heiland wird zu uns kommen und euch im heiligen Sinne bestrafen! Und ich werde nun als Märtyrerin zu sterben haben! Ihr Männer des Teufels, der Schlag soll euch alle treffen! Amen! Amen! Amen!«, dreimal schrie sie noch dieses Wort, faltet jetzt ihre krallenartigen Hände zum stillen Gebet, in dem sich nur ihre vertrockneten Lippen bewegen und senkt ihr Haupt zu Boden. Sie bildete sich ein, würdig zu sein, – aber ein anderes Beil fiel...

»Weil wir Ihre gotteslästerliche Antwort ahnten, urteilen wir über Sie anders als Sie es wollen! Aber zunächst möchten wir darauf hinweisen, dass es ein besonderer Wink des Schicksals zu sein scheint, Angeklagte, dass Ihr sehr verehrter, leider bereits verstorbener Ehegatte den Karlsruher Justizpalast als Architekt entworfen und als Baumeister nicht nur für uns, sondern auch für Sie, Angeklagte, errichtet hat«, sagte der Richter ruhig; er sah mit seinem buschigen weißen Vollbart und seinem brillenlosen runden Gesicht wie der lächelnde, uralte Vollmond am mit tausenden funkelnden Sternen erfüllten Nachthimmel meiner Kindheitsträume aus, der mich beschützte und nicht verängstigte. Und weiter sagt der Richter lauter: »Im Namen des Volkes verkünde ich nun das Urteil.« Und wir erheben uns wieder alle.

»Die angeklagte Witwe wird zur lebenslangen Haft in der einsamen Todeszelle verurteilt. Es liegt in der Hand unseres Herrgottes, Ihr Licht eines bestimmten Tages auszulöschen. Ihr verwirrtes Haupt wird nicht auf dem öffentlichen Schafott fallen, damit niemand glauben darf, dass der Weg des Anstiftens zu mörderischer Gewalt und ebenso der Weg des Ausführens einer mörderischen Gewalt als im Sinne unseres Herrgotts ʼhöchste Gerechtigkeitʼ beurteilt wird. Ihr Leichnam wird auf einem großen Friedhof im Armengrab namenlos seine letzte Ruhe finden, denn niemand unseres Volkes möchte irgendwo einen Grabstein als Denkmal einer angeblichen Märtyrerin sehen. Das Böse ist unser aller Feind! Wir werden ihn nur besiegen, wenn wir es wollen! – Und genau jetzt siegen wir mit den uns Irdischen zustehenden Mitteln eines hohen Gerichts! – Das Urteil ist verkündet. Seine Berufung ist nicht möglich. Die Geschworenen sind hiermit entlassen, die Sitzung ist geschlossen.«

Während seiner letzten Sätze spuckte die Angeklagte dreimal in die Richtung des Podestes des hohen Gerichts. Man ließ es zu, als ob es ihr gegönnt sei. Die drei Richter und die Geschworenen gehen zu ihren jeweiligen Türen hinaus. Das Publikum verlässt den Saal zurück durch seinen Haupteingang. Die lachende Verurteilte wird durch eine ganz andere Tür geführt –

In der Halle sprach ich rasch Frau Straub an, gab mich ihr als jener neue Schiffsjunge der *Jura* am Tag deren Untergangs zu erkennen. Sie freute sich darüber, was ich über ihren Vater und das Fräulein Wilhelmine Kreusin damals im Bugsalon berichten konnte, dass sie sich gut verstanden hätten und dass Wilhelmine ihnen zu ihrer beiden Erbauung aus ihrem Buch *Das Märchen der Wilhelmine* vorgelesen hätte. Davon habe ihr Vater nie erzählt. Und ich fragte sie, ob sie vielleicht von ihrem Vater erfahren hätte, wohin jene Wilhelmine gekommen wäre. Und sie wusste es tatsächlich, weil ihr Vater überrascht gewesen wäre, dass nach dem Unglück ein Landjäger Wilhelmine in Romanshorn als Flüchtige verhaftete und zu ihrer Mutter nach Arbon zurückbringen ließ, nur das wüsste sie noch. Kunz, *Minna Kunz*, das wäre ihr echter Name gewesen. Oh, endlich erfuhr ich ihn, denn das damals bekannte Geschäft von Wilhelmines Meisterin, der Putzmacherin, das war längst geschlossen. Es gab für mich keine Spur mehr, die richtigen Namen finden zu können. Überglücklich war ich und mein Herz raste –

Am 12. und am 28. Dezember 1906

Auch in Konstanz weihnachtet es. Vor 24 Uhr.

O Tannenbaum, wie grün sind deine Blätter...
So erfahren es manche Menschen in Leipzig und auch in Konstanz und auch ganz anderswo.

Der Lindauer Raddampfer *Jura*. Dreieinhalb Stunden Personenbeförderung aus dem Lindauer Hafen. Von der Insel Lindau im Bayerischen Süden des Bodensees entlang des Schweizer Ufers über die Orte Rorschach und Romanshorn bis zur badischen Stadt Konstanz, das verlief nach Plan zuletzt zum 12. Februar 1864. Damals war er 20 Jahre jung, denn im September hatte er Geburtstag, reiste im Auftrag seines Vaters Salomon Oettinger als Kornhändler aus Mannheim in die Schweiz und zurück verlor er auf der sinkenden *Jura* einen 15 Kilogramm schweren Sack mit 3'000 Franken! So ein Unglück vergisst man nicht!

Und längst war er 63 Jahre alt geworden, war mit seiner lieben Ehefrau Pauline Loevy vor vielen Jahren in das württembergische Stuttgart umgezogen und dort heimisch geworden. So heimisch, dass sie beide auch hier zusammen auf dem jüdischen Pragfriedhof eines Tages beerdigt werden wollten.

Es war einmal »ganz anderswo«; in Stuttgart nämlich bekamen sie einen wunderbaren Besuch in ihr Haus in der heutigen Brennerstraße; bis vor wenigen Jahren hieß sie noch `Judengasse´ mit einer Synagoge und einer *Mikwe*, dem rituellen Bad der Juden.

Und dann war einmal sein Mittwoch *im Jahr 1906 der 12. Dezember.* Der Schiffsjunge von der *Jura* damals hatte sich brieflich bei ihnen angekündigt, er wollte sie unbedingt besuchen. Er habe es endlich über die Bewohner von Arbon in Erfahrung bringen können, wer jene Wilhelmine Kreusin an Bord gewesen sei: *Minna Kunz* hieße sie. Sie sei eine uneheliche Tochter des Leipziger Unternehmers *Karl Krause*, der leider vor vier Jahren verstorben wäre. Ja, Herr Krause habe den Beruf des Schlossers bis zum Jahr 1846 erlernt, habe sich danach als wandernder Handwerker bis hin im Schweizer Thurgau verdingt. In der Maschinenfabrik St. Gallen habe er sich in die Schwester der Ehefrau seines Vorarbeiters *Franz Saurer* verliebt.

Und so wurde Minna im Jahr 1848 in der Gegend von Arbon wie er selbst in der Gegend von Rorschach geboren. In demselben Jahr 1848 sei jedoch ihr Vater Karl Krause wieder nach Leipzig zurückgekehrt, habe dort noch mehr gearbeitet, später ein Unternehmen gegründet und eine andere Frau namens *Emilia Polter* geheiratet und mit dieser eine Tochter vom Herrgott geschenkt bekommen: *Anna Krause*. Diese sei verheiratet mit einem Mann mit Namen *Heinrich Biagosch*. So viel wüsste er bereits!

Und er wüsste nach so vielen Jahren, dass Minna bei Oettingers erst in Mannheim als Pflegerin des Vaters, dann der Mutter und auch anschließend in Stuttgart als in der Familie fleißig mitarbeitende Händlerin für Textilien, Stoffe und Damenkleidung leben würde. Er müsste sie unbedingt wiedersehen.

Folglich reiste er heute Abend an. Joseph Oettinger empfing ihn gleich selbst an der Tür seines Hauses. Es war ein herzlicher Empfang, obwohl sie sich doch gar nicht sehr kannten, aber die Rettung damals von der sinkenden *Jura* im eiskalt nebeligen Bodensee, das verband sie wesentlich mehr als sie es sich jahrelang eingestanden. Rückblickend war es ja ihr beider zweiter Geburtstag, könnte man so sagen. Andreas war sehr erfreut, er durfte im Wohnzimmer in der Mitte einer glücklichen jüdischen Familie Platz nehmen – und er erkannte Minna sofort wieder. Sie war eine gestandene Frau, noch immer hübsch und reizend, so fühlte er es. Sie lächelten alle miteinander.

Andreas erzählte von seinem langen Leben als Dorfpfarrer, noch nichts jedoch von der Beichte der unbekannten Frau, die ihn jahrelang zutiefst quälte – bis vor wenigen Wochen, als er sich entschied, das Beichtgeheimnis zu brechen, um die Untaten dieser Frau entlarven zu lassen. Nichts davon, dass er eines Tages in seinem Innersten verletzt verstand, dass diese unsäglich böse Frau ihn wahrscheinlich doch als einsten Schiffsjungen der *Jura* wiederfand und ihn wegen des priesterlichen Beichtgeheimnisses in den Selbstmord treiben wollte. Dass er nur auf diese Weise der brieflichen Anzeige ihrem Plan entfliehen konnte. Aber er sagte, dass man immer mit seinem Herzen entscheiden sollte, denn nur das sei im Menschen gottgewogen gütig, nur das. – Und aus diesem Grund habe er gefühlt, dass er endlich die Spur ʼseiner Wilhelmineʻ suchen musste – und nun sei er hier bei ihr angekommen wie ein jahrelang im tiefen Wald des Verstandes Verirrter. Andreas verriet ihnen immerhin, dass er das Priesteramt aufgegeben habe, dass sein Bischof es zwar sehr bedaure, aber seine Gründe gut verstanden und seine Entscheidung angenommen habe.

Wilhelmine war sehr überrascht, dass sie nach so vielen Jahren der Grund seiner dritten Lebenswende sei, aber sie entdeckte in sich, dass er derselbe Andreas für sie war wie der damals mit ihr an der Anlegestelle wartende Schiffsjunge, der nicht bei den Obstbauern arbeiten, sondern lieber irgendwann einmal ein großes Schiff fahren wollte. Und was sie noch tiefer traf, es offenbarte sich in ihrem Herzen, dass sie nur wegen ihm keinen anderen Mann lieben konnte, dass sie nur deswegen ledig geblieben ist. Ja, wegen ihm sogar Männer im Allgemeinen für keine liebenswürdigen Menschen gehalten hat. Und das – das spürte sie augenblicklich wie es sich in ihr verlor –

Andreas fragte sie, wie die Geschichte mit ihrem Vater in Leipzig denn weitergelaufen sei. Und er war erstaunt, dass es keinen weiteren Verlauf gegeben habe. Damals bei der Untersuchung in Romanshorn sei sie ja als gesuchte *Minna Kunz* von den Landjägern festgehalten worden. Aber der junge Herr Oettinger hätte diese gebeten, sie nach Mannheim nach Hause mitnehmen zu dürfen – als Hilfe für seine Mutter, nämlich als Pflegerin und Dienstbotin für seinen auf Dauer erkrankten Vater. Den Landjägern war das gleichgültig, sie stellten nur die Bedingung, damit sie von ihrer Aufgabe befreit wären, dass Herr Oettinger gemeinsam mit ihr noch dort in der Wache einen Brief an ihre Mutter schreiben mussten, wohin und warum sie fortgereist wäre. So wurde die Geschichte erledigt. Und nach Leipzig sei Wilhelmine nie mehr gefahren, sie wäre hier in der Familie Oettinger wie eine neue Tochter aufgenommen worden und ʻan Arbeit fast erstickt'! Da lachten alle und freuten sich zugleich.

Nachdem Andreas und Joseph Oettinger plötzlich dieselben Gedanken aussprachen, dass *Wilhelmine und Andreas* doch endlich gemeinsam nach Leipzig zur Familie Krause reisen sollten, verfassten sie ein Telegramm, um es schnellstens abzuschicken. Die Antwort war, dass es sich wundervoll träfe, weil ihre Halbschwester Anna Krause mit ihrem Ehegatten Heinrich Biagosch auf dem Fabrikgelände dieses Jahr eine Familienvilla gebaut hätten. Darin sei genügend Platz auch für sie, falls sie länger bleiben möchten. – Und ab Weihnachten blieben sie – sehr viel länger –

ʻO Tannenbaum, o Tannenbaum, wie grün sind deine Blätter! Du grünst nicht nur zur Sommerszeit, nein, auch im Winter, wenn es schneit. Du kannst mir sehr gefallen. Wie oft hat mich nicht zur Weihnachtszeit ein Baum von dir mich hoch erfreut!

Dein Kleid will mich ʻwas lehren: *Die Hoffnung und Beständigkeit gibt Trost und Kraft zu jeder Zeit.*

O Tannenbaum, o Tannenbaum, wie grün sind deine Blätter! Du grünst nicht nur zur Sommerszeit, nein, auch im Winter, wenn es schneit.ʼ

Es war einmal endlich noch *ihr* Freitag *im Jahr 1906 der 28. Dezember*, ein ganz bescheidener Tag zwischen Weihnachten, Silvester und Neujahr 1907.

Die zum diesem Tag 72-jährige *Anna Elisabeth Straub* besuchte ihre ältere Freundin, die 87-jährige *Maria Magdalene Stäheli*, in Konstanz im St. Marienhaus um ihr vom Karlsruher Schwurgerichtsprozess um jene `Hedda´ persönlich zu berichten.

Frau Stäheli war glücklich, dass sie als gebrechliche Frau ihrer Familie nicht mehr zur Last fallen würde, dass sie in dieser besonderen Dienstbotenanstalt als eine der ersten alten Frauen bis zu ihrem Lebensende aufgenommen wurde. Sie habe ja schon immer in Konstanz wohnen wollen, das sei ihr jedoch bisher nie gelungen. Sie war noch so gesund, dass sie langsam am Gehstock mit Frau Straub zum Ufer des Bodensees spazieren wollte. Die Weihnachtstage lagen noch in der Luft, mischten sich mit Frau Straubs Geburtstag.

In der Wallgutstraße erzählte ihr Frau Straub vom Gerichtssaal, wie stolz die über 80-jährige Angeklagte auf all ihre Schandtaten ihres langen Lebens gewesen sei. Sie habe noch viel mehr Taten dem Staatsanwalt zugegeben, als dieser sie angeklagt habe, was alle Leute im Saal erstaunte. Wen sie noch alles ohne Wissen ihres Ehegatten bestochen und erpresst habe, nur um ihren Religionswahn auszuleben und ihre Habgier zu befriedigen. *Hedda* ließ sie sich immer als Pseudonym nennen, das nordische Wort für den *Streit, Kampf, Krieg.* »Ein böswillige Hexe!«, sagte sie.

Zu lebenslanger Einzelhaft sei sie verurteilt worden, um sie in Einsamkeit, im Verborgenen ohne jegliche weitere Wirkungsmöglichkeit auf ihr Sterben warten zu lassen. Sie sei Witwe und die Beziehung zu ihrer ausgewanderten Tochter und Verwandten in ihrem Geburtsort sei seit Jahren abgebrochen. Alle glaubten eh, dass sie bereits verstorben sei! So wollten es die Richter als 'eine zufriedenstellende Gerechtigkeit'. – Das stimmte beide Frauen aber eher traurig. »Ein so schändlich vergeudetes Leben!«, meinte Frau Stäheli und Frau Straub nickte dazu, aber sie verziehen ihr.

In der Katzgasse sprachen sie von dem entsetzlichen Erdbeben in San Francisco im April dieses Jahres. Sie hofften, dass dort nicht die Tochter Heddas gerade lebte und vielleicht tödlich verunglückte. Ihr wäre doch ein gutes Leben zu wünschen – bei solch einer missratenen Mutter und einem weltfremden Vater! Frau Straubs Vater sei also nur ermordet worden, weil Hedda befürchtete, dass man sie entlarven könnte, weil er auf der *Jura* ihren Schwarzwälder Dialekt sofort erkannt habe. Er lebte ja nicht weit weg von ihrem Schwarzwälder Geburtsort. Und Frau Stähelis Cousin sei nur zu Tode gekommen, weil er als einflussreicher Politiker aus Heddas Sicht zu wenig Böses gegen die reformierten Schweizer unternommen hätte.

Da standen sie nun vor dem Konstanzer Münster und dachten an den ehemaligen Pfarrer Andreas Buschor, der Heddas Beichte vor Gericht verlas, wozu Hedda zwischendurch nur kreischend lachte – wieder mit der Stimme, die sie beide niemals vergessen hätten.

Eiskalt lief es ihre Rücken herunter, aber jetzt sei alles zu Ende. Gott sei Dank! Sie beschlossen, als sie an der Kirchentür einen Aufruf lasen, in einem Gedanken der Einigkeit ein bisschen Geld zu spenden; Geld für die Ludwigsglocke in der katholischen St. Stephanskirche in Karlsruhe. Vor vierzig Jahren sei sie vom Konstanzer Glockengießer Carl Rosenlaecher erschaffen worden. Die Weihnachtskrippe habe er als ein Motiv auf sie eingeprägt, deshalb sei sie weithin berühmt als so genannte *Weihnachtsglocke*. Ja, als Dank spendeten sie in den Kasten an der Kirche. Das musste sein, egal für was oder wen. Der Pfarrer würde das schon wissen.

Sie schwiegen beide, um über vieles noch einmal im Stillen nachzudenken, bis ihre Füße wie von selbst den Konstanzer Hafen erreicht haben. Die Fußwege waren nicht zugeschneit. Die Baumkronen hingegen weiß. Bewölkte Windstille ruhte über den beiden vom Leben geprägten Frauen, als sie dick eingekleidet auf einer Sitzbank am Hafen ihren Platz gefunden hatten.

»Und dort hinten war es einst geschehen!«, flüsterte Frau Straub ihrer älteren Freundin zu, als sie mit dem Arm und ihrem Finger in die Ferne zeigte, »Genau dort vor über vierzig Jahren versank die *Jura*, das Schiff so vieler Träume, als zufälliges Unglück im Nebel!« Und Maria Magdalene sprach wie ein Weihnachtsengel:

»Die Moral von der Geschicht´:

Was wir für wahr erachten, ist oft nur logisch, aber wahr zumeist genau deshalb noch lange nicht!«

In Memoriam

Die letzte Fahrt des Schaufelraddampfschiffes *Jura*
auf dem Bodensee am Freitag, den 21. Februar 1864

Die letzten fünf Passagiere

Zweiter Klasse: *Martin Huber* aus Brenz, *Andreas
Stäheli* aus Basel, *Konrad Straub* aus Neukirch,
Wilhelmine Kreusin aus Arbon

Erster Klasse: *Joseph Oettinger* aus Mannheim

Die Besatzung

Kapitän *Martin Motz*, Steuermann und Rudergänger
Andreas Gloggengiesser, Matrosen *Georg Renz* und
Herkules Imhof, dritter Matrose als Wachmatrose
Martin Rupflin und sein Bruder *Heinrich Rupflin*, Heizer,
und zweiter Heizer *Benedikt Wagner*, Schiffssänger,
Maschinist *Jakob Steffenauer*, Schiffsjunge *Andreas
Buschor*, Schiffswirtschafterin *Margareth Sodner* und
ihr Schiffskater *Stobärle*. Die Schiffsmagd *unbekannt*.

Am 25. Dezember 2020

Nachwort

Es war einmal... ein hellblaues *Sofa* von uralten, geerbten Holzmöbeln umringt, auf dem ich erwache. Hinaus zum Wohnzimmerfenster mein müder Blick in den fallenden Schnee am ersten Weihnachtsfeiertag! Graue, dicke Flocken türmen sich auf den Büschen und Bäumen und im Hintergrund sind die Gipfel der bayerischen Alpen nicht einmal mehr zu ahnen. Abends, dunkel ist es. An der einzigen Tanne unseres Gartens hatte sich die Beleuchtung eingeschaltet. Augenblicklich erschrecke ich, als ich meinen Blick zur Terrassentür wende; denn der dunkelfellige Kater mit ergrauten Haaren um sein Maul herum sitzt draußen vor der Glastür und schaut regungslos herein. Er hockt wie immer, wenn er uns besucht, ganz aufrecht auf seinem Hinterteil, den Kopf in gerader Haltung nach oben gerichtet und seine Augen weit auf! Wie eine schwarze Marmorstatue! Wahrscheinlich möchte sie etwas – also *er* irgendetwas Bestimmtes – oder so?!

Eine dunkelblaue Uniform mit Dienstmütze trägt er nie, auch keine Jacke mit goldgelben Streifen in der Nähe der beiden Handgelenke. Unsinn! Er muss eine der Katzen unserer Nachbarn sein. Katzen fallen ja nicht so einfach vom Himmel! Wegen seiner Größe ist es sicherlich ein Kater, oft hungrig, sonst würde er uns doch nicht regelmäßig besuchen. Vielleicht, weil ihn niemand richtig füttert. Mäuse soll er wahrscheinlich fangen, wenn es nur noch welche hier bei uns in der dichten Siedlung gäbe! Und wie er heißt, wissen wir leider auch noch nicht. Vielleicht *Garfield* oder *Findus*?

Wir nennen ihn *Schleicher*. Seit einigen Wochen schleicht er nämlich um die Häuser, maunzt fast nie und lässt sich nicht anfassen. Gut so, denken wir.

Und wie war das vorhin? Eine uniformierte Leiche auf dem Laubhaufen? Das kann doch nicht wahr sein! Ich stehe noch wackelig auf, hole die Taschenlampe aus der Garderobenschublade im Flur, erschrecke kurz, als ich wieder die finstere Katerstatue hinter der Glastür entdecken muss, und leuchte zum Fenster hinaus in die Richtung des Laubhaufens. Niemand liegt dort! – Eben! Wie auch?! Das muss ich nur geträumt haben!

Außerdem erinnere ich mich augenblicklich an die Geschichte mit jener unbekannten Schiffsmagd der alten Lindauer *Jura* und schreibe sie so schnell wie möglich in Stichworten und Halbsätzen nieder:

»Nicht nur der Kapitän Motz wird bedroht, nein, auch der Kapitän vom anderen Schiff, er wurde gekauft. Auch dieser Unfall war eben gar nicht zufällig, weil dichter Nebel auf dem See lag. Der liegt ja sehr oft dort und es gibt keine Unfälle, sondern die Kollision war von langer Hand geplant. Aber das wurde niemals aufgedeckt. Wozu denn auch!? Eigentlich waren die Mächtigen dieser damaligen Länder ja zufrieden. Und das Wrack des veralteten Dampfers wurde auch nie gehoben, die modern erblühende Eisenbahn sollte das wichtigere Transportmittel werden. Und Tote? – Ja, einige Tote verursachte die Geschichte damals auch. Unfalltote und absichtlich Ermordete. Jedenfalls in meinem Traum um die *Jura* und diese namenlose

Schiffsmagd! Und Liebespaare? – Ja, die gibt es auch. Zumindest ein junges, das sich erst im Alter finden darf. Auch ein heimliches und ein unheimliches! Und glückliche Freundschaften, zwischen Menschen – und dem Menschen und Gott, denn das war damals eine sehr, sehr gläubige Zeit! Irgendwie werden vielleicht alle Personen des Schiffsunglücks gerettet. Das muss ich noch genauer durchdenken, einfach wird das nicht werden, weil es eine Zeit der starken Umbrüche in der Gesellschaft war. Sehr viele Leute wanderten aus verschiedenen Gründen nach Übersee aus. Andere wanderten durch Europa, um neue Arbeit, um eine bessere Heimat zu finden. Sie wurden bestimmt nicht grundsätzlich mit offenen Armen empfangen. Zu viele Menschen hatten genug eigene Probleme, warum sollten sie sich auch noch um die Sorgen der Fremden kümmern – können!? Also insgesamt betrachtet, ist das eine Erzählung von der damaligen Zeit, auch – «

»Siehst du unseren *Schleicher* nicht?!«, sagt plötzlich meine Frau im Hintergrund zu mir, die aus der Küche kam. »Öffne bitte die Terrassentür! Heute ist der erste Weihnachtstag und zufällig ein Freitag, also Fischtag in Bayern. Daher habe ich ein Forellenfilet für unseren Besuch. Er frisst ja viel lieber Fisch, Mäuse schmecken ihm wahrscheinlich nicht. Und wovon träumst du so?«

»Von Mäusen!«, denn nachdem die Mäusefamilie der *Jura* von dem im südlichen Bottighofen gestrandeten Beiboot gehüpft waren, wanderten sie auf ihrer Traumreise in den warmen Süden nur eine Woche am Ufer entlang und da erreichten sie schon ihr Ziel, das ehemalige Kloster Münsterlingen, das in ein Spital verwandelt worden ist. Aus den Küchenfenstern duftete es nämlich nach Käse und der leichte Wind trug dies reizende Parfüm zum Seeufer. Sofort entschieden sich die vier Mäuse am Ort der erhofften Käseberge eine mehrtägige Rast abzuhalten. Das musste einfach sein nach diesem Untergang ihrer auf dem Bodensee schwimmenden und natürlich auch fahrenden Heimat.

Als sie am Klostergebäude ankamen, entdeckten sie hinter den Büschen an den alten Mauern so einige Schlupflöcher ins große Haus hinein. Das am besten duftende suchten sie sich aus und schlichen still und leise vorsichtig hindurch. Nach wenigen Augenblicken hörten sie aus einer bestimmten Richtung zahllose Mäusestimmen, fröhlich singende und lachende! Das mussten sie sehen! Sie liefen schnell dorthin, krabbelten durch das Eingangsloch und trauten ihren Augen nicht: Ein riesiger Haufen Mäuse in einem festlich geschmückten Raum! Schwarze und graue, weiße und bunte! Junge und alte – und alle feierten zusammen offenbar etwas sehr Wichtiges. Gleich fragte man sie, wer sie denn seien und woher sie kämen – na, und ob sie Hunger hätten, denn es gäbe zur Feier des Tages ganz besonderen Käse aus ihrem Lager! Sie feierten nämlich heute einen dreifachen Geburtstag! »Einen dreifachen Geburtstag? Wie denn das?«, fragten sie nach.

Sie feierten täglich Geburtstag und häufig auch doppelte Geburtstage, weil so viele Mäuse in den

Kellerräumen wohnten, dass sie geradezu gezwungen wären. Und heute wäre aber ein außergewöhnlicher Tag! Ostern und Pfingsten und Weihnachten zugleich! Vor einigen Tagen wäre ein junger, männlicher Mensch von einem verunglückten Schiff hierher gebracht worden. Ohnmächtig wäre er gewesen, bis heute Vormittag gegen 11 Uhr! Da wäre er endlich wieder erwacht, so dass alle Menschen des Spitals in ihrer Weise feierten – und sie alle hier unten nun mit! »Ein Wunder!«, rief die Mäusefamilie aus einem Mund.

Und alle vier Mäuse mussten sogleich erzählen, dass auch sie selbst von diesem Unglücksschiff gekommen wären, zuerst im dichten Nebel hinauf an Deck. Dort oben hätte aber ein wachsamer Schiffskater gewohnt, der zwar lieber Fisch gegessen hätte, aber man könnte ja nie so genau wissen! Sie hätten ihn auf das andere Schiff klettern sehen, nachdem er einen Menschen angesprungen hätte, um diesem das Leben zu retten. Für sie wäre nur der Sprung auf das Beiboot die letzte Rettung gewesen. – Und zwei Menschen wären im Boot gesessen. Gefährliche! Und mit denen diese ungewisse Fahrt im dicken Nebel! Und wohin sie überhaupt mit denen kämen!? So eine erneute Reise ins Ungewisse, denn das hätten sie schon erlebt! Und so... und ja... und...!

Dann haben sie ihre Ernährung aus Korn und Brot mit Schweizer Käse ergänzt und, wenn sie nicht gestorben sind, dann erzählen sie noch heute, dass sie einst bei uns wohnten, *bis der schwarze Kater kam und...* ENDE

Widmung

Dieser Roman ist dem

einige Jahrhunderte alten Lindauer Zweig der

Familie Gloggengießer, insbesondere den Familien

von Helmut und Dr. rer. nat. Fritz Gloggengießer

und deren Vor- und Nachfahren gewidmet.